Stutenblut

Der Skandal

Roman von Anna Castronovo

Bibliografische Information der Deutschen Nationalbibliothek: Die Deutsche Nationalbibliothek verzeichnet diese Publikation in der Deutschen National-bibliografie. Detaillierte bibliografische Daten sind im Internet über dnb.dnb.de abrufbar.

Überarbeitete Neuauflage
© 2024 Anna Castronovo
www.anna-castronovo.de
Covergestaltung: Iris Eberle
Titelfoto: Franz Riegel
Verlag: BoD • Books on Demand GmbH, In de Tarpen 42, 22848 Norderstedt
Druck: Libri Plureos GmbH, Friedensallee 273, 22763 Hamburg

ISBN: 978-3-7412-5275-4

»Alles, was der Mensch den Tieren antut,
kommt auf den Menschen wieder zurück.«
(Pythagoras)

1. Kapitel
Lothar

Bald würde er nicht mehr atmen können. Die Luft enthielt immer weniger Sauerstoff. Lothar wollte herumlaufen, tief durchatmen, sich strecken. Am liebsten hätte er losgeschrien. Um nicht durchzudrehen, stand er auf und ging den Gang ein paar Mal auf und ab. Überall Ellbogen. Er rempelte dagegen und fing sich böse Blicke ein. Das war hier alles viel zu eng. Er ging wieder zu seinem Platz, schob sich an den Knien seines Nachbarn vorbei und setzte sich. Warum schickte sein Chef ausgerechnet ihn nach Südamerika?

Er war noch nie Langstrecke geflogen und er hatte nicht gewusst, dass so ein Flugzeug von Stunde zu Stunde kleiner und stickiger wurde. Er musste schlafen, damit die Zeit verging. Zwanzig Stunden Flug mit zwei Zwischenlandungen in Paris und São Paolo, das war doch Wahnsinn. Und das alles, weil ein paar durchgedrehte Tierschützer irgendwelche tierquälerischen Bedingungen auf den Stutenfarmen anprangerten, die das Pharmaunternehmen, für das er arbeitete, mit Hormonen belieferten. Denen hatte er diese Plackerei hier zu verdanken. Nur wegen diesen verrückten Aktivisten war er auf dem Weg nach Uruguay und musste sich vor Ort davon überzeugen, dass es den Pferden gut ging.

Lothar legte den Kopf zurück und schloss die Augen. Der Mann neben ihm schnarchte ihm ins Ohr. So konnte er unmöglich einschlafen. Noch sieben Stunden. Wie sollte er das aushalten? Die Sitzreihe war so eng, dass er seine Beine nicht übereinanderschlagen konnte, und die harte Kante seines Sitzes drückte ihm das Blut ab. Seine Unterschenkel wurden taub und die Langeweile erdrückte ihn.

Nach gefühlt hundert Jahren senkte sich die Nase des Flugzeugs zum Landeanflug und holperte die Landebahn entlang. Die Bremsen quietschten und es stank nach Gummi. Bloß raus hier. Als er durch die Flugzeugtür nach draußen trat, atmete er gierig die frische Meeresluft ein. Er hatte es geschafft. Er war in Montevideo.

Mandy hatte ihm einen Mietwagen gebucht. Immerhin fand er den Schalter der Autovermietung sofort. Der Mitarbeiter brachte ihn zu einem roten Golf und verabschiedete sich. Jetzt konnte er diesen Auftrag endlich hinter sich bringen. Lothar gab die Adresse der Stutenfarm in das Navi seines Handys ein und seufzte. Noch drei Stunden Fahrt. Hörte diese Reise denn nie auf?

Das Handy führte ihn weiter ins Landesinnere. Er hatte jegliches Zeitgefühl verloren, fuhr endlos durch eine flache Landschaft voller Präriegras. Immer wieder stieß er auf Wasser. Er hatte sich Uruguay trocken vorgestellt, doch es war von Flüssen und Stauseen durchzogen. Schön eigentlich, aber im Moment interessierte ihn die Aussicht kein Stück. Er wollte einfach nur ankommen und diesen Termin erledigen.

Endlich. »Sie haben ihren Zielort erreicht«, sagte die blecherne Stimme seines Handys vom Beifahrersitz aus. Lothar fuhr auf einen staubigen Hof, der kahl und verlassen vor einem rechteckigen Stallgebäude lag. Die Tiergehege davor waren leer und Wohnhaus gab es auch keines. War er hier richtig? Er sah sich durch die Windschutzscheibe um. Er hatte sich eine Pferdefarm irgendwie malerischer vorgestellt, immerhin hieß das hier *estancia*. Das hörte sich an wie ein herrschaftliches Landgut, um das herum Vieh graste, fand er. Er überprüfte die Adresse. Sie stimmte.

Lothar schloss die Augen. Sterne tanzten vor seinen Lidern. Er rieb sich übers Gesicht, zog seine Krawatte aus und öffnete die beiden obersten Hemdknöpfe. Dann blickte er in den Rückspiegel. Er sah beschissen aus. Blasse Haut, dunkle Augenringe, trockene Lippen. Er hatte Durst. Er strich seine hellbraunen Haare zurecht und trank aus der Wasserflasche, die er auf den Beifahrersitz gelegt hatte. Er verzog das Gesicht. Lauwarme Brühe.

Er stieg aus und zuckte zusammen. Im Schatten des Gebäudes saß ein Gaucho mit einem blau und rot gewebten Poncho über den Schultern und beobachtete ihn unter halb geschlossenen Lidern. Den hatte er vorhin gar nicht gesehen. Er räusperte sich. »Hello, I´m Lothar Wägelein from Germany. From the company *Hormonvision*«, stellte er sich vor und lächelte.

Der Gaucho nickte kurz, aber sein Gesicht blieb ausdruckslos. Er machte keine Anstalten aufzustehen. Was war denn das für einer?

Irgendwie musste er die Pferde zu Gesicht bekommen. »I want to see the horses, please«, redete Lothar deshalb weiter.

Der Gaucho sah ihn nur an.

So langsam reichte es Lothar wirklich. Trotzdem bemühte er sich, seiner Stimme einen freundlichen Klang zu geben. Er wusste ja nicht, wie diese Eingeborenen waren, und soweit er das überblickte, war er ganz allein mit dem Mann. Es war sicher besser, ihn nicht zu verärgern. Wahrscheinlich hatte er ein Messer in seinem Gürtel, das hatten die doch alle. Jetzt schwitzte Lothar noch mehr als vorher. Er schluckte. Konnte der überhaupt Englisch? »Do you understand me?«, versuchte er es wieder.

Nichts.

Vielleicht wusste er gar nicht, dass er heute einen Besichtigungstermin hatte? »Can you open the stable, please?« Lothar zeigte auf das hölzerne Schiebetor, das vermutlich der Eingang zum Stall war.

Nichts.

Er versuchte es mit ein paar Brocken Spanisch. Was hieß noch mal Pferd? Genau: »Caballos, stalla, guardar.«

Der Gaucho schnaufte, aber immerhin erhob er sich jetzt. Lothar trat einen Schritt zurück und stieß gegen den Mietwagen. Der Gaucho schob die Stalltür auf. Er schien also doch zu wissen, dass er einen Termin hatte, um die Bedingungen zu überprüfen, unter denen die Stuten hier lebten.

Lothar warf einen Blick in den düsteren Raum, aus dem ihm ein übler Geruch nach Tierkot und Ammoniak entgegenschlug.

Er hielt sich die Hand vor die Nase. Es gab keine Fenster und außer verschiedenen Zaunelementen erkannte er nichts. Es schien sich um ein System aus Treibgängen zu handeln, oder so etwas in der Art. Ansonsten war der Stall leer und irgendwelche Missstände konnte er nicht erkennen. Umso besser. Wenn er keine Probleme feststellte, war der Spuk hier bald zu Ende und er konnte zurück nach Deutschland fliegen. Aber vorher würde er sich eine Packung Schlaftabletten kaufen.

Der Viehhirte bedeutete Lothar, ihm zu folgen und ging um das Gebäude herum. Dort waren zwei sehnige Pferde angebunden. Sie waren gesattelt und der Gaucho zeigte auffordernd auf die beiden Tiere.

Auch das noch. Lothar war noch nie geritten, und er würde jetzt ganz sicher nicht damit anfangen. Er mochte Pferde, aber nur von Ferne. Aus der Nähe machten sie ihm Angst. Er schüttelte den Kopf. »No, no«, sagte er. Und noch einmal: »No, no«.

Der Gaucho zuckte die Schultern, schwang sich in den Sattel und nahm das andere Pferd am Zügel. Dann zog er seinem Reittier den Kopf herum, puffte ihm die Absätze in den Bauch und ritt los, ohne sich noch einmal nach seinem Gast aus Deutschland umzusehen.

Lothar hatte keine Wahl. Er musste ihm hinterherlaufen. Blöder Cowboy. Oder waren das hier Indianer? Er wusste es nicht und er hatte auch keine Zeit, weiter darüber nachzudenken. Auf einem Trampelpfad ging es immer leicht bergauf, wobei Lothar ein flottes Tempo vorlegen musste, um den Pferden hinterherzukommen. Innerhalb weniger Minuten war er aus der

Puste und salzige Schweißtropfen liefen ihm in den Mund. Nordic Walking war dagegen Pillepalle. Das hier grenzte an einen Geländelauf. Diese blöden Tierschützer. Denen hatte er das hier zu verdanken. Ohne die hätte er nicht in dieses gottverlassene Land reisen müssen. Dann würde er jetzt im klimatisierten Büro an seinem Schreibtisch sitzen und sich von Mandy einen Kaffee bringen lassen, so wie jeden Tag.

Zum Glück erreichten sie die Stutenherde schon nach einer halben Stunde. Sehr viel länger hätte Lothar auch nicht durchgehalten. Er stützte die Hände auf seine Knie und pumpte. Er hatte seine Wasserflasche im Auto liegen lassen. Was würde er jetzt für eine Dusche geben.

Der Gaucho sah ihn mit einer Mischung aus Ekel und Hochmut an. Er saß ab, band die beiden Pferde an einen Busch und setzte sich in den Schatten einer Zeder. Er zeigte auf seine Augen und dann auf die Talsenke. »Look horses.« Er lehnte sich an den Stamm und ließ die Augenlider sinken.

Lothar blickte über die hügelige, von Büschen durchsetzte Pampa Uruguays. Er konnte etwa zwanzig Pferde verschiedener Farben erkennen, die in einer sattgrünen Senke grasten. Wie im Paradies war das hier. Was sollte er da beanstanden?

Na ja, etwas mager waren sie schon. Aber immerhin standen die Stuten auf riesigen Weiden im Präriegras und kauten entspannt vor sich hin. Die sahen doch eigentlich ganz zufrieden aus. Und bei dem vielen Gras, das sie pausenlos in sich hineinfraßen, würden sie sicher bald zunehmen. Außerdem bewegten sie sich viel und waren wahrscheinlich deshalb so schlank. Für ihn sah das hier jedenfalls nach einer absolut artgerechten Pferdehaltung aus. Er seufzte. Und deswegen hatte er sich diesen schrecklichen Flug antun müssen?

Er wollte jetzt ins Hotel, duschen und essen, und am liebsten morgen wieder nach Hause fliegen und den Bericht verfassen, wegen dem ihn sein Chef hierher geschickt hatte.

Warum er ausgerechnet ihn dafür ausgewählt hatte, war Lothar ein Rätsel. Er war nur ein einfacher Sachbearbeiter in der Buchhaltung. Aber dem Prinzen schlug man besser nichts ab. Eigentlich hieß der Konzernleiter Armin Prinz, aber wegen seiner gebieterischen Art nannten ihn alle so. Heimlich natürlich.

»Okay, let´s go back«, sagte er zu dem Gaucho. Der zuckte wieder die Schultern, stand auf und bot Lothar noch einmal einen Platz im Sattel des zweiten Pferdes an. Aber Lothar schüttelte auch diesmal den Kopf. Es würde jetzt bergab gehen und er wusste ja, dass es nicht allzu weit bis zur Farm war. Niemals würde er sich auf ein Pferd setzen.

Er ließ nun mehr Abstand zu den Reitpferden. Jetzt, wo er wusste, dass hier alles in Ordnung war, ging es ihm besser. Er genoss die Aussicht über die scheinbar endlose Prärie.

Lothar erschrak. Was war das? Hinter einem Busch ragte ein Huf hervor. Da stimmte was nicht. »Stop!«, schrie er.

Der Gaucho drehte sich um und Lothar fuchtelte mit den Armen. Am Gesicht des Viehhirten konnte er ablesen, dass er innerlich fluchte.

Lothar ging um den Busch herum und blickte auf eine Stute, die völlig entkräftet auf dem Boden lag. Ihre Augen folgten ihm und er konnte das Weiße darin erkennen. Sie war zu schwach, um den Kopf zu heben. Ein Vorderbein zuckte und ihr Atem ging stoßweise. Da sah Lothar, dass Blut zwischen ihren Hinterbeinen hervorlief und unter ihrem Schweif irgendetwas Helles aufblitzte.

Der Gaucho war zu der Stute geritten, abgesessen und kniete sich nun hinter das Pferd. Langsam zog er an dem weißlichen Ding und ein Fohlen kam zum Vorschein, das noch in der Eihülle verborgen war.

Lothar stutzte. Das war doch viel zu klein und irgendwie stimmte auch die Form nicht. Die Stute ächzte und Lothar konnte nicht erkennen, ob vor Schmerzen oder vor Erleichterung. Oder beides.

Der Gaucho packte den Embryo und warf ihn ins Gebüsch. Lothars Mund klappte auf, er wollte protestieren, aber er brachte kein Wort heraus.

»Dead«, sagt der Viehhirte. Lothar wurde schwindelig. Das Fohlen war tot.

Der Gaucho war im Begriff, wieder aufzusitzen, da erwachte Lothar aus seiner Starre, zeigte auf die Stute, die mehr tot als lebendig aussah, und rief: »The horse!«

»Horse sleep now. Tomorrow good«, brummte der Viehhirte und ritt davon.

Lothar sah im hinterher. Was sollte er tun? Dass die Stute sich ausschlafen und morgen wieder fit sein würde, war Schwachsinn, das wusste er. Sie sah ihn aus ihren gequälten Augen an. Er wollte sie streicheln, doch als er näher kam, riss sie den Kopf hoch und versuchte, aufzustehen. Sie hatte Angst vor ihm.

»Ganz ruhig, ich tu dir nichts.« Lothar trat ein paar Schritte zurück. Wie konnte er ihr helfen? Der Gaucho musste einen Tierarzt rufen. Er rannte ihm nach und rief: »You have to call a veterinary.« Doch der Viehhirte blickte sich nicht einmal um. Lothar musste ihm hinterher, wenn er nicht alleine hier draußen in der Wildnis zurückbleiben wollte.

Als sie auf der Farm ankamen, versuchte er es wieder: »You have to call a veterinary!«

»No phone«, sagte der Gaucho mit müdem Blick.

Lothar kramte sein Handy heraus und reichte es dem Mann, doch er lehnte ab und schüttelte den Kopf. »No doctor here.«

Verdammt, der musste doch irgendetwas tun. »You have to do something. You have to help the horse.« Lothar spürte, dass sein Gesicht noch röter anlief, als es durch den Geländemarsch ohnehin schon war.

»This is nature«, antwortete der Gaucho, zuckte die Schultern und ging die Pferde absatteln.

So ist eben die Natur. War das wirklich alles, was er dazu zu sagen hatte? Lothar lief ihm hinterher. Dann würde er ihm eben mit seinem Vorgesetzten drohen, das funktionierte immer. »Where is your boss?«

Der Viehhirte lachte ein helles, höhnisches Lachen. »No doctor, no boss, only nature«, sagte er und verschwand hinter dem Stall. Lothar schaute auf die Stelle, an der er verschwunden war. Der Schuss war wohl nach hinten losgegangen.

Lothar wartete. Wie konnte dieser Typ nur so gleichgültig sein? Er sah die Augen des Pferdes wieder vor sich und wischte sich mit dem Hemdsärmel übers Gesicht. Eine braune Spur blieb auf dem hellblauen Stoff zurück.

»Hello?«, rief er und sah auf die Uhr. Er wartete jetzt schon zehn Minuten. Der Gaucho würde wohl nicht mehr zurückkommen. Lothar stieg in sein Auto. Er konnte nichts tun. Dem Pferd würde es nicht helfen, wenn er wieder zu ihm zurücklaufen würde. Und auf eigene Faust einen uruguayanischen Tierarzt ausfindig zu machen, traute er sich auch nicht zu. Vielleicht dachte der Gaucho doch noch einmal darüber nach und ritt zurück? Ja, das würde er tun. Oder die Stute würde sich wirklich ausruhen und von selbst wieder zu Kräften kommen. Ja, bestimmt, versuchte er sich einzureden. Aber er wusste, dass es nicht so sein würde. Er schluckte.

Es wäre ihm lieber gewesen, wenn er die Stute nicht gesehen hätte. Dann könnte er jetzt einfach ins Hotel fahren, sich gemütlich in den Liegestuhl legen, einen Drink bestellen und an seinen Pharmakonzern in Deutschland melden, dass hier alles in bester Ordnung sei.

Aber daraus wurde wohl nichts.

Er hatte ein Problem.

2. Kapitel

Anne

Kriminalhauptkommissarin Anne Moll stand vor der milchigen Schiebetüre des Flughafens Rostock-Laage und schwitzte. Es war ungewöhnlich warm für Anfang Juni. Wo steckte Charlie bloß? Jedes Mal, wenn die Türen auseinander glitten, stellte sie sich auf die Zehenspitzen und spähte in die Ankunftshalle, aber sie konnte ihre Tochter nirgends entdecken. Die Türen schlossen sich wieder.

Und wenn Charlie ihre Drohung doch wahr gemacht hatte? Bei ihrem letzten Streit hatte sie ihr an den Kopf geknallt: *Du bist so egoistisch. Immer geht es nur um dich. Die Trennung, der Umzug ... Hauptsache, du kannst Karriere machen und dich verwirklichen. Jetzt schickst du mich nach München zurück, weil ich dir im Weg bin. Du willst mich genauso wenig wie Papa. Wie es mir dabei geht, ist dir doch scheißegal.* Und dann kam das Schlimmste: *Vielleicht bleibe ich für immer bei Papa in München.*

Bei der Erinnerung an die Worte ihrer Tochter zog sich Annes Magen zusammen. Charlie war immer noch so wütend. Sie konnte ihr einfach nicht verzeihen, dass Anne sie vor einem Jahr von München in die Mecklenburger Einöde verpflanzt hatte. Was, wenn sie die Gelegenheit wahrnahm und wirklich in ihrer alten Heimat bleiben wollte?

Anne schüttelte den Kopf. So ein Quatsch. Das würde ihr Ex-Mann nicht zulassen. Der hatte doch gar keine Lust, sich um seine pubertierende Tochter zu kümmern. Sie kniff die Lippen zusammen. Andererseits würde sie es Bernd schon zutrauen, Charlies Idee zu unterstützen, rein aus Prinzip, nur um ihr eins auszuwischen.

Die Schiebetür öffnete sich wieder. Endlich! Charlie erschien zwischen den beiden Flügeln. Anne hätte am liebsten in die Hände geklatscht. Sie hatte ihre Tochter vermisst, sie war zum ersten Mal seit fünfzehn Jahren ohne sie gewesen. Am Anfang hatte sie es genossen, ihre Zeit für sich ganz allein zu haben und sich nicht um einen Teenager kümmern zu müssen, aber nach ein paar Tagen war das Haus immer stiller und dunkler geworden. Jetzt konnte sie es kaum erwarten, ihre Tochter wiederzuhaben.

Anne stutzte. Irgendwie sah Charlie anders aus. Hatte sie eine neue Frisur? Sie kniff die Augen zusammen, dann hatte sie das Gefühl, als würde der Boden unter ihren Füßen schwanken. Charlies lange, dunkle Locken waren zur Hälfte abrasiert. Ihre linke Kopfseite war völlig kahl. Und was war das für ein komischer, schwarzer Punkt zwischen Nase und Oberlippe? Ein Piercing? Anne schnappte nach Luft.

Charlie grinste und ihre Zahnspange blitzte auf. Sie schlenderte auf Anne zu und ließ ihre Reisetasche lässig über der Schulter baumeln. »Hi Mum.«

»Wie siehst du denn aus?« Anne versuchte, die Tränen zurückzudrängen. »Was hast du bloß gemacht?«

»Neue Frisur halt.« Charlie zuckte die Schultern.

»Aber deine Haare waren doch dein ganzer Stolz.« Seit Charlie ein kleines Mädchen war, hatte sie ihre Lockenpracht akribisch gezüchtet und jeder Friseurbesuch war ein Drama gewesen. Anne schüttelte den Kopf. »Warum ...?«

»Jetzt chill mal!« Charlie verzog den Mund und ließ die Tasche vor ihrer Mutter auf den Boden fallen. »Kaum steige ich aus dem Flugzeug, meckerst du an mir rum.« Ihre Tochter war auch anders angezogen als sonst. Sie trug einen khakigrünen Parka über einer Jeans, die an den Knien zerrissen war.

»Wo hast du denn diese Klamotten her? Ich erkenne dich ja gar nicht wieder.«

»Du könntest wenigstens mal *hallo* sagen. Da kann ich ja gleich zu Papa zurückfliegen. Der ist nicht so spießig wie du.« Charlie riss ihre Tasche wieder hoch und stiefelte Richtung Ausgang.

Stiefel. Ihre Tochter trug auch noch Springerstiefel. Am liebsten hätte Anne sich hier, mitten in der Wartehalle, auf den Boden gesetzt und geheult. Charlie hatte nur eine Woche bei ihrem Vater verbracht und war völlig verändert. So hatte sie sich das nicht vorgestellt, als sie Charlie für die Pfingstferien nach München geschickt hatte, weil sie ihr bei den letzten Mord-Ermittlungen in die Quere gekommen war. Wie konnte Bernd ihr das bloß antun? Was hatte er sich dabei gedacht? Und dann auch noch ohne Vorwarnung. Sie hätte es wissen müssen. Natürlich hatte er sich kein Stück um seine Tochter gekümmert. So ein Arschloch.

Anne eilte Charlie hinterher. »In diesem Aufzug kannst du morgen unmöglich in die Schule gehen.«

»Mir doch egal, dann bleibe ich eben daheim«, rief ihre Tochter durch die Flughafenhalle zurück. Sie hatten den Ausgang fast erreicht. »Hab eh keinen Bock auf Schule.«

Anne atmete tief durch und schluckte die Tränen runter. Sie hatte sich so auf ihre Tochter gefreut. Und nach ein paar Minuten war sie schon wieder kurz vorm Explodieren. Diese verdammte Pubertät war doch zum Durchdrehen. Charlies linkes Ohr stand ab und hob sich rot schimmernd gegen die Sonne ab. Das sah einfach nur bescheuert aus.

3. Kapitel

Lothar

Lothars Hemd klebte am Sitz des Mietwagens. Vor Müdigkeit und Erschöpfung waren ihm schon zwei Mal die Augenlider zugefallen und nur ein Zucken seines ganzen Körpers hatte ihn rechtzeitig wieder aufgeschreckt, bevor er im Straßengraben gelandet wäre. Ein Unfall hier im Hinterland von Uruguay würde ihm gerade noch fehlen.

Irgendwann erreichte er das Fünf-Sterne-Golfhotel mit Wellness-Bereich, das Mandy für ihn gebucht hatte. Immerhin ließ der Prinz ordentlich was springen, wenn er ihn schon auf diesen schrecklichen Trip schickte.

Als er die große Eingangshalle aus Holz und Glas betrat und der Pool türkis durch die Fensterfront leuchtete, fiel die Erschöpfung von ihm ab. Er hatte es geschafft. Hinter dem Schwimmbecken konnte er bis zu einer natürlichen Wasserfläche sehen. Das musste der Fluss *Rio de la Plata* sein, der als größter Mündungstrichter der Welt in den Atlantischen Ozean überging. Hatte er im Reiseführer gelesen.

Er fühlte sich eklig, mit seinem verschwitzten, verknitterten Hemd und den Dreckspuren im Gesicht, aber die Dame an der Rezeption ließ sich nichts anmerken. Er gähnte und rieb sich die Augen. Eine Sache musste er noch erledigen, dann hatte er es geschafft.

Lothar ging auf sein Zimmer, duschte, setzte sich auf den Balkon und loggte sich ins WLAN ein. Diesen Anruf musste er noch hinter sich bringen, dann konnte er endlich schlafen.

Das Tuten am anderen Ende der Leitung wurde unterbrochen. »Prinz!«

»Wägelein hier«, meldete Lothar sich.

»Ja, der Wäääägelein. Wie läuft es drüben in Südamerika? Ich hoffe, Sie haben uns *nichts* zu berichten?« Er lachte über seinen eigenen Sparwitz.

»Leider doch«, sagte Lothar. »Ein Gaucho hat mich zu einer Stutenherde geführt, die in der Prärie gegrast hat. So weit alles in Ordnung.« Er sah wieder die Augen des sterbenden Pferdes vor sich und blinzelte, um das Bild zu verscheuchen. »Aber auf dem Rückweg habe ich eine Stute gefunden, die offensichtlich gerade einen Abort hatte, und der es sehr schlecht ging. Das Fohlen war tot. Der Gaucho hat es einfach ins Gebüsch geworfen und die Mutter sich selbst überlassen. Er wollte keinen Tierarzt rufen. Es könnte also etwas an den Geschichten der Tierschützer dran sein und ...«

»Ach Wägelein, jetzt machen Sie sich doch nicht lächerlich«, wiegelte der Konzernleiter ab, immer noch mit seiner aufgesetzten Gute-Laune-Stimme. »In großen Pferdeherden passiert so was nun mal. So grausam ist die Natur.«

Das hatte Lothar heute schon einmal gehört. »Es hat mir aber gar nicht gefallen, dass der Gaucho das Pferd einfach hat sterben lassen.«

»Sterben, sterben ... Das wissen Sie doch gar nicht.«

»Er sagte, es gäbe gar keinen Tierarzt, der sich um die Pferde kümmert.«

Der Konzernleiter atmete tief durch. »Sie sind einfach zu romantisch«, sagte er. »Das sind Wildpferde in der Pampa Südamerikas. Was erwarten Sie denn? Dass da jede Stute mit ihrem Nachnamen angesprochen wird? Vielleicht hat sich das Tier ja wieder erholt. Jetzt machen Sie sich mal ein paar schöne Tage im Hotel und dann kommen Sie zurück nach Hause. Anschließend schreiben wir einen Bericht für die Presse. Darin steht, dass Sie sich persönlich vor Ort davon überzeugen konnten, dass die Pferde ein wunderschönes Leben auf den Weiden Uruguays haben, und so weiter und so fort. Damit ist die Sache erledigt.«

»Glauben Sie wirklich, dass die Presse sich so leicht abspeisen lässt?« Lothar ließ seinen müden Blick über die Wasserlandschaft gleiten, die er von hier oben aus noch viel weiter einsehen konnte. Die Wasserflächen von Pool, Fluss und Meer verschwammen vor seinen Augen. Er hatte seit dreißig Stunden nicht mehr geschlafen.

»Die habe ich erst mal im Griff«, sagte sein Chef. »Ich habe einfach allen Redaktionen angedroht, sofort sämtliche Anzeigenschaltungen für dieses Jahr zu stoppen, wenn sie über den Fall schreiben, bevor wir ihnen nicht unseren Bericht vorgelegt haben.« Er lachte wieder. »Sie wissen ja, wer bei denen regiert: das Anzeigen-Budget. Und sonst niemand.«

Lothar schüttelte den Kopf. Er war sich da nicht so sicher. »Glauben Sie wirklich, ein oberflächlicher Bericht über einen kurzen Besuch auf einer einzigen Farm reicht aus, um all diese Tierschützer und Journalisten mundtot zu machen?«

»Wägelein, Wägelein.« Die Stimme des Konzernleiters klang mitleidig. Lothar hörte förmlich, wie er den Kopf über ihn schüttelte. »Das hängt doch ganz von Ihnen ab. Wer weiß denn, wie oft Sie auf wie vielen Farmen waren? Das weiß ja nicht mal ich, wenn Sie verstehen, was ich meine.« Er lachte. »Und Sie haben doch sicher Beweisfotos von den glücklichen Pferden gemacht, oder?«

Lothar presste Daumen und Zeigefinger gegen seine Nasenwurzel. Oh nein! Das hatte er vor lauter Erschöpfung völlig vergessen. Wenn sein Chef das wüsste, würde er ihm höchstpersönlich den Kopf abreißen. »Klar habe ich Fotos gemacht.« Dann würde er eben noch einmal zur Farm fahren und das nachholen. Gleich morgen. Wenn er sich etwas ausgeruht hatte.

»Ihr Rückflug geht erst in drei Tagen«, sagte der Prinz und fügte gönnerhaft hinzu: »Kleines Geschenk von mir. Genießen Sie die Zeit im Hotel.«

»Danke, Chef.«

Lothar legte auf, ging ins Zimmer, streckte sich auf dem Doppelbett aus und driftete in einen unruhigen Schlaf. Die Augen des sterbenden Pferdes holten ihn im Traum ein und mischten sich mit den Informationen, welche die Tierschützer der Presse zugespielt hatten. Von Stuten, die mit Stockhieben auf den Kopf betäubt wurden, damit man ihnen literweise Blut abzapfen konnte, bis sie vor Schwäche zusammenbrachen.

Stutenblut.

4. Kapitel

Anne

Vierzig Kilometer konnten verdammt lang sein. Auf der Fahrt vom Flughafen nach Lüdow herrschte Schweigen im Auto. Anne versuchte, sich wieder zu fassen. Vielleicht gab es ja eine Möglichkeit, Charlies Haare etwas dezenter zu frisieren? Wenn ihre Tochter normale Klamotten anhätte, würde das Gesamtpaket gar nicht mehr so asozial wirken. Und Piercings waren heutzutage ja fast schon salonfähig. Anne seufzte.

Charlie starrte auf ihr Handy.»Fuck. Kaum bin ich hier, hab ich kein Netz mehr.« Sie steckte ihr Telefon wieder in die Tasche und schaute aus dem Seitenfenster in die mecklenburgische Landschaft hinein, deren sanfte Hügel mit dem Horizont verschwammen. Anne liebte die Natur hier. Ganz im Gegensatz zu ihrer Tochter.

Charlie schnaufte genervt.»Nix los hier echt, am Arsch der Welt.«

Anne schloss die Hände fester ums Lenkrad. Ruhig bleiben jetzt.»Kannst du mal einen anderen Ton anschlagen?«

Charlie brummte etwas Unverständliches.

»Also, wie war es in München?«

»Passt schon.«

»Und wie geht's Bernd?«

»Ganz okay.«

»Was habt ihr so gemacht?«

Charlie zuckte die Schultern.

Anne seufzte. Ihre Tochter war ja mal wieder richtig in Erzähllaune. Sie drückte ihre Lieblingskassette ins Autoradio und ein Keyboard ertönte. Neue Deutsche Welle. Das war ihre Musik, und am liebsten hörte sie die Songs ihrer Jugend von der ausgeleierten Original-Kassette.

»Mama, du bist echt peinlich.«

Anne lachte und sang mit: »Mein Maserati fährt zweihundertzehn ...«

Charlie verdrehte die Augen. »Du hast einen uralten Saab.«

»Schwupp, die Polizei hat´s nicht gesehen.«

Charlie musste grinsen. Das Eis war gebrochen.

Anne legte den Kopf in den Nacken. »Das macht Spaß, ich geb Gas.« Dann drehte sie leiser und fragte: »Also, jetzt erzähl mal. Was hast du alles in München gemacht?«

»Ich war meistens mit meinen alten Leuten unterwegs. Party machen.«

»Freut mich, dass du deine Freundinnen wiedergetroffen hast. Du hattest ja erst Angst, weil sie gar nicht auf deine Nachrichten geantwortet haben ...«

»Ja, weil sie heimlich eine Überraschungsparty organisiert haben.« Charlie strahlte.

»Super. Und was hast du mit deinem Vater gemacht?«

»Papa hat die ganze Zeit gearbeitet.« Ein Schatten huschte über Charlies Gesicht. »Ich würde meine Freundinnen übrigens gerne einladen, zur großen Demo gegen die Schweinemastanlage in Alt-Loitz. Darf ich?«

Wut stieg in Anne hoch. Das sah Bernd ähnlich. Er hatte sich überhaupt nicht mit seiner Tochter befasst. Einerseits tat es ihr leid für Charlie, dass sich ihr Vater nicht für sie interessierte. Andererseits war sie jetzt alt genug, um sich ein realistisches Bild von ihm zu machen. Vielleicht würde sie dann auch endlich damit aufhören, ihn zu vergöttern.

»Also, darf ich?«

Was hatte Charlie gerade gefragt? Anne hatte wieder mal nicht richtig zugehört, aber das durfte sie jetzt auf keinen Fall zugeben, sonst wäre der nächste Streit vorprogrammiert. »Ja ja«, sagte sie deshalb vorsichtshalber.

»Cool, danke.«

»Es hat dir in München also gefallen?«

Charlie nickte. »Schon. Hier ist halt nix los. Hier verpasse ich mein ganzes Leben.«

Oh Gott, ihre Stimme bekam schon wieder diesen theatralischen Ton. Heute bitte keine Vorwürfe wegen ihres Umzugs, davon hatte sie in den letzten Monaten wirklich genug gehört, dachte Anne. Außerdem wollte sie ja Frieden schließen. Besser schnell das Thema wechseln.

»Hast du Hunger? Soll ich dir Fleischpflanzerl machen?« Das war Charlies Lieblingsessen. Hier hießen sie zwar Klopse, aber für Anne würden es für immer Fleischpflanzerl bleiben.

Ihre Tochter verzog angewidert das Gesicht. »Ich bin jetzt Vegetarierin. Ich esse keine Tiere mehr.«

Anne sah sie von der Seite an. »Seit wann denn das?«

»Seit letzter Woche.«

»Und warum?«

Charlie verdrehte die Augen. »Ist doch klar. Ich will einfach nicht mehr diese kranke Billigfleisch-Produktion unterstützen und dabei auch noch meinen Körper mit Antibiotika und krebserregenden Substanzen vergiften. Außerdem tun mir die Tiere leid. Massentierhaltung gehört verboten.«

»Aha.« Anne nickte. »Kommt das von deinen Freunden aus München? Sind das auch Vegetarier?«

»Ja und? Die setzen sich halt dafür ein, dass die Welt besser wird. Die tun wenigstens was. Wer die Welt verändern will, muss bei sich selbst anfangen.«

Anne zog die Augenbrauen hoch. Diesen Spruch kannte sie noch aus ihrer eigenen Jugend. Und eine vegetarische Phase hatte sie auch gehabt. Doch irgendwann in den letzten zwanzig Jahren war ihr Glaube daran, dass man die Welt verbessern könnte, irgendwo auf der Strecke geblieben. *Irgendwie, irgendwo, irgendwann,* fiel ihr der Song von Nena ein. Das Idol ihrer Jugend. Sie hatte immer ein bisschen versucht, so auszusehen wie die Popsängerin. Den Achtzigerjahre-Stufenschnitt trug sie jedenfalls noch.

Jetzt war Charlie also in dem Alter, in dem sie die ungerechte Seite der Welt sah, in der sie lebte. Das war eigentlich gut. Anne hatte sich schon lange nicht mehr mit solchen Themen befasst. Sie lebte in ihrem Alltagstrott dahin und nahm nur ihre eigene Welt wahr. Vielleicht hatte sie auch durch ihren Beruf gelernt, immer auf Distanz zu allem zu bleiben, was schmerzhaft war? Bei ihrer Arbeit als Kommissarin durfte sie sich weder von den Schicksalen der Opfer berühren lassen, noch von der Verzweiflung ihrer Angehörigen. Da musste man lernen, eine Mauer hochzuziehen, zwischen sich selbst und dem Rest der Welt.

Früher war sie anders gewesen. Da hatte sie sich für alle möglichen gesellschaftlichen Themen interessiert. Woran lag es, dass ihre Empörung irgendwann abgeflacht war? Vielleicht daran, dass man immer mehr Gräueltaten im Fernsehen sah, je älter man wurde. Hungernde Kinder, flüchtende Menschen, Krieg und Elend. Da musste man sich ja einen Filter zulegen, um nicht wahnsinnig zu werden vor lauter Schmerz und Mitleid. Wer machte sich schon all das Böse bewusst, das er täglich in den Medien konsumierte? Sie schüttelte den Kopf. Keiner. Im Grunde hatte Charlie recht. Man müsste viel mehr tun.

»Okay, find ich gut, dass du jetzt Vegetarierin bist.«

»Echt?«

Anne nickte. »Ist doch auch gut fürs Klima, für die Gesundheit, für die Umwelt.«

»Und für die Tiere.«

»Klar, das sowieso.« Anne selbst war ehrlich gesagt auch keine große Fleischesserin und beschränkte sich beim Kochen meistens auf Hackfleisch. Da konnte man das Tier wenigstens nicht mehr erkennen. Vor einem rohen Stück Fleisch, dem metallischen Geruch und der weichen, glatten Konsistenz ekelte sie sich selbst, vor allem, wenn man Knochen und Sehnen sah.

Sie konnte jedenfalls gut darauf verzichten, zuhause Fleisch zu kochen. »Ich mache auch mit«, sagte sie. Ihre Lieblingsgerichte, Spaghetti Bolognese und Soljanka, konnte sie ja ab und zu heimlich im *Dorfkrug* essen. Ihr lief das Wasser im Mund zusammen. Sie hatte Hunger. »Also, dann Reis mit Gemüse?«

»Jop.« Charlie nickte und Anne glaubte, einen anerkennenden Gesichtsausdruck bei ihrer Tochter zu erkennen.

Sie fuhr auf den Hof vor ihrem Haus und stellte den Motor ab. Sie lächelte. Charlie war wieder daheim. Und beim Essen würde sie ihr gleich alle Neuigkeiten über ihren letzten Fall mit dem geklonten Pferd und natürlich über Paul erzählen. Bei dem Gedanken an den Wissenschaftler legte ihr Herz sofort einen Gang zu.

5. Kapitel
Der Prinz

Armin Prinz legte den Hörer auf, zog seine Schreibtischschublade auf und nahm sich ein rosa Marshmallow. Er steckte es in den Mund, ließ sich den chemischen Geschmack auf der Zunge zergehen und schüttelte den Kopf. Der Wägelein war wirklich ein Schlappschwanz.

Da regten sich so ein paar Tierschützer unheimlich darüber auf, dass Pferde in Uruguay und Argentinien auf der Weide herumstanden. Na gut, ab und zu wurde ihnen Blut abgenommen. Und ihre Fohlen konnten sie auch nicht austragen. Das stimmte. Aber ansonsten hatten sie ein ruhiges Leben in der Herde. Und Freiheit ohne Ende. Wo war das Problem?

Er strich sich die ordentlich frisierten Haare, die mittlerweile eisgrau waren, zurecht. *Sein* Problem war gerade, dass es in Südamerika keine Tierschutzvorschriften für Stutenfarmen gab, auf die er sich hätte berufen können. Auch die EU fühlte sich nicht verantwortlich. Sie sprach lediglich Empfehlungen für das Schlachten von Nutztieren aus, nicht aber für die Blutgewinnung. EU-Standards galten sowieso nur für Produkte, die innerhalb der EU-Grenzen hergestellt wurden. Er schluckte das Marshmallow herunter. Wenn man die blöde Bürokratie einmal bräuchte, gab es keine.

Deshalb musste er nun auf eigene Faust überprüfen lassen, wie die Bedingungen vor Ort waren, um die Presse ruhig zu stellen und größere Rufschäden von seinem Unternehmen abzuwenden. Denn wenn der Name *Hormonvision* schon wieder mit einem Tierquäler-Skandal in Verbindung gebracht würde, wären das Millionen Euro an Umsatzeinbußen. Dabei bezog er sein Stutenblut eigentlich genau deshalb nur noch aus Südamerika, weil es dort eben *keine* Tierschutzkontrollen gab, ergo keine Probleme. Er hatte sich in dieser rechtlichen Grauzone bisher immer wohl gefühlt. Man konnte Millionengeschäfte machen, die sich weitgehend im Verborgenen abspielten und kaum kontrollierbar waren. Jahrelang hatte das wunderbar funktioniert. Wenn nur diese Tierschützer die Sache nicht an die Öffentlichkeit gezerrt hätten.

Dieses ganze Tohuwabohu sollte Lothar Wägelein nun also wieder ins Lot bringen. Armin Prinz grinste über sein Wortspiel. *Lothar – Lot.* Er hatte lange überlegt, ob ausgerechnet dieser unscheinbare Sachbearbeiter der Richtige für einen so sensiblen Auftrag war. Aber genau deswegen, weil er so grau und still war, hielt der Konzernleiter ihn für perfekt geeignet. Bei dem konnte er sich zumindest sicher sein, dass er nicht aufmuckte. Der stellte keine Fragen, wollte nicht anecken und würde genau das in den Bericht schreiben, was er ihm vorgab. Kein Wort mehr und kein Wort weniger.

Lothar, die Lusche, dachte er. Oder doch lieber Loser-Lothar? Er gluckste vor sich hin und nahm sich noch ein Marshmallow, diesmal ein weißes.

Das würde er schon hinbekommen. Es war meist nur eine Frage der Zeit, bis die Leute das Interesse an solchen Themen wieder verloren. Erst kam der große Aufschrei, alle teilten die scheußlichen Bilder auf Social Media, klickten wütende Smileys an oder unterzeichneten irgendwelche Online-Petitionen. Dann hatten sie das Gefühl, sie hätten etwas gegen das Elend unternommen und gingen wieder ihren Tagesgeschäften nach.

Ach was, Elend! Die sollten sich bloß nicht so aufspielen. Jedem Schwein und jeder Kuh, die im Fleischtresen oder im Wurstregal eines Supermarktes endete, war es schlechter ergangen als den Stuten in Südamerika. Und wer war schon bereit, auf seine Pizza Salami zu verzichten?

Keiner. Eben.

Armin Prinz putzte seine Brillengläser mit einem braunen Tüchlein, auf dem *Louis Vuitton* stand. Skandal hin, Skandal her. Entscheidend war jetzt, dass niemand darauf kam, um was es in seinem nächsten Projekt ging. Denn eigentlich hatte er überhaupt keine Zeit, sich mit diesen Stuten in Südamerika zu befassen. Er hatte viel Wichtigeres zu tun.

6. Kapitel
Lothar

»Das gibt´s doch nicht«, murmelte Lothar. Kein Anschluss unter dieser Nummer. Schon das achte Mal. Er hatte die Ziffern mit und ohne Ländervorwahl, mit und ohne Null in der Städtevorwahl gewählt, alle Variationen zweimal, um sicherzugehen, dass er sich nicht vertippt hatte. Er starrte den Telefonhörer an. Wie konnte das sein? Letzte Woche hatte Mandy doch unter derselben Nummer den Besichtigungstermin auf der *estancia* vereinbart.

Es blieb ihm nichts anderes übrig. Er musste auf gut Glück hinfahren. Vielleicht war es sogar gut, dass niemand da war. Dann brauchte er nur zu den Pferden gehen, Fotos machen und fertig, ohne sich mit dem unhöflichen Gaucho auseinanderzusetzen. Er zog seine Schuhe an, verließ das Hotel und ging zu seinem Mietwagen.

Zwei Stunden später stand Lothar wieder auf dem staubigen Hof. Das Zirpen der Grillen war das einzige Geräusch, das er hörte. Die Luft flirrte. Er sah sich um. Die Stutenfarm war ausgestorben, der Stall leer. Außer Hitze und Gestank war da nichts. Kein Tier und kein Mensch weit und breit. Er seufzte. Er musste loslaufen und die Herde suchen.

Er ging denselben Weg zu der Weide wie gestern. Als der Busch in Sicht kam, hinter dem die Stute gelegen hatte, zog sich sein Magen zusammen. Hoffentlich lag sie da nicht mehr. Das würde bedeuten, dass sie aufgestanden und zu ihrer Herde zurückgegangen war. Seine Schritte wurden schleppend. Da war das Bein. Er wollte nicht hinsehen, aber er konnte auch nicht wegschauen. Noch ein Schritt, dann sah er das Pferd. Geier hockten auf dem Kadaver und rissen sich gierig Fleischstücke aus ihrem Körper. Lothar sah schnell weg, hielt sich die Nase zu und unterdrückte ein Würgen. Das arme Tier. Er schluckte die Tränen hinunter, die in seiner Kehle aufstiegen. Er musste weiter.

Wo waren die anderen Pferde bloß? Er lief nun schon eine Stunde lang durch die Pampa und hatte sie noch immer nicht gefunden. Die Talsenke, in der die Tiere gestern geweidet hatten, war leer. Er war den Weg weiter gegangen, vielleicht waren sie ja zur nächsten Wiese gewandert. Aber es war weit und breit keine Stute zu sehen. Er sah sich um. Besser, er drehte jetzt um. Nicht dass er sich zu weit von seinem Mietwagen entfernte, nicht mehr zurückfand und sich hier ganz alleine in der Wildnis verlief. Er kehrte um und ging den Weg zurück.

Auf dem Hof schaute er sich noch einmal um und rief »Hello? Is there anybody?«

Keine Antwort.

Lothar hob die Arme und stieg in seinen Mietwagen. Er musste unverrichteter Dinge zurück ins Hotel fahren. Er rieb sich die Augen und sah in den Rückspiegel. Die Schweißbäche hatten helle Spuren in sein staubiges Gesicht gezeichnet, er sah schrecklich aus. Ihm fiel ein, was der Prinz gesagt hatte. Außer

Lothar selbst wusste niemand, wo er genau gewesen war. Das war's. Er würde einfach nach irgendwelchen Pferden am Wegesrand suchen. Diesmal nahm er eine andere Schnellstraße. Die Fahrt dauerte zwar länger, aber vielleicht würde er irgendwo eine Weide sehen, die er fotografieren könnte. Es müssten ja nicht mal Stuten sein.

Er fuhr langsam und ließ seinen Blick über die Landschaft schweifen. Ohne Fotos konnte er auf keinen Fall nach Deutschland zurückfliegen. Das würde ihn seinen Job kosten, und sein Job war das Einzige, was er hatte. Wahrscheinlich würden alle anderen Menschen sein Leben als sterbenslangweilig bezeichnen, doch Lothar fühlte sich als kleiner Buchhalter wohl. Er hatte eine gleichbleibende Tagesstruktur, traf immer dieselben Kollegen, erledigte ständig die gleichen Aufgaben. Abends sah er fern. Er mochte sein Leben so, wie es war. Ohne Überraschungen und ohne Aufregung. Er seufzte. Immer noch keine Pferde in Sicht. Hoffentlich war dieses Abenteuer hier bald vorbei. Woher könnte er mehr Informationen über die *estancia* bekommen? Oder über andere Stutenfarmen?

Eine Sache fiel ihm ein. Es gab tatsächlich einen Kontakt, den er anzapfen konnte. Er krallte die Hände ums Lenkrad und schüttelte den Kopf. Nein. Sein ganzer Körper schien sich zusammenzuziehen, als wollte er sich in ein Schneckenhaus verkriechen. Mitten in die Höhle des Löwen zu hechten, und zwar mit Anlauf, war das Letzte, was er tun wollte.

Gab es nicht noch eine andere Lösung? Erstmal musste er etwas essen, vielleicht kam ihm dabei eine Idee. Beim nächsten

Restaurant am Straßenrand bremste er und fuhr auf den Parkplatz. *Parillada* stand auf einem hölzernen Schild über dem Eingang. Als er die Tür aufzog, wehte ihm der Geruch von gebratenem Fleisch in die Nase. Im Reiseführer hatte er gelesen, dass das Nationalgericht *asado*, gegrilltes Rindfleisch war. Dazu bestellte er noch *papas fritas* und *ensalada mista*. Es sah lecker aus, aber er stocherte nur in seinem Teller herum und brachte kaum einen Bissen hinunter. Er seufzte. Genug prokrastiniert. Es führte kein Weg daran vorbei. Er musste ins Hotel fahren und diese Tierschützer kontaktieren.

Sobald er zurück in seinem Zimmer war, setzte Lothar sich an den Schreibtisch, loggte sich ins WLAN ein, öffnete den Cloud-Zugang zu seinem Arbeitscomputer und gab in der Suchfunktion *Animal Rebels* ein. Es erschienen alle E-Mails, die diese Organisation an seinen Chef geschickt hatten. Es ging darin um das Blut trächtiger Stuten, aus dem das Hormon PMSG gewonnen wurde. Daraus stellte sein Konzern dann verschiedene Medikamente her. Sie erhoben schwere Vorwürfe, auf die sich die Presse gierig gestürzt hatte. Er überflog die Mails, dann schloss er sie wieder. So genau wollte er das gar nicht wissen. Schließlich sollte er nur den Beweis erbringen, dass das alles nicht stimmte. Er musste nur ein paar glückliche Stuten auf einer Wiese finden, dann konnte er zurückfliegen und würde nichts mehr mit der ganzen Sache zu tun haben.

Er scrollte wieder nach oben und klickte auf *Antworten*. Er seufzte. Sollte er das wirklich machen? Diese Revoluzzer kontaktieren, für die er die Personifizierung des Bösen war? Der

Vertreter des verhassten Pharmakonzerns, der Tierquäler Nummer eins. Er hasste Konflikte jeder Art, sie bereiteten ihm Bauchschmerzen und nervöse Zustände. Lothar schüttelte den Kopf. Der Prinz würde ihn feuern, wenn er das nicht hinbekam. Ihm blieb nichts anderes übrig. Er tippte:

Hallo Animal Rebels,
ich bin Lothar Wägelein von der Firma Hormonvision. *Ich befinde mich gerade in Uruguay, wo ich die Zustände auf den Stutenfarmen persönlich überprüfen will, die ihr uns angezeigt habt. Nun sind aber alle Pferde von der Farm, mit der ich einen Termin hatte, verschwunden. Könnt ihr mir Informationen geben, wo ich noch andere Stutenfarmen finden kann? Ich bitte um eine schnelle Antwort.*

Er schrieb seine Handynummer unter den Text, klickte auf *Senden* und seufzte noch einmal. Es graute ihm schon vor der Reaktion.

Er putzte seine Zähne und betrachtete im Spiegel, wie ihm der weiße Schaum aus den Mundwinkeln lief. Er sah den Schlafmangel und die Aufregung der letzten Tage in seinem Gesicht. Das Gesicht eines Feiglings, dachte er. Er strich sich über die Stirn, um diesen Gedanken zu verscheuchen.

Er war nicht immer so gewesen. Als junger Mann hatte er einmal ein Amsel-Küken gefunden, das aus dem Nest gefallen war. Es war ganz nackt gewesen und konnte die Augen noch nicht öffnen. Wo war sein Nest? Als er es entdeckte, stellte er enttäuscht fest, dass es viel zu hoch oben war, um den Vogel dorthin zurückzubringen. Unerreichbar.

Das Küken zuckte auf den groben Kieseln und Lothar holte ein Geschirrtuch, mit dem er es vorsichtig hochhob. Sofort kuschelte sich das kleine Tier in seine Handflächen. Es hatte einen lustigen Flaum auf dem Köpfchen. Er setze es auf die Wiese unter den Baum und hoffte, dass die Mutter es vielleicht hier unten weiter füttern würde. Doch sie kam nicht. Also versuchte Lothar nach einiger Zeit, dem kleinen Vogel aufgeweichte Brotkrumen anzubieten, aber er öffnete den Schnabel nicht. Er konnte ihm nicht helfen. Also bettete Lothar das Küken in den Schatten und hoffte, es möge bald friedlich einschlafen.

Doch als er nach mehreren Stunden wieder nachsah, lebte der Vogel noch immer. Lothar konnte nicht mehr mit ansehen, wie das Küken immer wieder versuchte, sich irgendwie fortzubewegen und dabei umfiel und zitterte, blind und nackt. Es hatte keine Chance, zu überleben. Wie lange würde dieser Todeskampf noch dauern? Bis es verhungerte, erfror oder bis eine Katze vorbei käme, um es als lebendiges Spielzeug zu verwenden? Nein. Lothar überkam schreckliches Mitleid, fast schon Verzweiflung. Er würde das Küken jetzt erlösen. Nur wie?

Bei dem Gedanken daran, begannen seine Hände zu zittern und Tränen stiegen ihm in die Augen. Er hatte noch nie ein Tier getötet und er hätte nicht gedacht, dass er dazu fähig sein könnte, aber er kam sich so feig vor, dem Küken weiter beim Sterben zuzusehen, ohne ihm dabei zu helfen. Nur weil er nicht den Mut aufbrachte, dem ein Ende zu setzen.

Er würde es tun. Aber er musste eine Methode finden, die hundertprozentig und sofort zum Tod führte. Der schlimmste Gedanke war, dass er dem Küken aus Versehen noch mehr Leid zufügen könnte. Sollte er ihm den winzigen Hals brechen? Oder den Kopf abtrennen? Ihm wurde übel. Da fiel sein Blick auf einen großen Stein.

»Es tut mir so leid«, flüsterte er, nahm das Vögelchen noch einmal in die Hand, kuschelte es in das Geschirrtuch und während seine Tränen auf das kleine Bündel tropften, schlug er zu. Er fühlte kaum Widerstand. Obwohl er sicher war, dass das Küken sofort tot war, hieb er den Stein zur Sicherheit noch zwei- oder dreimal schluchzend darauf, bis er sah, dass der Stoff sich rosa gefärbt hatte. Dann warf er das Bündel in den Mülleimer.

Er hätte nicht gedacht, dass er sich danach so elend fühlen würde. Er konnte den ganzen restlichen Tag nichts essen und schlief schlecht. Obwohl er sich absolut sicher war, dass das Küken nicht überlebt hätte und er nur sein Leid in einem Akt der Gnade verkürzt hatte, plagte ihn sein Gewissen. War das wirklich er selbst gewesen, der mit einem Stein ein winziges, wehrloses Vögelchen erschlagen hatte?

Ja. Das war er selbst gewesen. Er hatte tatsächlich einmal die Verantwortung für das übernommen, was um ihn herum geschah, auch wenn es weh tat.

Aber war es dann nicht absurd, dass er mit Genuss Fleisch aß, obwohl er wusste, dass die Tiere dafür geschlachtet wurden? Und dass ihn auch die ganzen überfahrenen Igel auf der

Straße nicht berührten? Aber um einen einzigen Vogel trauerte er so sehr. Das war doch verrückt.

Lothar seufzte. Das war der Unterschied zwischen Wissen und Fühlen, zwischen Fernsehbildern und Realität. Natürlich hatte er theoretisch gewusst, wie die Medikamente hergestellt wurden. Aber das Gefühl, das ihn überkommen hatte, als die Stute ihn mit ihrem gequälten Blick verfolgt hatte, war etwas ganz anderes.

Hätte er sie doch bloß nie gefunden. Dann würde er sich nicht solche Gedanken machen müssen und könnte einfach die Tage im Hotel genießen. Aber jetzt quälte ihn sein Gewissen und er steckte bis zum Hals in einem riesigen Problem.

7. Kapitel
Anne

Charlie schaufelte sich Reis auf ihren Löffel, kaute und schluckte. »Wie ist der Fall mit dem Doppelgänger von Black Night eigentlich ausgegangen?«

Anne erzählte ihr, was passiert war, seit sie ihre Tochter nach München zu ihrem Vater geschickt hatte.

»Okay, kranke Geschichte. Und was wird jetzt aus Black Night?«

Anne zuckte die Schultern. »Jobst Ackermann will die Pferde verkaufen und das Gestüt in ein Kunst- und Kulturzentrum umbauen.«

Charlie riss die Augen auf. »Oh nein! Black Night darf nicht verkauft werden. Er ist so ein tolles Pferd und hat so viel hinter sich. Was, wenn er wieder bei einem Profi landet, der ihn durch eine Turnierprüfung nach der anderen drückt?«

Anne zuckte die Schultern. »Daran wirst du leider nichts ändern können, fürchte ich.«

»Man kann immer etwas ändern.« Charlie nahm sich eine zweite Portion Reis aus der Pfanne. »Und wo ist der Doppelgänger jetzt?«

Anne grinste. »Das Beste weißt du ja noch gar nicht. Stell dir vor, der Doppelgänger ist ein Klon von Black Night.«

»Willst du mich verarschen?«

»Nein, das stimmt. Ehrlich. Deshalb sah er Black Night so ähnlich. Und weißt Du, wer den Klon erschaffen hat? Paul Becker, ein Wissenschaftler, der hier ganz in der Nähe einen kleinen Pferdehof betreibt, und bei dem Nighty jetzt lebt.« Ihre Ohren wurden heiß. »Den Namen habe übrigens ich ausgesucht. Nighty. Gefällt er dir?« Anne grinste und konnte gar nicht mehr damit aufhören. Sie kam sich blöd dabei vor, aber sie konnte einfach nichts dagegen tun.

»Du?« Charlie musterte sie. »Warum suchst du Pferdenamen aus? Und warum schaust du so debil?«

»Ich? Debil?« Anne spürte, wie ihre Ohren noch heißer wurden und jetzt auch noch ihr Gesicht rot anlief. Sie hatte völlig vergessen, wie es war, wenn man seine eigenen Hormone nicht mehr unter Kontrolle hatte.

Charlie grinste und ihre Zahnspange blitzte auf. »So so, Paul Becker also.«

»Ja und?« Anne knetete ihre Hände. Warum konnte das Blut nicht einfach wieder aus ihrem Gesicht weichen?

»Du bist verknallt.«

»Ich? Verknallt?« Anne schüttelte vehement den Kopf. »Spinnst du?«

Charlie grinste. »Doch. Bist du.«

Leugnen war zwecklos. »Er hat uns eingeladen.«

»Uns?«

»Ja. Ich habe ihm von dir erzählt und er hat gesagt, er würde sich freuen, wenn wir ihn besuchen und du Nighty kennenlernst. Hast du Lust?«

»Klar!« Charlie stand auf. »Ein Mann mit Pferdehof. Coole Sache. Ich geh mal auspacken.«

Sie ging durch den Flur und Anne holte schon Luft, um ihr hinterherzurufen, dass sie die Teller abräumen sollte. Doch dann atmete sie wieder aus und schüttelte den Kopf. Nicht gleich am ersten Abend Streit. Außerdem musste sie sich ihre Kräfte einteilen, denn sie hatte noch ein verdammt unangenehmes Telefonat vor sich. Sie ging zur Kommode im Flur, griff zum Telefon und wählte die einzige Nummer, die sie auswendig konnte.

»Hallo?«, hörte sie am anderen Ende der Leitung.

8. Kapitel
Lothar

Pling. Lothar fuhr aus einem unruhigen Schlaf hoch. Erst wusste er nicht, warum er aufgewacht war, doch dann sah er, dass auf dem Bildschirm seines Laptops ein Briefkuvert blinkte. Er hatte eine E-Mail bekommen. Es war genau 00:41 Uhr, als er las:

Hallo Lothar,
du willst wohl dein Gewissen beruhigen. Mal sehen, ob du das schaffst. Wir sind in Argentinien. Wenn du Eier in der Hose hast, kannst du mit der Fähre morgen früh um 9 Uhr von Colonia nach Buenos Aires übersetzen. Wir warten im Hafen auf dich.

Sven von den Animal Rebels

In Lothars Magen begann es zu kribbeln und er war hellwach. Eigentlich war er froh, dass die Tierschützer so schnell reagiert hatten. Immerhin hatte er nur drei Tage Zeit. Aber mit der Fähre nach Buenos Aires übersetzen? Ohne zu wissen, was ihn dort erwartete? Bei dem Gedanken daran begann sein rechtes Augenlid zu zucken. Eine andere Möglichkeit, eine Stutenfarm vor die Linse zu bekommen, fiel ihm nicht ein. Zumindest wollte er versuchen, noch ein wenig gut Wetter zu machen.

Hallo Sven,

danke für die schnelle Antwort. Ich werde kommen. Könnt ihr mich bitte zu einer Stutenfarm bringen? Dann gehe ich all euren Hinweisen persönlich nach. Wir wollen das Elend der Pferde stoppen.

Lothar

War das zu dick aufgetragen? Egal. Er schaute im Internet nach den Fährverbindungen. Tatsächlich, die Überfahrt dauerte nur eine knappe Stunde. *Pling.*

Yeah, auf zur Blutfarm!

Lothar schüttelte den Kopf. Da versuchte er, das zu tun, was die Tierschützer von ihm wollten und die Missstände aufzudecken. Und dann kam so eine blöde Antwort. Na ja, zumindest tat er so, als würde er das wollen. Die wussten schließlich nicht, dass er nur schöne Bilder für seinen Bericht brauchte.

Die Jungs saßen sicher gerade alle grölend vor dem Computer. Er seufzte. Ihm graute vor dem nächsten Tag. Warum war er nur so dumm gewesen und hatte keine Fotos gemacht? Dann hätte er jetzt einfach noch zwei Tage wellnessen und Golf spielen können.

Was, wenn diese Typen ihn irgendwohin verschleppen würden? Wenn sie ihn als Geisel nehmen und seinem Chef einen kleinen Finger von ihm schicken würden, um ihn zu erpressen?

Er starrte an die Decke. Und vor allem: Würde der Prinz für seine Befreiung zahlen? Eher nicht.

Blödsinn. Das waren irgendwelche jungen Leute, die eine große Klappe hatten und sonst nichts. Er würde ihnen überzeugend vorspielen, dass er auf ihrer Seite war und die Missstände beenden wollte. Die wären ja blöd, ihrem einzigen Helfer etwas anzutun.

Irgendwann war Lothar doch wieder eingeschlafen. Als sich der Piepton seines Handys um sieben Uhr durch seine Ohren in Richtung Gehirn vorarbeitete, spürte er als Erstes, dass ihm sein T-Shirt feuchtkalt am Rücken klebte. Er hatte geschwitzt und sich dann aufgedeckt. Zeit für eine heiße Dusche.

Was sollte er am besten anziehen? Auf keinen Fall Markenklamotten. Sonst würden ihn diese Alternativlinge zum Frühstück verspeisen. Also kramte er in seinem Koffer nach dem unauffälligsten Kleidungsstück, das er mitgenommen hatte. Ja, das war gut. Ein weißes T-Shirt, das er eigentlich als Unterhemd unter seinen Bürohemden trug. Zum Glück hatte er Jeans, Turnschuhe und eine Fleece-Jacke dabei.

Bevor er das Zimmer verließ, deponierte er zur Sicherheit noch einen Zettel auf dem Nachtkästchen. Er vermerkte mit Datum und Uhrzeit, dass er jetzt nach Buenos Aires fuhr, um sich mit einem gewissen Sven von den *Animal Rebels* zu treffen. Sollte ihm etwas zustoßen, wäre das zumindest ein Anhaltspunkt, was seinen Verbleib betraf. Die Frage war zwar, ob überhaupt jemand sein Verschwinden bemerken und nach ihm suchen würde. Aber trotzdem fühlte sich Lothar sicherer, wenn er irgendwen darüber informierte, wo er sich befand. Auch wenn es nur ein Nachtkästchen war.

Das Frühstücks-Buffet ließ Lothar aus. Er hätte ohnehin keinen Bissen runterbekommen. Er fuhr direkt zum Hafen von Colonia, schiffte sich mit seinem Mietwagen auf der Fähre ein und suchte sich eine der harten Holzbänke vorne auf dem Deck aus, von denen aus er in Fahrtrichtung auf die Wellen schauen konnte.

Es wehte ein frischer Wind und Lothar hatte Angst davor, seekrank zu werden. Er mochte überhaupt keine Schiffe. Allein schon der Gestank nach Öl und Diesel, das Vibrieren und Stampfen unter Deck. Und das noch auf leeren Magen. Vielleicht hätte er doch frühstücken sollen.

Als die Fähre ablegte, vermittelte ihm das Schwanken ein derart unsicheres Gefühl, dass er sich mit einer Hand an der Bank festhielt. Mit der anderen krallte er sich an die Reling. Zum Glück fuhr das Schiff aber nicht aufs offene Meer hinaus, sondern kreuzte nur den *Rio de la Plata*, so dass die Wellen überschaubar blieben und Lothar immer eine der beiden Küsten im Blick hatte.

Je näher sie Buenos Aires kamen, desto genauer erkannte Lothar die Wolkenkratzer, die dort mit jedem Meter, den sich die Fähre dem argentinischen Hafen näherte, immer größer wurden. Sie ragten bedrohlich in den Himmel. Fast, als würden sie ihn warnen wollen. Oder kam ihm das nur so vor?

Lothar fuhr seinen Mietwagen aus dem dunklen Schiffsbauch heraus und ließ den Blick über die Hafenanlage schweifen. Das mussten sie sein. Da hinten, drei junge Männer, die alle kurze Vollbärte trugen und lässig an einem Geländer lehnten. Einer hatte eine Mütze auf dem Kopf und zu ihren Füßen standen Rucksäcke, an denen Isomatten festgebunden waren.

Lothar fuhr im Schritttempo auf sie zu, bremste ungefähr hundert Meter vor ihnen ab und stellte den Motor aus. Er holte tief Luft, stieg aus dem Wagen und schlenderte möglichst lässig auf die Gruppe zu. Nur keine Schwäche zeigen.

Lothar wusste sofort, wer Sven war. Als er sich den Männern näherte, trat ihm einer von ihnen entgegen und stemmte die Hände in die Hüften. Klassisches Chef-Gebaren. Auch er trug ein weißes T-Shirt, das war schon mal gut. Aber Svens T-Shirt hing lässig über die Hose, während Lothar seines in den Bund der Jeans gesteckt hatte. Ohne Gürtel.

Eilig zog Lothar das Shirt heraus und sein Gesicht wurde heiß. Solche Fehler waren ihm schon immer unterlaufen. Er hatte bereits in der Schule versucht, die coolen Jungs zu imitieren, aber es war ihm nie gelungen. Im Vergleich zu Sven waren auch seine Arme zu bleich, die Schultern zu krumm und die Brust zu schmal. Im Laufe der Jahre hatte Lothar sich daran gewöhnt, immer zweite Liga zu sein. Oder dritte. Es machte ihm nichts mehr aus.

»Du bist also der Lothar.« Sven musterte ihn von oben bis unten. »Siehst ziemlich blass aus.«

»Bin bisschen seekrank«, murmelte Lothar.

»Ja, Flussüberquerung sind echt schlimm.« Sven lachte. Er war eigentlich gar nicht viel größer als Lothar, aber er wirkte trotzdem, als würde er ihn um mindestens einen Kopf überragen. »Und du willst also eine Stutenfarm sehen.« Er schnippte den Stummel seiner selbstgedrehten Zigarette weg.

»Ja.« Lothar versuchte, seiner Stimme einen festen Klang zu geben. »Ich war vorgestern auf einer Farm in Uruguay, aber als ich am nächsten Tag noch einmal dorthin wollte, waren alle Pferde und Menschen verschwunden.«

Sven nickte. »Das wundert mich nicht. Die ziehen sehr oft um, damit sie nicht so leicht Ärger bekommen können. Hast du dort vielleicht irgendetwas gesehen, was du besser nicht hättest sehen sollen?«

»Eine Stute, die im Sterben lag und gerade ein totes Fohlen zur Welt gebracht hat.« Lothar schluckte und senkte den Kopf.

»Ach, tu doch nicht so, als würde dir das was ausmachen.« Sven sah ihn von oben herab an. »Du bist schließlich mit dafür verantwortlich, was den Pferden dort angetan wird.«

»Ich?« Lothar sah wieder auf. »Erstens werden die Medikamente von dem Unternehmen hergestellt, für das ich arbeite, nicht von mir. Ich bin da nur ein kleiner Sachbearbeiter ...«

»Aber du arbeitest für diesen Tierquäler-Konzern, und damit unterstützt du das, was die machen«, unterbrach ihn Sven. Er zündete sich eine neue Zigarette an, zog die Luft ein, so dass die Asche orange aufleuchtete, und blies Lothar den Rauch mitten ins Gesicht.

Das ging ja schon gut los. Jetzt nur nicht provozieren lassen.

»... und außerdem wusste das Unternehmen nichts von den Zuständen«, redete Lothar weiter.

»Das glaubst du doch selbst nicht.« Sven blickte Lothar aus zusammengekniffenen Augen an. »Willst du das wirklich alles wissen? Willst du das alles sehen? Und in deinen Bericht schreiben?«

Nein, dachte Lothar in einem Anflug von Panik. Will ich nicht. Ich will einfach nur nach Hause fliegen und meine Ruhe haben. Er räusperte sich. »Ja natürlich, deswegen bin ich ja hier.«

Sven wandte sich zu seinen beiden Freunden um, welche die ganze Zeit hinter ihm gestanden und beifällig genickt hatten. Solche Schleimer. »Ihr habt es gehört«, sagte Sven. »Er hat es nicht anders gewollt. Wir bringen ihn zur Blutfarm. Dann lasst uns mal losfahren.« Er wandte sich wieder Lothar zu. »Wir nehmen dein Auto.«

Die Männer warfen sich ihre Rucksäcke über die Schultern und gingen auf den Mietwagen zu. Lothar atmete tief durch. Es gab kein Zurück mehr.

9. Kapitel
Anne

»Warum sieht mein Kind so aus?«, blaffte Anne in den Telefonhörer. »Wie konntest du das zulassen?«

»Immer mit der Ruhe«, antwortete Bernd. »Charlie muss sich halt ausleben. Sie hat eine neue Frisur, na und?«

»Ruhe?« Ihre Stimme überschlug sich fast. »Ausleben? Du spinnst wohl! Schickst mir meine Tochter mit abrasierten Haaren und Piercing zurück, und ich soll ruhig bleiben?«

»Charlie ist fünfzehn. Das ist doch normal in dem Alter.«

»Ganz genau, sie ist *erst* fünfzehn.«

»Meine Güte, du hast auch jede Menge Blödsinn gemacht, als du jung warst. Du hattest auch wilde Frisuren.« Leise fügte Bernd hinzu: »Ein wenig mehr Coolness könnte dir echt nicht schaden, da hat Charlie ganz recht.«

Der Zorn stieg aus Annes Bauch hoch, bis in den Kopf, wo er sich ausbreitete, als hätte sie einen Löffel Chilipulver geschluckt. »Wilde Frisuren bei Fünfzehnjährigen sind vielleicht in einer Großstadt normal, aber nicht hier in Lüdow.« Annes Stimme klang schrill. »Hast du vergessen, dass wir jetzt in einer Kleinstadt leben? Und ich bin Polizistin. Meine Tochter sieht aus wie eine Asoziale!«

Anne hörte, wie Charlies Zimmertür zuknallte. Verdammt. Sie hatte mitgehört.

Bernd feixte: »Was sollen denn die Nachbarn denken?« Dann sagte er mit einer Abscheu in der Stimme, die Anne zusammenzucken ließ: »Gib´s zu, das ist doch deine größte Sorge. Mein Gott, bist du spießig geworden.«

»Spießig? Ich?« Anne schnappte nach Luft. »Meine Sorge ist, dass Charlie jetzt noch größere Probleme hat, Anschluss zu finden. Aber das ist dir natürlich egal. Hauptsache, du bist der coole Superpapa«, schrie sie in den Hörer. »Du bist ja auch weit weg in München. Nur ein Mal hättest du dich um Charlie kümmern sollen, nur eine verdammte Woche lang, und du hast auf der ganzen Linie versagt!«

»Vergiss nicht, dass *du* weggezogen bist.« Bernd blieb ganz ruhig, was Anne noch mehr aufregte. »*Du* hast beschlossen, mit deiner Tochter ...«

»*Unserer* Tochter.«

»... ans andere Ende von Deutschland zu ziehen. Und jetzt beschwerst du dich, dass du dich alleine um sie kümmern musst? Also echt ...«

»Ach sooo, ist das hier eine späte Rache, oder was? Dafür, dass du mit Charlies Lehrerin ins Bett gegangen bist?« Anne presste mit der linken Hand das Telefon so fest an ihr Ohr, dass es pochte.

»Du bist echt geschmacklos.« Bernds Stimme klang eiskalt und hart.

»Jedenfalls schicke ich dir Charlie nie wieder.«

»Charlie ist doch kein Paket, das man verschickt«, sagte Bernd. »Und sie ist auch kein Kind mehr. Du solltest akzeptieren, dass sie ihre eigene Meinung hat und ihr eigenes Leben lebt. Jetzt chill mal. Ciao.«

»Chill mal?« Anne lachte auf. »Es sollte dir zu denken geben, dass du daherredest wie eine Fünfzehnjährige.«

Stille.

»Hallo?« Bernd hatte aufgelegt. Trotzdem rief sie noch: »Das ist jetzt nicht dein Ernst, oder?« Dann schmiss sie den Hörer auf die Gabel.

Anne nahm ihr Gesicht zwischen beide Hände, als wollte sie es zusammenhalten, damit ihr Kopf nicht zersprang. War sie wirklich so spießig geworden? Nein. So wollte sie nicht sein. Sie hörte Charlies Zimmertür aufgehen und starrte ihrer Tochter entgegen.

»Du bist so scheiße!« Tränen rannen über Charlies Wangen. »Erst schickst du mich gegen meinen Willen zu Papa und dann freust du dich nicht mal, wenn ich zurückkomme.«

»Natürlich freue ich mich, aber versteh doch, deine Haare, ein Piercing ...«

»Ja und? Ich kann selbst entscheiden, wie ich aussehe.«

»Aber doch nicht so!«

»Aha, wie sehe ich denn aus?«

»Charlie, du siehst aus wie eine ... eine ...«

»Sag schon!«

»Du bist doch eigentlich so hübsch.«

»Eigentlich. Schon klar. Wie eine Asoziale. Ich hab dich gehört. Du kannst mich mal!« Charlie marschierte an ihr vorbei, aus der Haustür hinaus direkt in Richtung Wald.

»Charlotte!«, rief Anne ihr nach.

»Nenn mich nicht Charlotte!«, schrie ihre Tochter. Sie drehte sich dabei nicht mal um.

Anne lief ihr nicht hinterher. Die würde sich schon wieder ausspinnen. Der Zorn wich aus ihrem Körper und machte einer Erschöpfung Platz, die sie nicht an sich kannte. Sie fühlte sich kraftlos. Und sie hatte es mal wieder versaut. Egal, wie sehr sie sich bemühte, sie kam nicht mehr an Charlie ran. »Dabei habe ich mich so auf dich gefreut«, sagte sie leise und sah ihrer Tochter hinterher, die zwischen den Bäumen verschwand.

Sie schlang die Arme um ihren Oberkörper und fröstelte. Sie bräuchte jetzt dringend eine Freundin zum Reden, aber ihre Kontakte hier in Lüdow waren für solche Probleme zu oberflächlich. Die Nachbarn waren freundlich, aber sie hatten sicher kein Verständnis für abrasierte Haare. Ihre Kollegen waren alles Männer.

Vielleicht könnte sie Anja aus der Tai-Chi-Gruppe anrufen? Mit der verstand sie sich gut. Sie schüttelte den Kopf. Das konnte sie nicht bringen, jemanden zum ersten Mal privat anrufen und ihm gleich seine Probleme vorjammern. Das galt auch für ihre alten Freundinnen aus München, bei denen sie sich schon ewig nicht mehr gemeldet hatte.

Oder Paul?

Bei dem Gedanken an den Wissenschaftler hellte sich ihr Gesicht auf und ihr Magen begann zu kribbeln. Aber den konnte sie doch nicht einfach anrufen, sie kannte ihn ja kaum. Andererseits hatte er sie eingeladen. Und wenn sie Charlie das

Pferd zeigen konnte, würde sicher wieder Frieden zwischen ihnen einkehren.

Anne atmete tief durch. *Die Welt gehört den Mutigen.* Das war mal ihr Motto gewesen. Sie ging hinein, schloss die Tür hinter sich und griff wieder zum Telefon. Mit zitternden Fingern wählte sie Paul Beckers Nummer.

10. Kapitel
Lothar

»Vorsicht!«, rief Sven und zog Lothar am Ärmel seiner Fleece-Jacke zurück. Vor ihnen bewegte sich das Gras und Lothar hörte ein leises Rasseln. »Eine Klapperschlange«, flüsterte Sven und ging rückwärts. Lothar folgte ihm und ließ dabei das Gras nicht aus den Augen. Jetzt sah er die braune Schlange. Schweiß lief ihm die Schläfen herunter. Was zur Hölle machte er hier? Er fühlte sich wie in einem Traum, irgendwie betäubt und völlig irreal, als wäre er eine Marionette und hätte keinerlei Einfluss darauf, was um ihn herum geschah.

Als sie einige Meter Sicherheitsabstand hatten, hob Sven einen großen Stein auf und warf ihn nach der Schlange. Lothar starrte sie an. Das Vieh war bestimmt zwei Meter lang. Was, wenn es sie angriff? Die Schlange zischte, verzog sich aber ins Gebüsch. Ihre gleichzeitig schnellenden und kurvigen Bewegungen wirkten so unnatürlich, dass sie Lothar eine Gänsehaut über den Rücken jagten.

»Das ist eine Schauer-Klapperschlange.« Sven sah ihn von der Seite an und grinste. »Die giftigste Klapperschlange der Welt. Möchtest du immer noch zur Stutenfarm?«

Um Gottes Willen, nein. Lothar wischte sich den Schweiß von der Stirn. »Klar.«

»Also, dann los.«

Lothars ganzer Körper sträubte sich dagegen, auch nur einen Schritt weiter hinein in die Wildnis zu gehen, an diesem Gebüsch vorbei, in dem das Tier jetzt vermutlich lag. Und wer wusste schon, was hier sonst noch so alles kreuchte und fleuchte? Sein Mund war trocken und seine Zunge klebte am Gaumen. Er hatte schon wieder nicht daran gedacht, eine Wasserflasche mitzunehmen. Egal. Er tastete nach dem Handy in seiner Tasche. Hauptsache, er bekam Stuten vor die Linse. Diesmal durfte nichts schiefgehen.

Das kleine Grüppchen zog weiter über die Ebene, durchs kniehohe Gras, und Lothar starrte auf den Boden vor seinen Füßen. Seine Nackenmuskeln waren angespannt.

»Unser Bürohengst hat Schiss«, feixte Sven. »Die Natur ist nicht so deins, oder?«

Einer der anderen beiden lachte. »Tja, nur die Harten kommen in den Garten.«

Sehr witzig, dachte Lothar. Er war überhaupt nicht zu Scherzen aufgelegt. Verdammte Tierschützer und verdammte Pferde.

Die Männer gingen um ein größeres Gebüsch herum und endlich sah Lothar ein Stück entfernt ein paar Stuten stehen.

Sven zeigte auf die Tiere. »Da sind sie.«

Lothar zog sein Handy aus der Tasche und kontrollierte den Akku. Er machte die ersten Bilder. Pferde auf der Wiese. Perfekt. Eigentlich könnten sie jetzt umdrehen.

»Da unten ist die Farm«, sagte Sven und zeigte den Hügel hinab. »Wir müssen uns von hinten anschleichen. Die Gauchos dürfen uns auf keinen Fall sehen, ist das klar?«

»Klar.« Lothar nickte.

»Die haben Anweisungen, mit allen Mitteln zu verhindern, dass Informationen nach außen dringen. Die Farmer verkaufen das Blut für fünf Dollar pro Liter. Damit verdienen sie ungefähr zweihunderttausend Dollar im Jahr. Das werden die sich nicht nehmen lassen.« Er grinste. »Und Touristen verschwinden immer mal wieder in der Wildnis, das ist nichts Ungewöhnliches.«

Lothar schluckte.

»Los!« Sven ging gebückt, sodass er hinter dem Dickicht verborgen war. Lothar und die anderen Männer folgten ihm. Sie schlichen immer näher an die Farm heran.

Lothar blieb nah hinter Sven und legte in Gedanken ein Gelübde ab. Wenn ich wieder wohlbehalten zurück in Deutschland bin, werde ich – ja was? Er überlegte. Eine Spende an den Tierschutzbund überweisen. Nein, das war ja albern. Andererseits gelobten die Menschen, öfter in die Kirche zu gehen oder so etwas. Da war der Tierschutzbund doch gar keine schlechte Alternative. Egal. Er seufzte und wäre fast mit dem Gesicht gegen Svens roten Rucksack gestoßen, denn er war abrupt stehengeblieben.

»Pst«, zischte Sven und duckte sich noch tiefer.

Lothar machte es ihm nach. Er hörte sein eigenes Blut in den Ohren rauschen. Sie waren bei einem grauen Gebäude angekommen, offensichtlich die Rückseite der Stutenfarm.

»Wartet hier.« Sven schlich zu einer kleinen Tür, die er einen winzigen Spalt öffnete. Dann winkte er die anderen heran, die zu ihm hinüber huschten. Sie schlüpften durch die Tür und befanden sich in einer Art Scheune, in der fünf Pferde standen. Links von ihnen waren Heu- und Strohballen gelagert. Dort krochen die vier Männer hinein und warteten. Der Staub kitzelte Lothar in der Nase. Er fühlte sich völlig ausgetrocknet. Die jungen Männer tranken alle aus ihren Wasserflaschen.

»Hast du kein Wasser dabei?« Sven sah ihn mit hochgezogenen Augenbrauen an.

Lothar spürte, wie sein Gesicht heiß wurde.

Sven schüttelte den Kopf. »Also du würdest nicht lange in der Wildnis überleben.« Er reichte ihm seine Flasche.

Lothar griff danach und setzte sie an die Lippen. Der Flaschenhals schmeckte nach kalter Zigarettenasche, doch das war ihm egal. Hauptsache Wasser. Er trank nur zwei kleine Schlucke und reichte sie wieder zurück. »Danke.«

Hier war alles in bester Ordnung. Lothar zog sein Handy aus der Tasche und wollte ein Foto von den dösenden Stuten machen, doch plötzlich kam Unruhe in die Tiere. Ein Pferd riss den Kopf hoch, die anderen drängten sich zusammen. Was war denn jetzt los?

Sven zog Lothar zurück hinter den Strohballen und legte warnend den Zeigefinger auf den Mund. Sie hörten Männerstimmen. Eine Tür öffnete sich. Die Pferde stoben auf die andere Seite des Stalles und drängten sich zusammen. Sie hielten die Köpfe hoch erhoben und blähten die Nüstern.

Die Gauchos verteilten sich und begannen, die Stuten in Richtung eines Ganges aus halbhohen Holzwänden zu treiben.

Die Tiere drückten ihre ausgemergelten Leiber aneinander und stemmten die Beine in den Boden, doch die Viehhirten hieben mit Stöcken und Elektropeitschen auf sie ein, bis sie nach vorne in den Gang hinein flüchteten. Lothars Hals schnürte sich zusammen. Was machten die da mit den Pferden?

Der Gang war so eng, dass die Stuten nun hintereinander standen. Sven hielt sein Handy zwischen zwei Strohballen und filmte, wie die Männer Katheter und Blutbeutel bereithielten. Die Stuten stiegen und drängelten, die Augen weit aufgerissen. Die Männer fluchten und schlugen sie so oft mit ihren Holzscheiten auf den Kopf, bis die Tiere still hielten. Am liebsten wäre Lothar aufgestanden und hätte den Männern die Scheite aus den Händen gerissen. Er zitterte.

Sven sah ihn von der Seite an und wisperte: »Das machen sie, um die Pferde zu betäuben. Damit sie sich die Katheter in den Hals stecken lassen. Die sind so dick, dass man mit denen innerhalb kürzester Zeit enorme Mengen Blut abzapfen kann.« Er richtete weiter die Handykamera auf die Tiere. »In den ersten Wochen der Trächtigkeit werden den Stuten ungefähr zehn Liter Blut pro Woche abgenommen. Das ist doppelt so viel, wie sie eigentlich aushalten könnten. Die sind völlig entkräftet. Blutarmut, Eiweißmangel, Muskelschwund ...«

Lothar rieb sich übers Gesicht. Deshalb sahen die Pferde also alle so dürr aus, obwohl sie den ganzen Tag fraßen. Er beobachtete, wie die dunkelrote Flüssigkeit durch die dicken Katheter floss und sich die Blutbeutel immer weiter füllten. Ihm wurde übel und seine Hände begannen zu kribbeln. Das passierte ihm immer, wenn er Blut sah. Die Männer wechselten die Plastikbeutel aus. Eine Stute knickte mit den Vorderbeinen ein. Der Gaucho hieb mit seinem Stock auf ihre Hinterhand ein, bis sie sich mühsam wieder aufrappelte.

»Die höchste Konzentration des Hormons ist ungefähr um den achtzigsten Trächtigkeitstag im Stutenblut«, flüsterte Sven. »Dann werden den Tieren bis zu zehn Liter auf einmal abgezapft. Nach dem vierten Monat produzieren die Stuten kein PMSG mehr. Oft sterben die Fohlen dann von selbst ab, weil ihre Mütter so entkräftet sind. Wenn nicht, werden sie im Mutterleib getötet.«

Lothar hätte sich am liebsten die Ohren zugehalten, aber er zwang sich, weiter zuzuhören.

»Dazu greifen die Gauchos von hinten in die Gebärmutter und zerdrücken die Embryos. Die Mütter überlassen sie dann sich selbst und die toten Embryonen gehen ab. Wenn die Stuten überleben, werden sie so schnell wie möglich wieder gedeckt, damit sie neues PMSG produzieren können.«

Lothar konzentrierte sich auf seinen Atem, um nicht würgen zu müssen. Genau das hatte er auf der Farm in Uruguay gesehen. Deshalb war das Fohlen noch so klein gewesen und hatte diese merkwürdige Form gehabt. Er versuchte, den Kloß hinunterzuschlucken, der sich in seinem Hals bildete. Jetzt bloß nicht heulen. Die Stuten, die mit der Blutabnahme fertig waren, zitterten und schwankten. Ein Tier stützte seinen Kopf auf dem Zaun eines Treibganges ab, weil es ihn selbst nicht mehr halten konnte.

»Wenn die Stuten irgendwann nicht mehr trächtig werden können, wird noch ein letztes Geschäft mit ihnen gemacht«, flüsterte Sven. »Sie werden geschlachtet und ihr Fleisch wird nach Europa exportiert. Lecker, oder?« Er steckte sein Handy zurück in die Tasche. »Ich hab genug Material. Lasst uns abhauen, solange die noch beschäftigt sind.«

Lothar taumelte durch die Tür nach draußen, schaffte es gerade noch in ein Gebüsch und begann zu würgen. Aber die Krämpfe brachten nur gelbe, bittere Gallenflüssigkeit zum Vorschein. Hätte er nur etwas gefrühstückt. Er kroch wieder zwischen den Büschen hervor und wischte sich den Mund mit dem Ärmel seiner Fleece-Jacke ab. »Das ist ja grauenvoll.«

Sven sah ihn abschätzig an. »Tja, es ist eben etwas anderes, ob man so etwas nur irgendwo liest oder ob man es live erlebt, stimmt's?«

Lothar nickte. Er dachte an das Amselküken und die Augen der sterbenden Stute und hasste sich selbst für seine Feigheit. Er würde das dreckige Spiel von Armin Prinz nicht mehr mitspielen. Er holte tief Luft. »Und was wollt ihr jetzt tun, um das zu verhindern?«

Sven sah ihn überheblich an. »Konzerne wie deinen dazu bringen, dass sie kein Stutenblut mehr von solchen Farmen beziehen. Und dabei könntest du uns helfen, aber wahrscheinlich bist du dafür zu feige.«

»Mit meinem Bericht? Das glaube ich nicht.« Lothar winkte ab. »Den wird mein Chef nie im Leben veröffentlichen, wenn nicht genau das drinsteht, was er möchte. Ich würde nur meinen Job verlieren, und dann könnte ich euch sowieso nicht mehr helfen.«

»Du willst uns helfen?« Sven sah ihn spöttisch an.

Lothar nickte.

»Echt jetzt?«

Lothar nickte immer noch. »Ehrlich.«

»Na gut.« Sven sah ihn zum ersten Mal ohne Spott an.

»Aber mein Job ...«

»Keine Sorge. Ich will gar nicht, dass du deinen Job verlierst. Ich habe eine viel bessere Idee.«

Lothar schluckte. »Und welche wäre das?«

11. Kapitel
Der Prinz

Wir wissen von deinen dreckigen Versuchen. Deponiere heute 20.000 € im Schließfach Nr. 27 am Bahnhof Rostock. Sonst geben wir die Informationen an die Presse weiter und machen dich fertig. Keine Polizei!

Armin Prinz fasste sich an die Stirn. Was war das denn? Er grinste. Zwanzigtausend Euro? Das war ja wohl ein Witz. Dafür lohnte sich doch keine Erpressung. Er wollte den Brief gerade zusammenknüllen, da schlich sich ein Zweifel in seinen Kopf ein. Welche Versuche meinte der Verfasser? Das stand da gar nicht. Hatte etwa jemand Wind von seinem neuen Projekt bekommen? Und wenn ja, wer sollte das sein? Er rieb sich sein sorgfältig rasiertes Kinn und starrte auf das Blatt, das mit Computerschrift beschrieben war. Ganz normales Papier, weiß, Din A 4. Auch das Kuvert, das er gerade aus dem Innenbriefkasten gefischt hatte, war völlig nichtssagend. Keine Briefmarke. Irgendjemand musste ihn persönlich eingeworfen haben. Jetzt wurde ihm doch unwohl.

Der Konzern hatte natürlich auch einen Außenbriefkasten, der zur Straße hin lag, und in den der Briefträger die normal zugestellte Post einwarf. Die Briefkästen für hausinterne Post befanden sich im Flur des Eingangsbereichs, den man nur mit

Schlüssel oder Code-Karte betreten konnte. Außerdem war Sonntag. Den Umschlag musste also jemand dort hineingelegt haben, der Zugang zur Firma hatte. Jemand, der wusste, dass Armin Prinz immer sonntags ins Büro kam und den Brief rechtzeitig finden würde. Er schluckte und sah zur Tür. Lauschte. Totale Stille. Wer immer das gewesen war, er schien sich nicht mehr im Gebäude aufzuhalten.

Die Vorstellung, dass jemand von seinem illegalen Feldversuch wusste, drückte ihm den Brustkorb zusammen. Er rang nach Atem. Seine Frau durfte auf keinen Fall davon erfahren. Sie hielt heute eine ihrer Charity-Veranstaltungen ab, zu der sie jede Menge ältere Damen mit rosa gepuderten Wangen auf ihr Anwesen am Kummerower See eingeladen hatte. Irgendetwas mit bedürftigen Kindern mal wieder. Sollte sie sich ruhig um die Kleinen kümmern. Dann hatte sie wenigstens etwas zu tun, und sein Unternehmen hatte zur Abwechslung auch mal positive Presse. Er hasste diese Garten-Partys mit Smalltalk und war ins Büro geflohen, so wie jeden Sonntag.

Armin Prinz stieg die Treppe hoch. Er könnte auch den Aufzug nehmen, aber er ging lieber die Stufen, um in Form zu bleiben. Schließlich war er nicht mehr der Jüngste. Er ließ sich auf seinen Schreibtischstuhl fallen und rollte damit hin und her. Was sollte er jetzt tun?

Dabei hatte sich diese Stutenblut-Geschichte gerade erst geregelt. Lothar der Loser war nach seinen Erholungstagen im Wellnesshotel gestern mit einem völlig harmlosen Bericht aus Südamerika zurückgekommen. Beweisfotos zeigten grasende

Stuten auf einer riesigen Weide, genau so hatte er sich das vorgestellt.

Wägeleins Hände hatten gezittert, als er ihm den Bericht gereicht hatte. Armin Prinz grinste. Er hatte sich nicht in seinem Sachbearbeiter getäuscht. Lothar die Lusche war ein Feigling und ein Stiefellecker. Das war gut.

Trotzdem würde es sicher noch ein paar Tage dauern, bis die Informationen in der Presse wären und noch länger, bis sie im Bewusstsein der Bevölkerung ankämen.

Das war auch bei dem letzten Skandal so gewesen, bei dem es nicht um das Blut, sondern um den Urin trächtiger Stuten gegangen war. Die Vorwürfe wegen des Pferdepipis waren noch zu frisch, als dass der Konzern eine weitere Kritik in diesem Ausmaß aushalten könnte. Die Empörung über die Pferdefarmen in den USA und in Kanada, von denen der Urin kam, schwappte immer noch durch die Medien. In einem Artikel hatte ihn ein Journalist sogar als *Hormon-Papst* bezeichnet. Das hatte ihm wiederum geschmeichelt, das musste er zugeben.

Jetzt wollten diese blöden Tierschützer also einen Skandal aus dem Stutenblut machen. Aber dank Wägeleins Bericht würde der hoffentlich bald wieder im Sande verlaufen. Er *musste* bald wieder im Sande verlaufen. Und nun wusste vielleicht jemand von seinem neuen Projekt? Das Risiko, in einen dritten Skandal verwickelt zu werden, konnte er unmöglich eingehen. Vor allem nicht, weil das schon wieder ein Thema wäre, das die Öffentlichkeit mitten ins Herz treffen würde. Es ging nämlich um Baby-Pferde.

Der Konzernleiter presste sich die Hand auf die Brust. Dieses Stechen nahm ihm die Luft. Er schloss die Augen und versuchte, tief einzuatmen. Er musste verhindern, dass diese Informationen auch noch bekannt wurden.

Die zwanzigtausend Euro konnte er aus der Portokasse zahlen, das war kein Problem. Er würde das Geld am Bahnhof deponieren und sich, wenn nötig, den ganzen Tag auf die Lauer legen und abwarten. Irgendwann müsste ja jemand den Umschlag holen.

Was, wenn es wieder dieser Sven Technow von den *Animal Rebels* war, der ihm auf die Schliche gekommen war? Der junge Mann ging ihm gehörig auf die Nerven. Er hatte der Presse schon die Informationen über den Urin-Skandal zugespielt. Aber es war unmöglich, dass dieser Tierschützer Interna über das aktuelle Projekt hatte. Das war alles geheim. Armin Prinz verwahrte sämtliche Unterlagen hier, im Safe seines Büros. Und nur er allein wusste von dem Feldversuch, der gerade stattfand. Was für ein blöder Name. Was hatte ein Feld mit realen Bedingungen zu tun? Eigentlich musste das *Versuch unter realen Bedingungen* heißen. Egal.

Armin Prinz zog seinen Schlüsselbund aus der Tasche, ging zu dem Gemälde mit der Jagdszene, das seinem Schreibtisch gegenüber hing, nahm es ab und schloss seinen Wandtresor auf. Da waren alle Papiere, genau so, wie er sie hineingelegt hatte. Er atmete auf. Bestimmt meinte der Erpresser den Stutenblut-Skandal. Trotzdem. Wer auch immer dahintersteckte, sollte schweigen. Er schob die Dokumente auf die Seite und nahm vierzig Fünfhundert-Euro-Scheine aus einem braunen Umschlag. Zum Glück hatte er immer etwas Kleingeld in der Kaffeekasse.

Armin Prinz schloss die Tür des Wandtresors zu, setzte sich an den Tisch und schob die rosafarbenen Scheine in ein Briefkuvert. Es war doch immer wieder erstaunlich, wie unscheinbar so ein hoher Geldbetrag aussehen konnte. Nachdenklich spielte er an der Ecke eines Kinderbildes herum, das ihm seine Prinzessin letzte Woche geschenkt hatte. Es zeigte eine Katze, die über eine Blumenwiese lief. Schade, dass er seine Enkeltochter heute nicht sehen würde. Das war das Einzige, was ihm an seiner Flucht vor der Gartenparty leidtat. Er sah sie vor sich, wie sie in einem bezaubernden Kleidchen durch den Garten springen und die Herzen aller Gäste erobern würde. Er lächelte. Aber nur kurz. Dann rieb er sich das Kinn und seufzte.

Eigentlich war er aus dem Alter heraus, sich auf Bahnhöfen zu verstecken und Erpresser abzupassen. Wenn der Brief tatsächlich von den *Animal Rebels* kam, würde er sich möglicherweise mit kräftigen jungen Männern anlegen müssen. Dazu war er in seinem Alter nicht mehr in der Lage. Andererseits brauchte er sich ja nicht zu erkennen geben. Zunächst wollte er einfach nur wissen, wer hinter der Erpressung steckte.

Er zog eine Schreibtischschublade auf und nahm sich ein Marshmallow. Er drückte das fluffige Schweinchen erst zusammen und schob es dann in den Mund. Er schloss die Augen und schmeckte die klebrige Süße. Als er es zerbissen und heruntergeschluckt hatte, stand er auf. Er musste los.

12. Kapitel
Anne

Was sollte sie bloß sagen? Anne lauschte dem Tuten in ihrem Telefonhörer und kaute dabei auf ihrer Unterlippe herum. Sie hatte plötzlich ein Vakuum im Gehirn. Sollte sie einfach wieder auflegen? Blödsinn, sie war doch keine fünfzehn mehr. Aber gefühlt war es ungefähr so lange her, dass sie einen Mann angerufen hatte, der ihr gefiel. Sie war jetzt seit einem Jahr allein und davor hatte sie über siebzehn Jahre lang in einer Ehe gelebt, die zum Schluss so leer gewesen war, wie ein alter Pappkarton.

Tuuut.

Sie kannte Paul Becker kaum. Sie hatte ihn einmal befragt, dann den Mörder auf seinem Hof gestellt und ihn am nächsten Tag offiziell zu dem Fall verhört. Das war alles. Theoretisch. Denn praktisch hatte sie sich in ihn verknallt wie ein Teenager und nun tockte ihr Herz unsanft von innen an ihren Brustkorb. Meine Güte, sie hatte ganz vergessen, wie aufregend das war.

Es tutete immer noch. Er ging nicht dran. Das war ja eigentlich auch eine blöde Idee gewesen. Besser, sie legte jetzt wieder auf.

»Becker?«

Ein Stromstoß fuhr durch ihren Körper.

»Hallo?«

Los, dachte sie, sag was, Anne. »Ähm ...«

»Wer ist da?«

»Hallo, hier ist Anne Moll«, sagte sie schnell, bevor das Ganze hier noch peinlicher wurde. »Die Kommissarin.«

»Ach ja. Guten Tag.«

Bildete sie sich das nur ein, oder hatte sich seine Stimme tatsächlich aufgehellt? Sie räusperte sich. »Ich hoffe, ich störe nicht«, begann sie, »aber Sie hatten mir doch angeboten, dass meine Tochter Ihr Pferd kennenlernen könnte. Nighty. Sie ist jetzt wieder aus dem Urlaub zurück. Gilt das noch?« Ihr Herz klopfte schneller.

»Klar. Sie können gerne vorbeikommen.«

Jetzt zog sich auch noch Annes Magen zusammen. »Toll. Wann passt es Ihnen denn?«

»Wie wäre es morgen Nachmittag?«

Zum Glück konnte Paul nicht sehen, dass sie schon wieder rote Ohren bekam. Es war ja der helle Wahnsinn, was in ihrem Körper alles los war, nur weil sie einen Wissenschaftler datete. »Ja super«, sagte sie und versuchte, möglichst cool zu klingen. »Dann kommen wir ... so gegen vier Uhr?«

»Alles klar. Bis morgen«, sagte er. »Tschüss.«

»Tschüss«, antwortete Anne und legte auf. Sie atmete tief durch und ging im Flur auf und ab. Langsam ebbte das Adrenalin wieder ab. Unglaublich. Hatte sie wirklich ein Date mit Paul Becker? So einfach war das also? Na ja, eigentlich hatte er mehr Charlie eingeladen. Egal. Hauptsache, sie würde ihn wiedersehen.

Es war das erste Mal, seit sie in Mecklenburg lebte, dass sie einen Mann kennengelernt hatte, der sie wirklich interessierte. Ihre Kollegen in der Arbeit waren entweder verheiratet oder kamen definitiv nicht in Frage. Und für Freizeitbeschäftigungen hatte sie kaum Zeit. Einmal in der Woche ging sie zum Thai Chi, aber der einzige Mann dort war ihr spilleriger Lehrer, der Kurkuma ausdünstete. Bei dem Gedanken daran verzog Anne das Gesicht. Seit ihrer Schwangerschaft ertrug sie manche Gerüche einfach nicht mehr.

Aber jetzt war da Paul Becker. Und der roch bestimmt lecker. Sie lächelte. Dann sah sie auf die Uhr. Wo blieb Charlie nur so lange? Sie nahm ihre Jeansjacke vom Haken, schlüpfte in die Cowboystiefel und ging Richtung Wald. Besser, sie sah nach ihrer Tochter. Es wurde schon dunkel.

13. Kapitel
Der Prinz

Armin Prinz hatte sich die Schließfach-Nummer zur Sicherheit auf einen Zettel geschrieben, den er in der Hosentasche trug. Eigentlich war das unnötig. Als hätte er die Zahl je vergessen können. Siebenundzwanzig. So alt war er gewesen, als er damals ganz alleine eine kleine Firma namens *Hormonvision* gegründet hatte. Wer wusste das über ihn?

Langsam ging er an den Metalltüren vorbei und suchte die richtige Nummer. Klar, zweite Reihe, siebtes Fach. Zwei sieben. Darauf hätte er auch selbst kommen können. Er wurde wirklich alt.

Armin Prinz blickte sich um, doch er sah nichts Auffälliges. Niemand kam ihm verdächtig vor, oder vielleicht auch alle, aber jedenfalls stach keiner aus der Masse hervor. Die Reisenden eilten von den Gleisen zur Bahnhofshalle oder zu den Treppen, die hinunter zu den S-Bahn- und Trambahn-Haltestellen führten. Zu den Schließfächern verirrte sich niemand.

Er legte den Umschlag in das Metallfach und drückte die Tür zu, aber sie schloss nicht. Er müsste Geld einwerfen, den Schlüssel umdrehen und abziehen, damit die Tür verriegelt wäre. Doch dann könnte der Erpresser das Kuvert ja gar nicht abholen. Was für eine schwachsinnige Idee, ein Schließfach für eine Geldübergabe auszuwählen. Was für ein Stümper war da am Werk?

Er schüttelte den Kopf, lehnte die Tür an, so gut es eben ging, und hoffte, dass der Abholer schnell sein würde. Vielleicht war er ja schon irgendwo ganz in der Nähe und beobachtete ihn? Er sah sich noch einmal um. Nichts.

Armin Prinz versuchte, möglichst unauffällig davonzuschlendern. Zwei Polizisten kamen auf ihn zu. Jetzt bloß keine Aufmerksamkeit erregen. Aber woran erkannten andere Menschen überhaupt, ob man verdächtig wirkte oder nicht? War es auffälliger, die Polizisten zu ignorieren oder sie freundlich anzulächeln? Oder war das schon wieder zu plump? Am besten, er blickte herum, als würde er nach jemandem Ausschau halten. Das war an einem Bahnhof ja naheliegend. Die beiden gingen vorbei. Er atmete auf.

Natürlich musste er den Bereich mit den Schließfächern verlassen, damit sich der Erpresser sicher fühlte. Viel Zeit durfte er allerdings nicht verstreichen lassen, sonst bestand das Risiko, dass ein Fremder zufällig den Umschlag fand. Dafür waren ihm seine Barbestände dann doch zu schade.

Er beschloss, in dem Tunnelsystem zu verschwinden, in dem die Straßenbahn und die S-Bahn fuhren. Sein Plan war, an den Gleisen entlangzugehen, über die Treppe am anderen Ausgang wieder heraufzukommen und sich so zu positionieren, dass er die Schließfächer im Blick hatte. Dann könnte er aus sicherer Entfernung beobachten, wer hinter dieser Erpressung steckte.

Siebenundzwanzig. Seitdem war viel passiert. Er hatte geheiratet, eine Tochter bekommen und dann eine Enkelin. Seine Prinzessin. Ein Lächeln huschte über sein Gesicht. Als das Baby zum ersten Mal in seinen Armen gelegen hatte und ihm sein betörender Duft in die Nase gestiegen war, hatte plötzlich alles einen Sinn gehabt. Zu seiner Tochter hatte er nie eine wirkliche Beziehung aufgebaut. Er hatte immer nur gearbeitet und wenn er zuhause war, brauchte er Ruhe, war erschöpft und genervt. In der Pubertät hatte sie ihm das ständig vorgeworfen. Seine Antwort war immer gewesen, ob sie lieber auf die Villa mit dem Pool verzichten würde, die er für sie gebaut hatte? Andauernd Streit. Seine Tochter war ausgezogen, sobald sie achtzehn war. Sie war eine Fremde für ihn. Aber mit seiner Enkelin sollte alles anders werden. Mit ihr scherzte er, machte ihr Geschenke, beobachtete, wie sie im Garten spielte. Und eines Tages würde sie die Erbin seines Lebenswerkes sein.

Als er die Treppe wieder hochstieg, schwitzte er und zerknüllte den Zettel in seiner Hosentasche. Er rang nach Atem. Hörten diese Stufen denn nie auf? Er war in letzter Zeit so kurzatmig. Hoffentlich war er nicht zu spät dran.

Er verbarg sich hinter einer Werbetafel für einen Freizeitpark an der Ostsee, auf der jede Menge Erdbeeren zu sehen waren, und starrte angestrengt auf die Schließfächer, die etwa hundert Meter entfernt lagen.

Da. Ein schlaksiger Mann, der ebenso betont unauffällig herumschlenderte, wie er selbst es vorhin getan hatte. Jetzt sah Armin Prinz, wie lächerlich das wirkte. Sein Herzschlag ging schneller. Das musste der Erpresser sein. Er trug einen schwarzen Pullover und hatte sich die Kapuze über den Kopf gezogen. Eine Sonnenbrille hatte er auch noch auf. Armin Prinz schüttelte den Kopf. Auffälliger ging es wirklich nicht. Schwer zu sagen, wie alt er war, vielleicht Mitte dreißig. Über seiner Schulter baumelte eine schwarze Sporttasche. Hatte er etwa gedacht, zwanzigtausend Euro brauchten so viel Platz? Er selbst hatte den Umschlag in der Innentasche seiner Jacke getragen. Der Mann hatte vermutlich noch nie so viel Bargeld in der Hand gehabt.

Wer war das? Einer von diesen ausgeflippten Tierschützern bestimmt nicht. Das waren alles dynamische, clevere Typen. Nicht so peinliche Möchtegern-Kriminelle wie der da.

Und der sollte sein Geld bekommen? Niemals!

Der Konzernchef zog in seinem Versteck das Handy hervor und filmte den Mann, wie er die Tür von Nummer 27 öffnete, sich umsah, hineingriff, den Umschlag an sich nahm, ihn im Seitenreißverschluss der Sporttasche verschwinden ließ und davoneilte.

Gerade als Armin Prinz hinter der Werbetafel hervortreten wollte, um die Verfolgung aufzunehmen, spürte er eine Hand auf seiner Schulter. Er fuhr herum.

14. Kapitel
Anne

Anne ging mit weit ausholenden Schritten in den Wald hinein und atmete die feuchte Luft ein. Es roch nach modrigen Blättern. Je länger sie lief, desto ruhiger wurde sie. Anne kannte die Lieblingsplätze ihrer Tochter. Sie war bestimmt beim Grab der Baronin und ihrem Pferd. Als sie bei dem verwitterten Grabstein ankam, sah sie sich um. Kein Mensch weit und breit.

»Charlie?« Sie horchte ins Dickicht hinein. Nichts. »Charlotte?«, rief sie lauter.

Stille. Nur die Vögel zwitscherten.

Verdammt. Wo konnte sie nur sein? Anne lief weiter Richtung Hochsitz. Von dort oben sah man endlos weit über die hügelige Landschaft. Da stieg Charlie manchmal rauf, wenn sie nachdenken wollte. Anne legte den Kopf in den Nacken und sah hinauf. Leer.

»Charlotte!«, rief sie jetzt so laut sie konnte. »Charlie!«

Keine Antwort.

Die Angst griff kalt nach ihrem Herzen. Und wenn ihr etwas passiert war? Sie war ihrer Tochter nicht nachgegangen. Sie hätte sie zurückrufen müssen. Adrenalin schwemmte durch ihren Körper. Jetzt nur nicht darüber nachdenken, was alles passieren könnte. Anne schloss kurz die Augen und atmete tief durch. Denk nach, sagte sie sich.

Ein Platz fiel ihr noch ein. Die Lichtung, auf der oft Rehe ästen. Anne eilte zurück, rannte fast, rutschte immer wieder auf dem matschigen Waldweg aus. Die Büsche zerkratzen ihre Haut. Dort vorne wurde es heller, das Dickicht öffnete sich. Da! Anne atmete auf. Charlie saß auf einem umgestürzten Baumstamm. Fast hätte sie den khakifarbenen Parka übersehen, doch als sie näher kam, hob sich die zierliche Gestalt ihrer Tochter vom Dunkelgrün des Waldes ab.

»Mein Küken!« Anne ging von hinten auf sie zu. Ihre Tochter drehte den Kopf nicht zu ihr, aber sie sah, dass Charlie sie aus dem Augenwinkel beobachtete.

»Nenn mich nicht Küken!«, zischte sie.

Anne setzte sich neben ihr auf den Stamm. »Zum Glück hab ich dich gefunden. Ich hab mir solche Sorgen gemacht.«

Charlie drehte ihr Gesicht noch weiter weg.

»Wollen wir noch mal von vorne anfangen?«, fragte Anne. »Hallo, schön dich zu sehen.«

Das Mädchen schwieg und pulte mit der Zunge zwischen Oberlippe und Zahnspange herum.

»Ich hab das vorhin nicht so gemeint.«

Charlie fuhr herum. »Doch, hast du!«

»Ehrlich nicht. Ich hab das nur gesagt, weil Bernd mich so wütend gemacht hat.«

»Glaub ich nicht.«

»Doch. Du siehst nicht aus wie eine Asoziale. Nur sehr ... anders. Sag mal ehrlich, hat Bernd dir das erlaubt oder hast du gar nicht gefragt?«

Charlie zuckte die Schultern.

»Also nicht.«

»Ist ihm doch sowieso egal.« Charlies Stimme klang bitter.

»Wie meinst du das?«

Charlie starrte auf den Boden. »Er hat mich ein Jahr lang nicht gesehen und dann hat er nur Augen für diese Tusse.«

»Welche Tusse?«

»Ist doch egal.«

»Hat er eine Freundin? Du kannst es mir ruhig sagen, wir sind ja seit einem Jahr nicht mehr zusammen. Das macht mir nichts aus.«

»Boah ey, ich kann doch nicht mit meiner ehemaligen Mathelehrerin am Frühstückstisch sitzen«, platzte Charlie heraus.

Bähm! Volle Breitseite. Anne hustete. »Frau Berger?«

Charlie machte Würgegeräusche. »Das ist echt widerlich. Ich wollte es dir eigentlich gar nicht sagen ...«

»Ist schon ok. Frau Berger war der Grund, warum ich Bernd verlassen habe.«

»Hä?« Charlie zog die Augenbrauen zusammen.

»Er war ein einziges Mal auf einem Elternsprechtag. Und zack, hat er deine Lehrerin aufgerissen.«

»Waaas? Ich fasse es nicht, so ein Arschloch.« Charlies Stimme wurde leise und sie blickte auf das Gras vor ihren Stiefelspitzen. »Ich dachte, *du* hast einfach so unsere Familie kaputt gemacht, ich meine, ich dachte, du hast es ohne Grund getan, aus purem Egoismus. Wenn ich das gewusst hätte ... Warum hast du mir das nie gesagt?«

Anne schüttelte den Kopf. »Ich wollte dir deinen Vater nicht mies machen.«

Sie schwiegen einen Moment lang. Dann sagte Charlie: »Tut mir echt leid.«

Anne winkte ab. »Schon gut, ich bin drüber weg. Aber dass er eine richtige Beziehung mit ihr eingegangen ist, hätte ich nicht gedacht.«

»Ich will nie wieder zu ihm.«

»Blödsinn, das ist eine Sache zwischen Bernd und mir, das hat nichts mit dir zu tun.«

»Doch! Er hat unsere Familie zerstört.« Charlie wischte sich mit dem Ärmel über die Nase. »Ich dachte du ...«

Anne legte den Arm um Charlie, zog sie zu sich heran und küsste sie auf den verbliebenen Streifen Haare. Sie spürte, wie die Schultern ihrer Tochter bebten.

»Dann hätte ich doch nicht ...«, schluchzte sie. »Dann wäre ich doch gar nicht so wütend auf dich gewesen. Du hättest mir das sagen müssen.«

»Ich dachte, du verkraftest das nicht. Dein Vater mit deiner Lehrerin ...«

»Boah, das *ist* ja auch wirklich ekelhaft.« Charlie wand sich aus der Umarmung.

Anne musste kichern. »Ja. Wenn ich mir vorstelle, dass damals *mein* Vater was mit *meiner* Lehrerin gehabt hätte ... Iiih!«

Charlie grinste jetzt auch zwischen ihren Tränen hindurch.

»Na komm, vorbei ist vorbei.« Anne puffte sie mit dem Ellbogen an. »Lass uns das Thema wechseln. Ich habe eine Überraschung für dich. Wenn du willst, kannst du Nighty kennenlernen.«

Charlies Gesicht hellte sich auf. »Echt?«

Anne nickte. »Paul Becker hat uns für morgen Nachmittag eingeladen.«

»Sehr cool.« Sie stand von ihrem Baumstamm auf. »Lass uns nach Hause gehen.«

Es dämmerte schon und vom Boden stieg ein feucht-kalter Luftzug auf. Anne bekam eine Gänsehaut. Die beiden liefen schweigend nebeneinander her. Ihre Kleidung raschelte leise, doch jetzt hörte es sich an wie lautes Schleifen und Knistern. Wenn es im Wald dunkel wurde, verstärkten sich alle Sinneseindrücke. Es knackte im Unterholz und Anne zuckte zusammen. Es wurde Zeit, dass sie nach Hause kamen.

Sie erinnerte sich noch gut an ihren letzten langen Spaziergang, bei dem sie sich verfolgt und beobachtet gefühlt hatte. Schließlich hatte sich herausgestellt, dass es nur Paul Becker mit seinem Hund gewesen war. Tja. Wer hätte gedacht, dass sie ihn so bald wiedersehen würde? Sie war schon ein bisschen stolz auf sich, weil sie den Mut aufgebracht hatte, ihn anzurufen. Hoffentlich wurde das morgen kein Flop.

15. Kapitel
Der Prinz

»Was machen Sie denn hier, Chef?«, fragte ihn eine einfältige Stimme. Mandy. Was wollte dieses Mondkalb hier? Ungehalten schüttelte Armin Prinz ihre Hand ab und drehte sich wieder um. Er musste sehen, wohin der Mann mit seinem Geld ging.

So ein Mist. Der Mann war verschwunden. Er scannte mit den Augen die Schließfächer und die Bahnhofshalle ab, aber er konnte ihn nirgends entdecken.

»Fahren Sie heute etwa mit dem Zug? Sonst sind Sie doch immer mit Ihrem Dienstwagen unterwegs.« Mandy pulte an ihren violett lackierten Fingernägeln herum. Wie die schon wieder aussah. Fast weiß blondierte Haare, blauer Lidschatten, die Augen mit Kajal umrandet, rosa Lippenstift. Gruselig.

»Und was machst *du* hier?«, fragte er ungehalten zurück, weil ihm auf die Schnelle keine Antwort einfiel. »Solltest du nicht im Büro sein?«

»Heute ist doch Sonntag.« Mandy zog die Augenbrauen hoch und ihm fiel auf, dass die dunklen Härchen nicht gezupft waren. Sie wuchsen vereinzelt in Richtung ihrer blau geschminkten Augenlider. »Was ist denn mit Ihnen los, Chef? Sie sind ja völlig durch den Wind.«

»Ich hole jemanden vom Zug ab.« Zum Glück war ihm das jetzt eingefallen.

»Und deshalb stehen Sie hinter einer Werbetafel und filmen die Leute?«

Ganz so dumm war sie also doch nicht. Einen Moment lang wog er ab, ob Mandy für ihn eine Hilfe oder eher eine Gefahr darstellen würde, wenn er sie einweihte. Ach was. Gefährliche Menschen brauchten Scharfsinn, und den hatte Mandy nicht. Gut so. Der Konzernchef umgab sich lieber mit feigen und dummen Menschen, die waren leichter zu händeln. Seine neue Assistentin hatte ihn im Vorstellungsgespräch innerhalb weniger Minuten davon überzeugt, dass sie genau die Richtige für ihn war. Aktuell war sie in der Einarbeitung und fuhr seit zwei Wochen mit den Vertretern von Hof zu Hof, um seine Hormonprodukte an die Schweinebauern zu verkaufen. Vielleicht erkannte sie ja den Mann vom Video.

»Na gut, du hast mich ertappt«, sagte Armin Prinz. »Ich bin aus einem anderen Grund hier.«

»Echt?« Mandy sah ihn mit großen Augen an, wodurch sie noch mehr nach Kalb aussah. »Und warum?«

»Ich muss dir etwas zeigen.« Er klickte auf das Video-Album seines Handys. Dann wählte er den Film aus, den er eben gedreht hatte, und hielt seiner Assistentin das Display unter die Nase. »Weißt du, wer das ist?«, fragte er. »Irgendjemand, der bei uns arbeitet? Oder bei uns einkauft? Du bist doch in den letzten Wochen viel herumgekommen. Hast du den Mann schon mal gesehen?«

Mandy schaute sich den Film an und schüttelte den Kopf. »Warum denn, Chef?«

Armin Prinz senkte die Stimme. »Kann ich mich darauf verlassen, dass du schweigst, wenn ich dir jetzt ein Geheimnis verrate?« Mandy nickte wie ein einfältiges Kind und er flüsterte ihr zu: »Wir werden erpresst.«

»Erpresst?« Mandy schlug die Hand vor den Mund.

»Pst!« Armin Prinz schaute sich um. »Ich brauche deine Hilfe. Du musst in den nächsten Tagen all unsere Kunden in der Region besuchen und ihnen ein Sonderpaket anbieten. Du weißt ja: *PMSG - der moderne Klassiker. Vertrauen Sie auf hundert Prozent Natur.* Der Erpresser weiß über unsere Geschäfte Bescheid. Und wir müssen ohnehin den Verkauf der Hormonprodukte ankurbeln. Bei der Gelegenheit hältst du nach diesem Mann Ausschau, ja?«

»Ist das nicht gefährlich?«

»Ach was!« Armin Prinz winkte ab. »Es weiß schließlich niemand, dass du dieses Video gesehen hast und ich dir von der Erpressung erzählt habe. Außerdem«, er senkte wieder die Stimme, »bekommst du tausend Euro Bonus von mir, wenn du den Mann findest.«

Sofort wichen alle Zweifel aus Mandys Gesicht. Sie nickte mehrmals, wie ein Wackeldackel.

Armin Prinz lächelte. Geld funktionierte eben immer. »Kann ich mich auf dich verlassen? Ehrlich? Kein Wort zu niemandem?« Er sah sie über den oberen Rand seiner golden eingefassten Brille hinweg an.

Mandy hob die Hand zum Schwur. »Ich schweige wie ein Grab.«

»Also dann, bis morgen im Büro. Ich stelle dir gleich in der Früh das Sonderangebot zusammen, mit dem du alle Höfe in der Gegend abfährst.«

»Klar, Chef.«

Armin Prinz ging durch die Bahnhofshalle davon. Er drehte sich noch einmal um und sah, wie Mandy eine Nachricht in ihr Handy tippte. Er schüttelte den Kopf. Dass diese jungen Leute heutzutage ständig am Telefon hingen. Dann grinste er. Dieses dumme Mondkalb würde ihm noch nützlich sein.

16. Kapitel
Paul

Paul legte den Hörer auf und strich sich die Haare aus der Stirn. Hatte er jetzt etwa ein Date mit der Kommissarin? Wahnsinn. Sie würde ihn morgen wirklich besuchen kommen. Er grinste. Das hätte er nicht gedacht, als er sie eingeladen hatte. Denn natürlich hatte seine Einladung mehr ihr als ihrer Tochter gegolten.

Er sah in den Spiegel. Er war braungebrannt, aber seine Haare hingen ihm zu lang in die Stirn. Irgendwie sah er verwahrlost aus. Sollte er heute noch zum Friseur gehen und sich mal ein neues T-Shirt kaufen?

Er schüttelte den Kopf über sich selbst und sein Grinsen fiel in sich zusammen. Paul Becker, du bist doch überhaupt nicht mehr daran gewöhnt, mit Frauen zu kommunizieren, geschweige denn, eine Verabredung über die Bühne zu bringen. Das wird sowieso nichts. Diese Kommissarin ist selbstbewusst, erfolgreich und sieht auch noch super aus, warum sollte die sich ausgerechnet für einen misanthropischen Wissenschaftler wie dich interessieren?

Er seufzte. Seit seine Frau ihn verlassen hatte, lebte er zurückgezogen auf seinem Hof, wütend auf sich und die Welt. Vielleicht war es besser, die Finger von dieser Anne Moll zu lassen. Was für eine blöde Idee, sie überhaupt einzuladen. Natürlich würde sie nur kommen, weil ihre Tochter das Pferd sehen wollte.

Am Liebsten würde er sie zurückrufen und behaupten, dass er krank sei oder einen wichtigen Termin hätte, aber das wäre wirklich affig. Es blieb ihm nichts anderes übrig, als sein Bestes zu geben. Er ging die Treppe hoch ins Schlafzimmer und öffnete den Schrank. Er müsste doch noch das dunkelblaue T-Shirt mit dem Wolf drauf haben, das ihm seine Mutter aus Lappland geschickt hatte.

Seine Eltern waren ausgewandert und lebten mitten im Taigagürtel. Die Entfernungen zwischen den Siedlungen waren dort so groß, dass die Natur das Sagen hatte. Wer sich in den Wäldern verstecken wollte, den würde man in hundert Jahren nicht finden. Deshalb siedelten sich im Unterholz des Nordlandes viele schrullige Menschen an. Dort konnten sie leben, wie sie wollten. Das war eine Art von Freiheit, die Paul gefiel. Er hatte schon öfter darüber nachgedacht, zu seinen Eltern zu ziehen, aber erst hatte ihn sein Großvater zurückgehalten, und nach dessen Tod seine Arbeit als Wissenschaftler.

Jedenfalls hatte seine Mutter Angst vor Pferden aber nicht vor Wölfen. Einer ihrer Hunde war sogar ein halber Wolf und sie schwärmte oft von seinem unglaublichen Charakter. Sie erzählte, dass man sich zwar von den Wölfen beobachtet fühlte, sie aber nicht angriffen. *Wölfe sind unsere Freunde*, sagte sie immer, *sie sind wie Schatten. Man bekommt sie kaum zu Gesicht, entdeckt höchstens ihre Fußspuren im Schnee, oder ein paar blutige Überreste von Tieren im Wald.*

Manchmal sah sie die Wölfe bei Vollmond über den zugefrorenen See rennen, ein weit verzweigtes Rudel, welches hinter einem Rentier her war. Einmal hatte sie Wölfe am Rande des Dorfes heulen hören, und das genau unter einem grandiosen Nordlicht. Paul seufzte. Das war schon was zum Träumen. Aber er fühlte sich so verbunden mit seinem Hof, dass er sich nicht vorstellen konnte, seine Heimat zu verlassen. Und in den Wäldern von Mecklenburg war es auch schön einsam.

Ja, da war das T-Shirt. Er atmete tief durch. Er würde das mit der Kommissarin schon irgendwie hinbekommen.

17. Kapitel
Anne

»Wow, der sieht richtig smash aus«, flüsterte Charlie.

»Was?« Annes Herz stolperte, als sie durch die Windschutzscheibe Paul Becker sah. Er trug Jeans und ein enges, dunkelblaues T-Shirt mit einem Wolfskopf darauf.

»Na, er sieht halt gut aus.«

»Ach so.« Anne stieg aus dem Auto und ging auf Paul zu. Hoffentlich bemerkte er ihre heißen Ohren nicht. Sie musste ihrer Tochter recht geben. Er sah sogar noch besser aus, als sie ihn in Erinnerung hatte. Er hatte einen Dreitagebart, war braungebannt und die dunklen Haare hingen ihm in die Stirn. Anne hatte eine Schwäche für Naturburschen.

»Hallo.« Er streckte ihr die Hand hin. Warme, trockene Haut und ein kräftiger Händedruck. Dann wandte er sich Charlie zu. »Und du bist Charlie?«

Ihre Tochter nickte.

»Komm, ich zeig dir die Pferde.« Paul ging voraus und Charlie lief ihm hinterher.

Anne blieb kurz stehen, doch als sich keiner der beiden nach ihr umdrehte, folgte sie ihnen. Paul und Charlie lehnten sich an den Weidezaun und blickten über die Senke, in der eine kleine Pferdeherde graste. Sie stellte sich zu ihnen.

»Und, wo reitest du?«, fragte Paul ihre Tochter.

»Im Moment nirgends. Ich hatte Unterricht bei Cindy Ackermann, aber das war nichts für mich. Sie war so fies zu den Pferden ...«

»Ich weiß.«

»Kennst du die?« Charlie sah ihn überrascht an.

»Ich habe für sie gearbeitet.«

»Oh.«

Paul zuckte die Schultern. »Da bin ich aber nicht stolz drauf. Und es war auch nicht freiwillig. Egal. Erzähl mal.«

»Sie hat für alles den Pferden die Schuld gegeben, obwohl sie die selbst komplett versaut hat.«

»Das hast du richtig erkannt.« Paul lächelte.

»Solange ein Pferd alles gemacht hat, was sie wollte, hat sie das als selbstverständlich hingenommen. Aber kaum hat es mal einen Fehler gemacht, wurde es bestraft.« Ihre Augen leuchteten vor Eifer und Anne freute sich, dass sie sich auf Anhieb so gut mit dem Wissenschaftler verstand. »Dabei sollte es genau andersherum sein. Wenn ein Pferd alles richtig macht, soll es gelobt werden. Es soll ja merken, dass es positives Feedback bekommt und gerne mitmachen.«

»So ist es.«

»Aber ich muss ehrlich zugeben, dass ich mein Pferd während dem Reiten fast nie lobe. Ich vergesse es oft, vor allem wenn ich konzentriert bin. Und es hat mich bisher auch noch kein Reitlehrer dazu aufgefordert. Im Gegenteil, die Ackermann hat mir sogar verboten, mein Pferd zu loben, weil ich sonst meinen Sitz verliere.« Charlie verdrehte die Augen.

»Na ja, man kann auch mit der Stimme loben«, sagte Paul.

»Oh, stimmt.« Charlie sah ihn betreten an.

Anne erinnerte sich mit Grauen daran, wie diese Hexe ihre Tochter und das Pferd, auf dem sie saß, im Reitunterricht drangsaliert hatte. »Die war wirklich schlimm«, versuchte sie, sich in das Gespräch einzumischen, doch Paul beachtete sie gar nicht, sondern redete einfach weiter mit Charlie.

»Weißt du, wie die Frage eigentlich lauten müsste? Nicht: Was hast du für ein Problem mit deinem Pferd?« Er machte eine weit ausholende Geste mit der rechten Hand. »Sondern: Was hat dein Pferd für ein Problem mit dir?«

Charlie dachte kurz nach und nickte dann. »Cool, so habe ich das noch nie gesehen.«

»Für Pferde ergibt es keinen Sinn, etwas nur deshalb zu tun, weil wir es wollen. Überleg mal. Eine Leitstute muss ihrer Herde nicht beibringen, wie man einen Fluss durchquert. Die Pferde folgen ihr aus dem einzigen Grund, der wirklich funktioniert: Das Vertrauen, dass es ihnen selbst besser geht, wenn sie einem Leittier folgen. Und genau so ein Leittier müssen wir für unser Pferd sein.«

Anne unterdrückte einen Seufzer. Paul Becker interessierte sich überhaupt nicht für sie, er ignorierte sie komplett. Da hatte sie sich was vorgemacht, das wurde ihr gerade klar. Er quatschte nur mit Charlie, natürlich über Pferde. Sie seufzte. Nicht nur, dass ihre Tochter ständig von den stinkenden Viechern sprach, nun war auch der erste Mann, der ihr seit Jahren, ach was, seit Jahrzehnten, wieder schwitzige Hände und Herzrasen bescherte, diesem Thema verfallen. Und sie selbst konnte überhaupt nicht mitreden.

»Das Hauptproblem ist, dass viele Leute ihre Pferde total vermenschlichen«, erklärte Paul jetzt. Er strich sich die Haare mit einer langsamen Geste zurück und blickte Anne ein paar Sekunden lang an. Sofort zog sich ihr Magen zusammen und sie versuchte zu lächeln, doch er war schon wieder bei Charlie. »Sie wissen gar nicht, was Pferde wirklich brauchen.«

»Nämlich?«, mischte Anne sich in die Unterhaltung ein.

»Ach Mama, das ist doch klar.« Charlie verdrehte die Augen. »Das Wichtigste für Pferde ist es, mit anderen Pferden zusammen auf der Weide zu sein. Herdentier ... Bewegungstier ... Noch nie gehört?«

Fantastisch. Sie hatte also mal wieder keine Ahnung.

»Und was machen Sie jetzt mit Nighty, damit er wieder Vertrauen zu Menschen fasst?«, fragte Charlie.

Paul hob die Hände. »Er muss erst einmal lernen, dass *ich* ab sofort die Wölfe im Blick habe.«

»Welche Wölfe?« Charlie schaute ihn verwirrt an.

»Also bildlich gesprochen.« Paul lächelte. »Und sag ruhig *du* zu mir, sonst fühle ich mich so alt.«

Das gibt's doch nicht, dachte Anne. Jetzt bot er Charlie auch noch das *Du* an. Sie kniff die Lippen zusammen, obwohl sie wusste, dass es lächerlich und kindisch war, auf ihre Tochter eifersüchtig zu sein. Sie versuchte, wenigstens die Aussicht über die Weide bis hinunter zum Fluss zu genießen, der sich am Waldrand entlang schlängelte.

Und die Aussicht auf ihre Tochter, die heute tatsächlich einigermaßen normal aussah. Sie hatte zumindest eine Jeans ohne Löcher und Turnschuhe angezogen und ihre Haare auf beide Seiten des Kopfes gekämmt. In ein paar Tagen würde der Haarflaum auf dem rasierten Teil ihres Schädels etwas nachgewachsen sein, sodass keine Haut mehr hindurchschimmerte. Nur auf den ausgeleierten Pulli mit der Aufschrift *Fight for Animal Rights* und einer stilisierten Hundepfote hatte sie bestanden. Den hatte Charlie aus München mitgebracht.

Am meisten genoss Anne aber die Aussicht auf Paul Beckers breiten Rücken. Seine Schulterblätter zeichneten sich unter dem Stoff des T-Shirts ab und Anne beobachtete, wie sie sich bewegten, während er beim Reden immer wieder weit mit dem rechten Arm ausholte.

»Mein erstes Ziel ist es, dass Nighty sich bei mir so sicher fühlt, dass er die Führung an mich abgibt.«

Charlie sah ihn mit großen Augen an. »Wow, das ist bestimmt schwierig.«

»Eigentlich nicht.« Paul schüttelte den Kopf. »Für Pferde ist es viel entspannter, einem Leittier zu folgen, als sich selbst ständig um alles zu kümmern. Droht irgendwo Gefahr, wo gibt es das beste Futter, kratzt irgendein anderes Pferd an der Rangordnung? Leittier zu sein ist ganz schön stressig.« Er grinste und Anne sah seine Grübchen. »Aber bevor sich ein Pferd jemandem anvertraut, checkt es sehr genau, ob derjenige überhaupt als Herdenchef geeignet ist. Ein Leittier, das in jedem Gebüsch einen Wolf wittert, macht nur die Herde kirre. Und ein Leittier, das eine reale Gefahr unterschätzt, setzt das Leben der anderen Pferde aufs Spiel.«

Leittiere? Wölfe? Was faselte der da. Anne sah auf die Uhr. Das war doch völlig sinnlos. Eigentlich hätte das hier ihr Date sein sollen. Aber sie war Luft für die beiden. Sie ließ ihren Blick über die Weide und den Wald schweifen. Entweder ihr fiel jetzt etwas ein, oder es war besser, wieder zu fahren. Ihr Kopf war leer, und je mehr sie sich anstrengte, einen vernünftigen Satz darin zu finden, desto leerer wurde er.

Pauls Stimme wurde lauter. »Das Schlimmste an der Ackermann fand ich, dass ihre Pferde nicht auf die Weide durften. Wegen der Verletzungsgefahr.« Er gestikulierte mit der rechten Hand. »Dabei verletzt sich ein Pferd, das es gewohnt ist, auch auf unebenem oder rutschigem Boden zu laufen, beim Reiten umso weniger.«

Jetzt fiel ihr doch etwas ein: »Das ist doch wie bei den Müttern, die ihre Kinder nicht auf Bäume klettern lassen, weil sie Angst haben, sie könnten herunterfallen.«

»Genau.« Endlich sah Paul sie an. »Dabei ist frische Luft und Bewegung das Allerwichtigste für Pferde.« Er lächelte. »Und für Kinder. Gute Pferdeerziehung und gute Kindererziehung haben mehr gemeinsam, als man vielleicht denkt.« Paul bekam einen traurigen Zug um den Mund und Anne wusste, warum. Als sie ihn verhört hatte, hatte er ihr erzählt, dass seine Frau ihn verlassen hatte, weil sie keine Kinder bekommen konnten. Aber schon lächelte er wieder. »Jedenfalls muss man als Leitpferd wirklich kompetent sein.« Paul zwinkerte Anne zu. »Das gilt auch für Mütter und Führungspersönlichkeiten. Also quasi für Chefinnen aller Art. übrigens führt nicht der Leithengst die Herde, sondern die Leitstute.«

Charlie grinste. »Genau, Mama.«

»Wie meinen Sie denn das jetzt?« Anne spürte, wie ihre Ohren schon wieder heiß wurden.

»Ach, nur so.« Paul warf ihrer Tochter einen verschwörerischen Blick zu.

Jetzt veräppeln die mich auch noch, dachte Anne und lächelte gequält. Leitstute. Sehr witzig. Wenn das die Assoziation war, die Paul bei ihr hatte, konnte sie die ganze Sache wirklich vergessen. Dieser Nachmittag wurde immer peinlicher. Sie würde noch genau ein einziges Mal versuchen, sich vernünftig am Gespräch zu beteiligen. Und falls das nicht klappen sollte, würde sie endgültig aufgeben. Das war ja auch eine total alberne Idee gewesen mit dem Date.

18. Kapitel
Der Prinz

»Tut mir leid, Chef«, sagte Mandy und zog einen rosafarbenen Schmollmund. »Ich habe den Mann nirgendwo gesehen.«

Armin Prinz trommelte mit den Fingern auf dem Schreibtisch seiner Assistentin herum. »Dann gibt es keinen Bonus.«

»Aber ich war gestern den ganzen Tag unterwegs und habe alle Höfe abgeklappert. Und ich habe sieben Sonderpakete verkauft. Sieben!« Mandys Stimme klang weinerlich.

»Die tausend Euro bekommst du erst, wenn du den Mann gefunden hast. Denk nach. Wer könnte das sein? Und während du nachdenkst, machst du mir einen Kaffee und holst die Post, Mäuschen.«

Mandy biss die Zähne zusammen und ging wortlos aus dem Zimmer. Die sollte jetzt bloß nicht aufmucken.

Als Armin Prinz hörte, wie sie vom Briefkasten zurückkam, wollte er fragen: Wo bleibt mein Kaffee?, doch die Worte erstarben in seinem Hals, als er den Umschlag in ihrer Hand sah. Seine Assistentin schaute ihn mit ihren Mondkalb-Augen an und hielt ihm das Kuvert hin. Es sah genauso aus, wie das vom Sonntag.

Armin Prinz riss das Papier auf. Diesmal zog er zwei Blätter heraus. Als er das erste auffaltete, versteinerte sein Gesicht und sein Herz donnerte von innen gegen die Rippen. Er hatte das Gefühl, nicht mehr atmen zu können und schnappte nach Luft. Die Blätter fielen ihm aus der Hand und segelten auf den Schreibtisch.

»Chef? Alles in Ordnung?« Mandy schielte auf die Papiere.

Armin Prinz presste sich die Hand aufs Herz. »Geht schon wieder.« Er atmete tief durch und griff mit zitternden Fingern nach den Blättern. Das gab es doch gar nicht. Eine Kopie seiner gesamten Versuchsreihe. Sein geheimes Projekt. Mit allen Daten. Der ganze Ablauf des Feldversuchs, genau dokumentiert. Ihm wurde abwechselnd heiß und kalt. Wer zum Teufel konnte an diese Informationen gekommen sein? Auf dem zweiten Blatt stand, wieder in neutraler Schreibmaschinenschrift:

Heute um Punkt 10.00 Uhr deponierst Du 50.000 Euro in Schließfach 27. Keine Polizei. Wenn das Geld nicht da ist, geben wir alles an die Presse weiter.

»Was steht denn da?« Mandy beugte sich vor und versuchte, einen Blick auf die Papiere zu erhaschen.

»Sie wollen noch mehr Geld«, sagte Armin Prinz tonlos und rieb sich die Stirn. Seinen Feldversuch erwähnte er natürlich nicht. »Ich muss nachdenken. Geh nach Hause.«

»Nach Hause?« Mandy zog die Augenbrauen hoch. »Aber es ist doch früher Morgen. Ich bin gerade erst gekommen.«

»Du hast heute frei. Als Ausgleich für die letzten beiden Tage.« Armin Prinz wandte sich langsam um und schlurfte in sein

Büro. Er wollte seine Ruhe haben. Mandy zuckte die Schultern, nahm ihre Tasche und ging. Endlich war das dumme Kalb weg.

Er musste jetzt möglichst schnell herausfinden, wer hinter der Erpressung steckte. Wenn die Informationen über den Feldversuch an die Presse gingen, wäre sein Lebenswerk zerstört. Und sein Leben auch. Nicht auszudenken, wie seine Frau reagieren würde. Natürlich mit Scheidung. Sie würde die Hälfte all seines Vermögens bekommen und er würde seine Enkelin nie wiedersehen.

Er verband sein Handy und den Computer mit einem USB-Kabel, lud den Film hoch und sah ihn sich auf dem großen Bildschirm an. Er konnte kein besonderes Merkmal an dem Mann erkennen. Er war ziemlich verpixelt, die Kapuze verdeckte seine Haare und die Sonnenbrille seine Augenpartie. Er war groß und schlaksig, aber das waren viele. Da! Als der Mann sich umsah und Richtung Kamera blickte, sah Armin Prinz einen roten Fleck auf seiner rechten Wange. Den hatte er auf dem kleinen Handybildschirm gar nicht bemerkt. Irgendetwas im hintersten Winkel seines Gehirns sprang an. Eine vage Erinnerung – an was? Oder besser an wen?

Armin Prinz öffnete seine Kundendatei und scrollte die Datensätze durch. Bei Klaas blieb er hängen. Zögerte. Ein Bild kam an die Oberfläche seines Bewusstseins. Udo Klaas. Das war doch dieser Schweinebauer, der seinen Mastbetrieb in Grunow vergrößern wollte. Guter Kunde. Und ja, der Mann hatte ein Feuermal auf seiner rechten Wange. Der Konzernchef rieb sich die Hände. Das war er! Armin Prinz hatte keine Ahnung, wie er an die geheimen Informationen gekommen war, und warum er ihn erpresste. Aber eines war sicher: Den würde er sich kaufen! Und zwar jetzt gleich. Er stand auf und schnappte sich die Schlüssel seines Porsche Cayenne.

Die Schweinemastanlage lag einsam an einem Plattenweg und war durch eine Reihe Bäume von der Straße abgetrennt. Viele Massentierhaltungen versteckten sich hinter solchen grünen Zäunen.

Armin Prinz parkte seinen Wagen am Straßenrand, etwa hundert Meter entfernt von der Hofeinfahrt. Was er genau tun würde, wenn er dem Schweinebauern gegenüberstand, wusste er noch nicht. Aber nachdem er sich am Bahnhof derart ungeschickt verhalten hatte, konnte er wohl kaum ein brutaler und skrupelloser Erpresser sein. Da hatte er selbst von dreckigen Geschäften eindeutig mehr Ahnung.

Entschlossen marschierte er durch das eiserne Eingangstor, das nur angelehnt war. Der Hof lag verlassen da und Armin Prinz steuerte direkt auf die Stalltür zu. Bauern waren immer im Stall zu finden. Er öffnete die Holztür und hielt sich den Ärmel vor die Nase. Eklige Viecher. Flott durchschritt er den Stall und seine Augen suchten dabei die Kastenstände, Abferkelbuchten und Boxen nach einer menschlichen Bewegung ab.

In der hintersten, dunklen Ecke des Stalles nahm er eine Gestalt wahr und straffte die Schultern. Etwas stimmte nicht. Der Mensch, den er da sah, war zu groß. Viel zu groß. Als er näher kam, verstand er, warum: Bauer Klaas baumelte an einem Strick von der Decke.

Sein Herz donnerte schon wieder los und es stach so in seiner Brust, dass Armin Prinz zusammensackte. Beruhige dich, sagte er sich selbst. Atme tief durch. Der Schmerz ebbte ab. Er drehte sich nach links und rechts, als wollte er weglaufen, besann sich dann aber eines besseren und blieb auf der Stelle stehen. Was hatte das zu bedeuten? Er musste nachdenken.

Der vermeintliche Erpresser war tot. Jemand hatte ihn umgebracht. Und er stand hier vor einer Leiche, die offensichtlich noch niemand bemerkt hatte. Als ihm das klar wurde, wusste er, was er tun musste: So schnell wie möglich abhauen. Er stürzte im Laufschritt hinaus auf den Hof, der zum Glück noch immer verlassen dalag.

Raus aus dem Tor, zurück zum Auto und Gas geben. Mit quietschenden Reifen fuhr er davon und hielt erst einige Kilometer weiter wieder an, um tief Luft zu holen.

Zum Glück hatte ihn niemand bemerkt. Kein Mensch war zu sehen gewesen. Erleichterung machte sich in ihm breit wie heiße Milch mit Honig. Das Problem war gelöst. Er musste nicht zahlen, der Erpresser war tot und er hatte nicht einmal etwas damit zu tun. Eigentlich hätte es gar nicht besser laufen können. Armin Prinz lächelte und trat wieder aufs Gaspedal.

19. Kapitel

Anne

»Bei der Arbeit mit Pferden geht es im Prinzip nur darum, ihnen Sicherheit zu vermitteln«, erklärte Paul.

»Das hört sich doch eigentlich ganz einfach an«, sagte Anne. Letzter Versuch. Sie wollte sich das Gespräch auf keinen Fall wieder entgleiten lassen.

Paul lachte auf. »Das täuscht. Den meisten Menschen fehlt dafür die nötige Ruhe und Gelassenheit. Reiter sind oft hektisch, ängstlich, ungeduldig ...«

Charlie nickte. »Und sofort sauer, wenn das Pferd nicht funktioniert. Das kenne ich.«

»Genau. Vor allem, wenn sie selbst unsicher sind. Sie versuchen dann, ihre Unsicherheit mit grobem und lautem Verhalten zu überspielen. Aber in einer Herde ist nie das aggressivste Tier der Chef, sondern einzig und allein das kompetenteste.«

Jetzt würde sie auch mal Humor beweisen. »Genau wie bei den Führungspersönlichkeiten und Müttern«, sagte Anne.

»Echt?« Charlie grinste. »Wär mir neu ...«

Anne schnappte nach Luft. »Also hör mal!«

Charlie lachte und sagte mit weinerlicher Stimme zu Paul: »Siehst du, gleich gibt's ne Ansage von der Chefin.«

Anne lachte und schüttelte mit gespielter Empörung den Kopf. »Du bist echt unmöglich.«

Paul grinste auch. »Sei nicht so frech zu deiner Chefin. In einer Pferdeherde hättest du dir jetzt ordentlich eine von der Leitstute eingefangen, da herrschen strikte Regeln und wer sich nicht dran hält, wird zurechtgestutzt.«

»Hörst du, Charlie? Ich muss einfach mehr durchgreifen.« Yes! Sie hatte es geschafft. Das Eis war gebrochen.

Paul lehnte sich lässig mit den Unterarmen auf den Zaun. »Spaß beiseite. Es ist doch so: Mit positiver Verstärkung kommt man so unendlich viel weiter als mit negativer. Das ist in der Arbeit so, mit Kindern, mit Pferden. Weil nur so Vertrauen entsteht.«

Anne nickte. »Da haben Sie recht.«

»Und was machst du jetzt genau, damit Nighty dieses Vertrauen zu dir aufbaut?«, fragte Charlie.

»Es geht gar nicht darum, bestimmt Sachen zu machen. Es geht einfach darum, wie man sich gegenüber dem Pferd verhält.« Paul hob die Schultern. »Wenn die Leute Probleme mit ihren Pferden haben, rufen sie immer gleich irgendeinen Guru oder Pferdeflüsterer, der dann mit einem orangefarbenen Stock wedelt und einen Haufen Geld kassiert.« Seine Stimme klang spöttisch. »Oh Wunder, was das Pferd plötzlich alles macht ... Aber meistens erklären diese Möchtegern-Cowboys den Leuten einfach nur, wie man eigentlich mit Pferden umgehen sollte. Warum Pferde etwas tun, oder eben nicht. Das ist kein Hexenwerk, sondern nur Jahrhunderte altes Wissen, das verloren geht, weil die Menschen nicht bereit sind, mal ein Fachbuch in die Hand zu nehmen und nicht mehr mit Tieren aufwachsen.«

»Stimmt«, sagte Anne. »Vor allem Stadtkinder müssten viel mehr mit Tieren und Natur zu tun haben.«

Paul nickte. »Deine Tochter kennt sich aber sehr gut mit Pferden aus, dafür, dass sie in der Stadt groß geworden ist.«

Charlie grinste stolz.

Anne lächelte ebenfalls. Er hatte *du* gesagt. »Aber wenn die Leute das heutzutage nicht mehr wissen, braucht es nun mal jemanden, der es ihnen wieder bewusst macht, oder? Dann haben die Gurus doch ihre Berechtigung.«

»Stimmt«, sagte Charlie. »Mir hat noch nie irgendein Reitlehrer etwas darüber erklärt, wie Pferde denken und fühlen.« Sie schüttelte den Kopf. »Reiten bestand für mich bisher eigentlich immer nur darin, das Pferd zu irgendetwas zu bringen, was es nicht tun wollte. Das ging schon damit los, es auf der Koppel einzufangen. Dann musste ich ihm die Trense irgendwie auf den hochgereckten Kopf fummeln, das Gebiss zwischen die zusammengebissenen Zähne kriegen und aufpassen, dass es mich beim Satteln nicht beißt. Beim Reiten ging es eigentlich immer darum, das Pferd zu treiben, bis es endlich läuft, es irgendwie durchs Genick zu bekommen und es dazu zu zwingen, Lektionen möglichst perfekt auszuführen.« Sie zuckte die Schultern. »Ich wäre froh gewesen, wenn mir jemand gezeigt hätte, wie dieser ganze Umgang mit dem Pferd etwas chilliger ablaufen kann.«

»Du hast recht«, sagte Paul. »Aber es wäre eben die Aufgabe aller Reitlehrer, nicht nur irgendwelcher Gurus.« Seine Augen wurden ganz dunkel. »Bloß haben viele Reitlehrer selbst keine Ahnung, was es für ein Fluchttier bedeutet, wenn man ihm den Kopf auf die Brust zieht, so dass es seine Umgebung nicht mehr im Überblick hat und der Situation hilflos ausgeliefert ist. Und dass sich Sporen für das Pferd anfühlen wie ein Wolf, der die Zähne in seine Flanken schlägt.«

Der hatte es wirklich mit seinen Wölfen. Anne grinste. »Na, jetzt wirst du aber ein bisschen theatralisch.« Sie sagte jetzt auch einfach *du*.

Paul musste lachen. »Du hast recht. Aber es regt mich auf, dass so viele Menschen die Pferde nur für ihren persönlichen Spaß nutzen. Sie sind nicht bereit, sich damit zu befassen, wie Pferde ticken und was sie brauchen, um sich wohlzufühlen.«

»Dann haben die Gurus und Pferdeflüsterer aber *wirklich* eine wichtige Aufgabe im Sinne der Pferde.«

»So gesehen schon«, gab Paul zu.

»Ich würde es jedenfalls gerne lernen«, sagte Charlie.

Ground control to Major Tom tönte durch die Stille. Paul sah sich irritiert um und Anne fummelte hektisch in ihrer Tasche herum, bis sie ihr Handy gefunden hatte. Mario. Was wollte der denn ausgerechnet jetzt?

»Hallo?«, meldete sie sich.

»Wir haben einen Toten«, rief ihr Azubi aus dem Handy. »Du musst sofort nach Glewe kommen, auf den Bauernhof von Familie Klaas.«

»In Ordnung«, sagte Anne und legte auf. Na toll. Endlich war sie mit Paul ins Gespräch gekommen und jetzt war's das schon wieder.

»Charlie, wir müssen los. Ich muss arbeiten«, sagte sie.

»Ach neee«, maulte das Mädchen. »Schon?«

»Tut mir leid«, sagte Anne.

Paul sah zwischen den beiden hin und her. »Das nächste Mal kann ich dir ein bisschen Bodenarbeit mit Nighty zeigen, wenn du willst.«

Das nächste Mal? Annes Herz legte einen Gang zu.

Charlie strahlte. »Total gerne.«

Paul sah Anne direkt in die Augen. »Wäre das in Ordnung? Vielleicht morgen Nachmittag?«

Annes Knie wurden schwummrig und sie räusperte sich. »Äh ... Klar. Warum nicht.«

Strike! Am liebsten hätte sie die Faust in den Himmel gereckt. Er hatte sie noch einmal eingeladen. Das hatte doch etwas zu bedeuten, oder? Paul Becker wollte sie wiedersehen. Aber jetzt war nicht der richtige Moment für solche Gedanken.

Es gab eine Leiche.

20. Kapitel
Der Prinz

Armin Prinz schritt federnd in die Firmenzentrale hinein. Er lächelte vor sich hin. Sein Problem war gelöst. Der Erpresser war ausgeschaltet. Er hatte sich schon lange nicht mehr so beschwingt gefühlt.

Er sah auf die Uhr. Es war erst elf. Was sollte er mit dem angebrochenen Tag anfangen? Genau. Er würde sich einen ganz entspannten Vormittag allein in seinem Büro machen, die Füße auf den Mahagoni-Schreibtisch legen und ein paar Telefonate mit Chefredakteuren und Anzeigenleitern führen. Er wollte ihnen von den glücklichen Pferden in Südamerika erzählen. Wenn Mandy nicht im Vorzimmer saß, traute sich keiner eigenmächtig zu ihm hinein. Er würde seine Ruhe haben.

Er schloss nur noch schnell den internen Briefkasten im Hausflur auf, um die Post mit nach oben zu nehmen und erstarrte. In der Metallbox neben der Eingangstür lag ein weißes Kuvert. Er riss es auf.

Allerletzte Warnung: Wenn Du nicht heute genau um 14.00 Uhr 100.000 Euro in Schließfach 27 deponierst, gehen alle Informationen über den Feldversuch von Hormonvision *sofort an die Presse.*

Armin Prinz ließ die Hand mit dem Kuvert darin sinken und rang nach Atem. Schon wieder dieses Herzrasen. Er hasste es, wenn er die Kontrolle verlor. Wie konnte das sein? Der Bauer war doch tot. Er hatte seine Leiche selbst gesehen. Woher kam dieser Brief?

Armin Prinz stieg langsam die Treppe zu seinem Büro hinauf. Er würde sich nicht von diesem verdammten Herz kleinkriegen lassen. Er hatte sein Büro extra so ausgewählt, dass er von hinten über das Treppenhaus einen direkten Zugang zur Chef-Suite hatte, wie er sein Reich nannte. Er vermied das Großraumbüro mit all den unterwürfigen Sachbearbeitern lieber. Die zuckten zusammen und verstummten, wenn er den Raum betrat, nur um ihn dann falsch anzulächeln und überschwänglich zu grüßen. Er wusste, dass ihn seine Angestellten nicht leiden konnten. Das war ihm aber egal. Was interessierten ihn schon irgendwelche Mitarbeiter? Das hier war schließlich ein Arbeitsverhältnis und keine Freundschaftsbörse. Außerdem wurden Freunde ohnehin überbewertet. Er kam jedenfalls besser alleine klar.

Besser kein Licht anmachen. Er hatte die Vorhänge immer zugezogen, es war dämmerig und still. So konnte er am besten überlegen. Er ließ sich auf seinen Schreibtischstuhl fallen und wartete, bis sich sein Atem beruhigt hatte. Dann zog er die Schublade auf, nahm ein rosa Schweinchen heraus und vertilgte das Marshmallow. Er musste nachdenken.

Dieser Mistkerl erhöhte ständig die Geldbeträge. Wer war das bloß? Klaas war tot. Der konnte es nicht gewesen sein.

Oder hatte er sich etwa getäuscht?

Armin Prinz sah sich noch einmal den Film auf dem Bildschirm an. Der Mann mit der Kapuze und der Sonnenbrille war wirklich ziemlich verpixelt, aber das Feuermal war deutlich zu erkennen. Doch, das *war* Klaas. Kein Zweifel. Das Problem war nur: Tote konnten wohl kaum Briefe einwerfen.

Hatte Klaas etwa einen Komplizen innerhalb der Firma, der die Erpressung jetzt alleine weiterführte? Aber wen? Das würde er um vierzehn Uhr hoffentlich herausfinden.

Er griff zum Telefon und rief Mandy an.

»Ja, Chef?«

Ohne Begrüßung sagte er: »Du musst heute doch noch mal in die Arbeit kommen, Herzchen.«

»Okaaay«, sagte Mandy gedehnt. »Muss das sein? Eigentlich habe ich jetzt schon etwas anderes vor.« An ihrer undeutlichen Aussprache hörte er, dass sie einen Kaugummi im Mund hatte. Sie rauchte zu viel und versuchte, den Gestank dann damit zu überdecken. Armin Prinz verzog angewidert das Gesicht.

»Es muss, es muss.« Er trommelte mit den Fingern auf die Tischplatte. »Wir haben ein Problem. Ein ganz massives Problem sogar.«

»Was ist denn los?«

»Ein neuer Brief ist gekommen.«

Es war kurz still in der Leitung. Armin Prinz hörte nur das Knatschen ihres Kaugummis. Dann sagte Mandy: »Oh.« Wieder Stille. Knatschen. »Klar. Ich bin gleich im Büro.«

Armin Prinz wartete im Vorzimmer auf sie. Er ging auf und ab. Wann kam sie denn endlich? Als sie hereinrauschte, atmete er auf. »Ich brauche erst mal Kaffee, Schätzchen.«

»Klar, Chef.« Mandy legte ihr Handy auf den Tisch, hängte ihre Jacke über den Stuhl und ging in die Küche.

Als sie drüben herumhantierte, leuchtete das Display des Handys auf, das auf ihrem Schreibtisch lag. Armin Prinz warf einen Blick auf die Nachricht, die soeben eingegangen war: *Ruf mich sofort an.* Der Absender war Sven Technow. Ein Prickeln strömte durch seinen Körper. Das war ja wohl die Höhe. Das Display verdunkelte sich wieder. Mandy und Technow kannten sich? Hatte dieses debile Mondkalb etwas mit den Tierschützern zu tun?

Armin Prinz ging in sein Büro, ließ aber die Tür offen, so dass er Mandys Schreibtisch weiter im Blick hatte. Sie brachte ihm seinen Kaffee, wie immer in der *Super-Opa*-Tasse, die ihm seine Enkelin geschenkt hatte. Dann ging sie zurück ins Vorzimmer und wollte die Tür hinter sich schließen.

»Lass ruhig offen.« Armin Prinz versuchte, seine Stimme wie immer klingen zu lassen. Diese intrigante Schlange. Der würde er es zeigen.

Jetzt musste er schnell sein. Er stand auf und schlich zur Tür. Mandy nahm ihr Handy. Sobald sie es entsperrt hatte, um die neue Nachricht zu lesen, sagte er: »Schau vorsichtshalber noch mal in den Briefkasten. Sofort.«

Mandy zuckte zusammen und legte ihr Handy auf die Seite. »Klar, Chef.« Sie ging ins Treppenhaus.

Armin Prinz hörte, wie ihre Schritte die Stufen hinunter eilten, sprang ins Vorzimmer und griff nach dem Telefon, bevor es sich automatisch wieder sperrte. Geschafft.

Er überflog Mandys Chatverlauf und in seinem Kopf begann es zu summen. Seine Assistentin hatte jede Menge Nachrichten mit diesem Tieraktivisten ausgetauscht. *Ruf mich sofort an* war nur die Letzte von vielen. Die konnte er jetzt nicht alle lesen. Sein Blick fiel auf einen anderen Chat und er rang nach Luft. Udo Klaas. Der tote Bauer.

Er öffnete ihn und scrollte über nichtssagendes bis anrüchiges Geplänkel, in dem er sie *Zaubermaus* nannte. Unter normalen Umständen hätte Armin Prinz jetzt gegrinst, aber ihm war überhaupt nicht nach Lachen zumute. Dann stieß er auf eine Nachricht von Sonntag, 11.26 Uhr, die ihn stutzig machte. Mandy hatte geschrieben: *Pass auf, er hat dich gefilmt.*

Armin Prinz wurde heiß. Am Sonntag um diese Uhrzeit hatte er Mandy am Hauptbahnhof getroffen und ihr das Video des Erpressers gezeigt. Und noch etwas wurde ihm klar. Mandy war bei Klaas auf dem Hof gewesen, hatte aber so getan, als hätte sie ihn auf dem Video nicht erkannt. Sie deckte ihn.

Er hörte seine Assistentin durch den Flur auf die Bürotür zugehen und legte das Handy schnell wieder zurück an seinen Platz. Er stellte sich davor, damit sie nicht sah, dass es entsperrt war. »Und?«

»Nichts.«

»Bist du sicher?«

»Klar, Chef.«

Er nickte. »Hol mir noch Milch.«

Mandy ging in die Küche und Armin Prinz ließ sich wieder auf seinen Schreibtischstuhl fallen. Er brauchte jetzt dringend noch ein Marshmallow. Während sich der tröstliche Geschmack in seinem Mund ausbreitete, rasten die Gedanken durch seinen Kopf. Was hatte das alles zu bedeuten? Mandy hatte offensichtlich eine Liebelei mit dem Bauern gehabt und stand mit dem Tierschützer in privatem Kontakt, der Udo Klaas das Leben schwer gemacht hatte. Das passte doch überhaupt nicht zusammen. Armin Prinz erinnerte sich noch gut an die Proteste auf dem Hof von Klaas, in die dieser Sven Technow verwickelt gewesen war.

Mandy brachte ihm das Milchkännchen und schüttete etwas daraus in seinen Kaffee. Er musterte sie. Sein kleines Mondkälbchen mit dem rosa Schmollmund steckte da mit drin. Unfassbar, dass er sich so in ihr getäuscht hatte. Es war ein Fehler gewesen, Mandy einzuweihen, das war ihm jetzt klar. Ein großer Fehler.

Was für eine Rolle spielte sie? War sie etwa die Komplizin innerhalb der Firma, welche die Briefe einwarf? Hatte sie die geheimen Informationen gestohlen? Tatsächlich hatte er ihr ein paar Schwänke aus seinem Leben erzählt. Er redete manchmal zu viel über sich selbst, wenn er einen dankbaren Zuhörer hatte. Was genau hatte er alles gesagt? Er wusste es nicht mehr. Jedenfalls könnte sie durchaus von der Gründung seiner Firma und der Bedeutung der Zahl Siebenundzwanzig wissen. Aber warum sollte sie sich mit den Tieraktivisten zusammentun, die ja die Gegner ihres Liebhabers waren? Und wer hatte den Bauern auf dem Gewissen? Die *Zaubermaus* wohl kaum.

Die Fragen ratterten durch seinen Kopf, von links nach rechts wie Laufbanner, und mit jedem Fragezeichen zog sich seine Brust weiter zusammen. Er durfte sich jetzt nichts anmerken lassen, versuchte, langsam und ruhig zu atmen.

Wenn Udo Klaas der Erpresser gewesen war – vielleicht war es ja dann die Bäuerin, welche die Erpressung ihres Mannes weiterführte? Wahrscheinlich hatten die beiden das alles gemeinsam geplant, um an Geld für die Erweiterung ihres Mastbetriebes zu kommen. Um diese Vergrößerung war es bei den Protesten der Tierschützer gegangen. Aber wer hatte Klaas umgebracht? Eine der beiden Frauen? Aus Eifersucht?

Da kam ihm eine Idee. Sie war zwar gemein, aber so konnte er am ehesten herausfinden, was seine Assistentin mit der ganzen Geschichte zu tun hatte. Ha! Das war gut. Am liebsten würde er sich selbst auf die Schulter klopfen. Er würde Mandy einfach zu Yvonne Klaas mitnehmen, die beiden Frauen aufeinander loslassen und die Bäuerin mit der Erpressung konfrontieren. Dann würde er schon sehen, wer in diesem miesen Spiel welche Rolle innehatte. Ja, das war ein guter Plan. Ihm wurde wieder etwas leichter ums Herz.

Doch zuerst musste er um vierzehn Uhr hunderttausend Euro in diesem Schließfach deponieren. Das Risiko, dass die Informationen sonst an die Presse gingen, war zu hoch. Er schüttelte den Kopf. Die waren ja irre. So viel Geld hatte nicht einmal er im Safe, das musste er erst abheben. Er blickte auf die

Uhr. Es war kurz vor eins. Er musste sich beeilen, die Bank schloss gleich. Dann würde er das Geld deponieren und beobachten, wer es heute holte.

Ihm war schwindelig. Er mischte ein paar Kreislauf-Tropfen in ein Glas Wasser, sah zu, wie sich die braunen Tröpfchen darin zu marmorierten Gebilden ausweiteten, und trank es in einem Zug aus. Diese ganze Sache ging ihm langsam ganz schön an die Substanz.

»Mandy?«

»Ja, Chef?«

Armin Prinz beobachtete seine Assistentin genau. »Wir beide gehen jetzt erst einmal auf die Bank und bringen dann das Geld zum Bahnhof. Ich habe herausgefunden, wer hinter der Erpressung steckt.«

»Echt?« Sie blickte ihn mit ihren großen Augen an und kaute. »Und wer?«

»Bauer Klaas.«

Mandy hielt kurz im Kauen inne.

»Wir werden jetzt gemeinsam versuchen, ihn zu stellen. Wenn wir das nicht schaffen, fahren wir direkt auf seinen Hof und überführen ihn dort.«

Mandy versuchte, ein Pokerface zu machen, doch Armin Prinz sah, dass sie ihren Kaugummi nun sogar zu schnell kaute. Ein Funke Panik flackerte in ihren Augen auf. Wusste sie, dass der Bauer tot war und heute jemand anderes kommen würde, um das Geld zu holen? Oder hatte sie nur Angst, dass ihre Affäre aufflog?

Über eine Stunde warteten sie versteckt am Rostocker Hauptbahnhof. Armin Prinz tat von dieser Rumsteherei schon das Kreuz weh. Nichts. Warum kam niemand, um das Geld zu holen? Hatte der Erpresser gesehen, dass sie ihn hier belauerten? Mandy konnte ihn nicht gewarnt haben, die hatte Armin Prinz die ganze Zeit im Blick gehabt. So ein Mist! »Jetzt spuck doch mal diesen Kaugummi aus«, fuhr er Mandy an.

»Klar, Chef.« Sie ging zum Mülleimer und spuckte hinein.

Armin Prinz schüttelte sich. »Das ist ja ekelhaft«, murmelte er. Dann sagte er laut: »Wir holen das Kuvert wieder und hauen ab.«

Mandy zuckte die Schultern.

Sie fuhren zurück ins Büro, um das Kuvert im Safe zu verstauen. Auf der Fahrt schwieg Armin Prinz. Warum hatte niemand das Geld geholt?

»Chef?«, sagte Mandy unsicher, als sie den Flur der Firmenzentrale betraten. Sie zeigte mit zittriger Hand auf den Briefkasten, dessen Sichtfenster weiß leuchtete. »Da ist schon wieder ein neuer Umschlag drin.«

»Das gibt's doch nicht«, zischte Armin Prinz und schlug mit der Faust auf die Metallkästen, die ein dumpfes Geräusch von sich gaben. Mandy zuckte zusammen. Er riss mit fahrigen Bewegungen das weiße Papier auf und las:

Chance verspielt. Ich mache dich fertig. Das war's!

Oh nein, das konnte doch nicht wahr sein. Der Erpresser hatte sie bemerkt und das Geld deshalb nicht abgeholt. Er hatte einen riesigen Fehler gemacht. Was sollte er jetzt tun? Waren die Informationen schon an die Presse gegangen? Die Kälte des Marmorbodens schien sich an seinen Hosenbeinen hinauf zu hangeln. Dann würde er alles verlieren. Auch seine Prinzessin. Das durfte einfach nicht passieren.

»Los, komm!« Er hustete. »Wir fahren zu Bauer Klaas und stellen ihn zur Rede.«

Seine Assistentin schluckte. »Klar, Chef. Ich muss nur noch kurz aufs Klo.«

Die Kälte breitete sich in seinem ganzen Körper aus und um ihn herum drehte sich der Hausflur. Was war hier los? Mandy war die ganze Zeit bei ihm gewesen. Bauer Klaas war tot. Die Erpresser waren nicht erschienen, hatten aber ein neues Kuvert eingeworfen. Auch in seinem Kopf drehte sich alles. Was, wenn die Bäuerin gerade im Begriff war, die geheimen Informationen an die Medien weiterzugeben?

Endlich tauchte Mandy wieder auf.

»Los jetzt!« Armin Prinz rannte fast zum Parkplatz.

Das Display seines Porsche Cayenne zeigte genau fünfzehn Uhr dreißig an, als Armin Prinz aus dem Autofenster heraus sah, dass auf dem Hof von Schweinebauer Klaas ein Notarztwagen, ein Krankenwagen und ein Polizeiauto standen. Sie hatten die Leiche gefunden. Mist. Das hatte er nicht einkalkuliert. Er fuhr im Schritttempo an der Schweinemastanlage vorbei und beschleunigte dann wieder.

»Was ist da los?«, fragte Mandy. »Ist da was passiert?« Sie drehte den Kopf, um aus der Rückscheibe sehen zu können. »Halten Sie mal an, Chef.« Ihre Stimme klang schrill.

»Wir können da jetzt nicht anhalten«, sagte Armin Prinz. »Das ist doch klar.«

Dann gab er Gas.

21. Kapitel
Anne

Kaum war Anne vom Hof gefahren, fielen ihr lauter Sachen ein, die sie hätte sagen können. Sie hätte Paul zum Beispiel nach seinem Haus fragen können. Wann es erbaut worden war, wie lange es ihm schon gehörte und wie er es renoviert hatte. Aber jetzt war es zu spät. Sie nahm sich vor, daheim alles, was ihr einfiel, auf einen Zettel zu schreiben und es vor dem nächsten Treffen auswendig zu lernen. Wie konnte man nur so hohl im Kopf sein? Es echote da drinnen sozusagen.

Nein, wirklich schön war dieser Zustand nicht. Schmetterlinge im Bauch, Glückshormone, Wolke Sieben, das war völliger Quatsch. Das kam vielleicht, sobald es beidseitig gefunkt hatte. Aber dieser Schwebezustand, wenn man noch gar nicht wusste, wie der andere einen fand, war einfach nur schrecklich. Anne hatte keinen Appetit, ihr Magen war wie mit Kaugummi verklebt und sie fühlte sich dämlich. Der pure Stress war das.

»Der ist total super«, rief Charlie und rutschte auf dem Beifahrersitz herum.

»Mhm«, machte Anne.

»Warum warst du denn so pissig?«

»So was?«

»Na, so schlecht gelaunt eben.«

»War ich doch gar nicht.«

Charlie atmete hörbar aus. »Warst du wohl, und wie. Du hast ein Gesicht gemacht wie Leberkäs mit Ananas.«

»Pfui Teufel!« Anne machte eine angeekelte Miene.

»Genau so.« Charlie grinste. »Im Ernst, Mama, der ist der Hammer. Er ist voll nett und sieht richtig gut aus. Der wäre doch was für dich.«

»Ach was, der hat sich kein Stück für mich interessiert. Er hat ja nur mit dir über Pferde geredet.«

Charlie schaute ihre Mutter von der Seite an. »Nein!«, rief sie aus. »Das gibt´s nicht. Du bist eifersüchtig.«

»Bin ich nicht.«

»Bist du doch.« Charlie kicherte. »Hey, keine Sorge. Ich mach das schon«, sagte sie. »Ich shippe euch.«

»Was?«

»Na, ich bring euch halt zusammen.«

»Untersteh dich!« Anne parkte vor ihrem Häuschen. »Das wäre ja noch schöner.«

Charlie sprang aus dem Auto und warf ihrer Mutter eine Kusshand zu. »Allein schon wegen der Pferde!« Sie schlug die Autotür hinter sich zu und ging ins Haus.

Anne seufzte und fuhr wieder los Richtung Glewe. Schluss mit diesem pubertären Getue, befahl sie sich selbst. Immerhin gab es einen Toten. Und der war jetzt wichtiger.

»Was haben wir?«, fragte Anne, noch während sie aus ihrem weinroten Saab stieg. Bereits auf der Herfahrt hatte sie die Umgebung genau betrachtet. Der Hof lag sehr abgeschieden und gut versteckt hinter einer Reihe von Bäumen. Auf einer Wiese ragten drei Windräder in den Sommerhimmel. Nachbarn, die irgendetwas Auffälliges gesehen haben könnten, waren hier draußen Fehlanzeige.

Mario stand schon auf dem Hof und wippte von den Fersen auf die Zehenspitzen und wieder zurück. »Er ist im Schweinestall«, sagte er mit belegter Stimme und Anne erinnerte sich daran, wie sehr ihm seine erste Leiche aus dem letzten Fall zugesetzt hatte. »Er hat sich erhängt. Auf den ersten Blick sieht es nach Selbstmord aus, würde ich sagen.« Etwas leiser fügte er hinzu: »Ich bin aber nicht so nah hingegangen.«

Die Schatten der Windräder huschten im Sekundentakt über den Boden. Anne fühlte eine eisige Leere in sich aufsteigen und alles um sie herum schien in einem dunklen Loch zu verschwinden. Erhängt. Sie musste jetzt da rein gehen und den Tatort besichtigen. Sie schluckte und zog die Mauer hoch, die sie sich zugelegt hatte, als ihre Mutter gestorben war. Seitdem schaffte sie es nicht mehr, Tote anzuschauen. Sie atmete tief durch und straffte die Schultern, dann hatte sie sich wieder im Griff. Das war nicht ihre Mutter. Das war ein Fremder und sie war Polizistin. Leichen gehörten nun mal zu ihrem Job. Die Mauer stand.

Anne sah sich um. »Das ist ein Schweinestall?«, fragte sie und betrachtete das flache Gebäude aus roten Ziegeln, das eigentlich ganz gut in die Landschaft passte. Auf dem Dach wuchs Moos, das sah fast schon romantisch aus. Doch weit und breit war kein Hinweis auf ein Tier zu sehen. »Der Stall hat ja gar keine Fenster«, stellte Anne fest. »Es stinkt auch nicht.«

»Komm mit.« Mario ging voraus und öffnete eine Holztür, die sich seitlich am Gebäude befand. Direkt hinter der Türschwelle trat Anne auf eine blaue, weiche Matte, die mit Flüssigkeit vollgesogen war. Irritiert sah sie nach unten.

»Das ist eine Desinfektionsmatte«, erklärte Mario.

»Hier drinnen stinkt es auch nicht«, stellte Anne erstaunt fest. Klar, es roch nach Tier. Aber sie hatte sich innerlich auf einen beißenden Geruch eingestellt und war nun froh, dass sie ohne Jackenärmel vor der Nase atmen konnte, obwohl sie seit ihrer Schwangerschaft an Geruchsempfindlichkeit litt.

Es quiekte, scharrte, grunzte und kratzte rosafarben, wohin sie auch sah. Zwischen all diesen wuselnden Schweineleibern konnte Anne nur manchmal den nackten Steinboden aufblitzen sehen, in dem sich Schlitze befanden. Darin sollte bestimmt die Gülle verschwinden, vermutete sie. An der hinteren Wand des Stalls waren kleine Gitterkäfige, die kaum größer waren als die Schweine selbst, die darin eingepfercht waren.

»Die können sich ja gar nicht bewegen«, sagte Anne.

Eine Frau, die mit verschwollenen Augen an der Wand lehnte, antwortete ihr: »Doch, sie können sich hinlegen, ausstrecken und wieder aufstehen.« Das war bestimmt die Bäuerin. Ihre Stimme war monoton, so als hätte sie das schon sehr oft wiederholt. Sie war feist, hatte rote Backen und trug einen Blaumann und Gummistiefel. Auf den zweiten Blick sah Anne, dass sie jung war, vielleicht Ende zwanzig, aber sie wirkte verlebt. »Unsere Kastenstände haben hier exakt null Komma fünfundsiebzig Meter Breite pro Sau, das entspricht den Vorschriften. Außerdem sind sie nach der Besamung nur vier Wochen da drin, dann kommen sie zurück in ihre Gruppe.«

Hatte diese Frau jetzt nichts anderes im Kopf als ihre Schweine? Das war doch gestört. Andererseits war ein wenig Ablenkung von der Leiche sicherlich ganz gut. Anne sah sich um. In mehreren abgetrennten Boxen wuselten je um die zwanzig Schweine hin und her. Das sah verdammt eng aus. »Dürfen die nie raus?«, fragte Anne.

Die Bäuerin lachte auf. »Nein. Das dient aber in erster Linie dem Schutz der Schweine selbst. Sie könnten sich draußen mit Krankheiten anstecken, zum Beispiel Schweinepest.«

»Außerdem sollen keine multiresistenten Keime in die Umwelt gelangen«, meldete sich Mario zu Wort. Er reckte den Zeigefinger in die Höhe und erklärte: »Die Tiere leben nämlich unter derart unnatürlichen Bedingungen, dass sie krank werden, wenn man sie nicht mit Antibiotika vollpumpt.«

»Schwachsinn«, zischte die Bäuerin.

Anne schaute sich erschrocken um. »Multiresistente Keime?« Jetzt hielt sie sich doch den Jackenärmel vor die Nase, man wusste ja nie.

»Keine Sorge«, sagte die Frau. »MRSA kommen zu siebenundneunzig Prozent aus der Humanmedizin und nur zu drei Prozent aus der Tierhaltung. Außerdem haben wir hier ein gutes Belüftungssystem.« Sie zeigte an die Decke, unter der sich mehrere grüne Rohre mit Löchern entlangwanden. Ob die zu den vielen Kaminen führten, die Anne auf dem Dach gesehen hatte? Wahrscheinlich.

»Na toll, und das pumpt uns den Ammoniakausstoß dann direkt um die Ohren, so dass wir alle resistent werden«, murmelte Mario.

Die Bäuerin kniff die Augen zusammen. »Quatsch! Es ist doch nur ein Vorurteil, dass alle Schweine mit Antibiotika vollgepumpt werden.« Sie wirkte immer noch matt, hatte nun aber zumindest die Stimme erhoben. »Wissen Sie, wie teuer diese Medikamente sind? Kein Landwirt kann es sich leisten, prophylaktisch alle Schweine damit zu behandeln. Nur kranke Tiere bekommen Medikamente. Antibiotika dürfen wir nur auf Anraten des Tierarztes geben und es muss akribisch dokumentiert werden. Die betroffenen Schweine werden markiert und haben eine längere Wartezeit, bis sie geschlachtet werden dürfen. Solche Umstände gehen wir doch nicht freiwillig ein.«

»Die Wartezeit ist bei Bio-Betrieben aber doppelt so lang.« Mario wippte vor und zurück. »Dafür gibt es doch sicher einen Grund, oder?«

Nun schien die Frau endgültig aus ihrer Monotonie zu erwachen. Sie löste sich von der Wand und fauchte: »Sind sie hier, um meine Schweine zu bemitleiden, oder um meinen toten Mann von der Decke abzuschneiden?«

»Entschuldigung«, sagte Anne. »Ich habe mich noch gar nicht vorgestellt.« Sie streckte der Bäuerin die Hand entgegen. »Moll. Kriminalkommissarin Anne Moll.«

»Yvonne Klaas«, sagte die Frau. Ihre Hand war voller Schwielen. Sie ging voraus und Anne folgte ihr entlang weiterer Metallkäfige, die nur wenig größer waren als die ersten.

»Das sind die Abferkelbuchten«, flüsterte Mario ihr von hinten über die Schulter. Die Muttersauen lagen genauso bewegungslos herum, wie die anderen Schweine in den Gitterkäfigen standen. Ab und zu versuchte ein Tier, sich aufzurappeln und mit der Schnauze seine Ferkel zu erreichen, doch das war wegen der Gitterstäbe nicht möglich. Anne schnürte es bei dem Anblick der Muttertiere, die keinen Kontakt zu ihren Babys aufnehmen konnten, die Kehle zu.

»Die Ferkelschutzkörbe sind dazu da, damit die Sauen ihre Ferkel nicht erdrücken«, erklärte Mario. »Nach vier Wochen werden die Jungtiere von ihrer Mutter getrennt und kommen in eine Ferkelgruppe.«

»Und die Mutter?«, flüsterte Anne zurück.

»Die kommt in ihre Gruppe, bis sie wieder besamt wird. Die Tiere werfen zwei oder drei Mal im Jahr, das heißt, sie verbringen mehr als ein Drittel ihres Lebens fast bewegungslos in solchen Körben.«

»Wie viele Schweine haben die denn hier?«

»Ungefähr tausendfünfhundert.«

»Wahnsinn.«

»Das ist noch gar nichts. Es gibt Betriebe, die haben viertausend oder sogar fünftausend Schweine. In Alt-Loitz werden über zehntausend Sauen gehalten, die jedes Jahr zweihundertfünfzigtausend Ferkel werfen. Das ist eine der größten Ferkelfabriken Europas.«

Alt-Loitz – hatte sie diesen Namen nicht schon mal irgendwo gehört? Eine kurze Erinnerung flackerte in Annes Kopf auf, doch sie bekam sie nicht zu fassen. Das war ja jetzt auch nicht wichtig. Sie nahm sich vor, Mario später zu fragen, warum er sich so gut mit Schweinehaltung auskannte. Sie waren am Ende des Stalles angekommen, der etwa so groß war wie eine Reithalle. Tausendfünfhundert Schweine in einer Reithalle – das war echt eng.

Die Bäuerin zeigte auf eine dunkle Ecke und wandte sich dann ab. Ihre Schultern zuckten. An einem Strick baumelte der Leichnam eines jungen Mannes von der Decke.

22. Kapitel
Paul

Paul grinste von einem Ohr zum anderen wie ein kleiner Junge, der gerade ein Hundebaby geschenkt bekommen hat. Er, der misanthropische Wissenschaftler Paul Becker, hatte es geschafft. Er hatte sich in letzter Minute getraut, Anne und Charlie wieder einzuladen.

Diese Kommissarin gefiel ihm, das hatte er schon gemerkt, als sie ihn verhört hatte. Er hätte Lust, sie näher kennenzulernen. Aber er hatte auch furchtbare Angst davor, sich wieder auf jemanden einzulassen. Noch eine solche Verletzung wie mit seiner Ex-Frau würde er nicht überstehen.

Er fühlte sich schrecklich unsicher, als wäre er fünfzehn und zum ersten Mal verknallt. Aber auch Anne war aufgeregt gewesen, sie hatte ganz rote Ohren bekommen, das fand er süß. Und er hatte das Gefühl gehabt, dass sie ihn mochte. Aber vielleicht bildete er sich das nur ein. Immerhin war sie fast die ganze Zeit beim *Sie* geblieben und hatte geschaut, wie nur Frauen schauen können, wenn sie demonstrativ schweigen. Die Hände vor der Brust verschränkt, die Lippen geschürzt und den Blick zur Seite gewandt.

Und er hatte wie der letzte Trottel über nichts anderes als über Pferde geredet, obwohl er genau wusste, dass sie dieses Thema überhaupt nicht interessierte. Aber sein Kopf war völlig leer gewesen, er hatte einfach vor sich hingebrabbelt. Für das nächste Treffen musste er sich unbedingt andere Gesprächsthemen zurechtlegen. Sie etwas über ihre Arbeit fragen oder sowas in der Art.

Er hatte versucht, witzig zu sein, aber das hatte es nur noch schlimmer gemacht. Ihr Gesicht hatte Bände gesprochen, als er sie mit einer Leitstute verglichen hatte. Na ja, war ja auch wirklich nicht so charmant. Paul seufzte. Flirt-Talent: null Punkte. Ein Desaster war das gewesen. Als sie endlich lockerer geworden waren, und sie *du* zu ihm gesagt hatte, hatte ihr Handy geklingelt.

Aber immerhin hatte er zum Schluss die Kurve gekriegt. Morgen würde er noch eine Chance bekommen und die durfte er nicht versauen.

23. Kapitel

Anne

»Sich selbst zu erhängen ist eine der häufigsten Suizid-Methoden«, referierte Mario, allerdings ohne sich den toten Bauern genauer anzusehen. »Selbst bei einem kurzen Fall, zum Beispiel beim Sprung von einem Stuhl, wird man durch die Kompression der Kopf- und Wirbelsäulen-Schlagadern innerhalb weniger Sekunden ohnmächtig. Der Sauerstoffmangel im Gehirn führt dann nach drei bis fünf Minuten zu irreversiblen Schäden des Gehirns und schließlich zum Tod.«

»Ist gut jetzt, Mario«, zischte Anne und warf einen besorgten Blick auf die Bäuerin.

»Oh.« Mario wurde rot. »Sorry.«

Doch Anne war ihm nicht nur wegen der Bäuerin über den Mund gefahren, sondern auch wegen sich selbst. Sie steckte ihre Hände in die Hosentaschen, damit Mario nicht sah, wie sehr sie zitterten. Er hatte natürlich keine Ahnung davon, wie nah es ihr ging, den erhängten Mann zu sehen, und sie wollte auch nicht, dass er es merkte.

Sie schloss kurz die Augen, atmete tief durch und ging um den toten Körper herum. Der Bauer baumelte zwar vom Deckenbalken und es lag auch ein umgekippter Stuhl auf dem Boden. Aber der Leichnam hatte eine deutlich sichtbare Verletzung am Kopf. Anne sah die blutig verkrusteten Haare am Hinterkopf. Das war alles andere als ein Suizid, vermutete sie. Natürlich musste die Gerichtsmedizin ihre These noch bestätigen, aber ihrer Erfahrung nach sah das so aus, als wäre Udo Klaas zunächst niedergeschlagen und später erst aufgehängt worden.

»Wann haben Sie ihn denn gefunden?«, fragte sie die Bäuerin, die etwas abseits stand und auf den Boden blickte.

»Vorhin, als ich vom Wochenmarkt zurückkam. Ich verkaufe dort jeden Dienstag unsere Produkte.«

»So, wie das aussieht, ist Ihr Mann wahrscheinlich ermordet worden, Frau Klaas.«

»Ermordet?« Die Bäuerin sah auf. »Ich dachte ...«

»Von wann bis wann waren Sie denn genau weg?«

»Von acht bis vierzehn Uhr.«

Anne nickte Mario zu, als Zeichen dafür, dass er später das Alibi der Bäuerin überprüfen sollte. »Haben Sie irgendeinen Verdacht?«, fragte sie weiter. »Hatte Ihr Mann vielleicht Streit mit irgendwem, oder Feinde?«

Yvonne Klaas wischte sich die Nase an ihrem Ärmel ab und lachte bitter auf. »Feinde? Allerdings, und das nicht zu knapp.«

»Und zwar?«

»Zum einen diese ganzen Tierschützer, die generell gegen alles sind, was mit konventioneller Tierhaltung zu tun hat. Und zum anderen hatten wir vor, unseren Betrieb zu vergrößern. Wissen Sie, wir leben seit Jahren am Existenzminimum, weil die Produktionskosten ständig steigen, aber die Fleischpreise nicht.« Sie klang so, als sei sie es gewohnt, sich zu rechtfertigen. »Immer wieder werden neue Gesetze erlassen, die uns zwingen, unsere Ställe umzubauen. Der Umstieg auf Gruppenhaltung bei Zuchtsauen war so ein Beispiel. Wissen Sie, was es uns kostet, den ganzen Stall umzubauen? Um unseren Betrieb am Leben zu erhalten, bleibt uns gar keine andere Möglichkeit, als immer mehr Schweine bei gleichen Kosten zu züchten und zu mästen. Als unsere Pläne publik wurden, sind sogar die normalen Bürger auf die Barrikaden gegangen. Ha! Genau diejenigen, die jede Woche ihren Sonntagsbraten essen möchten. Aber noch mehr Schweine wollen sie hier nicht haben. Sie kennen die Argumente ja sicher.«

»Na ja, nicht so genau«, gab Anne zu.

Mario sah sie vorwurfsvoll an. »Das solltest du aber. Immerhin werden in Deutschland durch Massentierhaltung jedes Jahr zweihundert Millionen Tonnen Gülle produziert. Sie sickert in die Böden und das Nitrat landet in unserem Trinkwasser. Also auch in deinem.«

»Sehen Sie, genau das meine ich«, zischte die Bäuerin. »Und jetzt kommt gleich die Biogasanlage aufs Tablett, die wir auch noch anschaffen sollen, damit wir die Gülle in saubere Energie umwandeln können. Und wo bitte sollen wir das Geld dafür hernehmen? Unsere Säue scheißen leider kein Gold.«

Anne starrte sie an. So etwas hatte sie noch nie erlebt. Es war wirklich verrückt, wie manche Menschen auf den Tod von Angehörigen reagierten.

Mario wippte vor und zurück. »Am schlimmsten sind die Haltungsbedingungen«, murmelte er. »Die Schweine können sich ihr ganzes Leben lang kaum bewegen, haben nicht mal einen Quadratmeter Platz, langweilen sich sprichwörtlich zu Tode, leben unter künstlichem Licht, sehen niemals die Sonne. Das einzige Mal in ihrem Leben, dass sie frische Luft schnuppern dürfen, ist auf dem Weg zum Schlachthaus und ...«

»Ach, Sie sind wohl auch so ein Tierschützer?«, unterbrach ihn die Bäuerin scharf.

»Die Schweine tun mir einfach leid.« Mario zeigte auf die Tiere in ihren Pferchen. »Sie sind so intelligent und neugierig, sie haben sogar ein Ich-Bewusstsein.«

Anne schüttelte den Kopf. Das wurde ja immer grotesker. Da baumelte eine Leiche von der Decke und die Witwe stritt mit einem Polizisten um die Intelligenz von Schweinen. »Mario! Es reicht«, zischte sie.

»Sie können ja gleich mal ihren Kollegen als Tatverdächtigen verhören«, sagte die Bäuerin zu Anne. »So eine Unverschämtheit.«

Mario holte schon wieder Luft, aber Anne herrschte ihn an: »Hör jetzt sofort auf! Der Bauer ist tot. Es geht hier nicht um Tierhaltung. Es geht um Mord.«

Mario zog die Augenbrauen zusammen. »Apropos Mord: 830 Millionen Schweine werden in Deutschland jedes Jahr in Massentierhaltung ermordet. Nur damit du es weißt.«

Anne räusperte sich und sagte: »Ich muss mich wirklich für meinen Kollegen entschuldigen.« Sie sah Mario wütend an, der aber nur bockig zur Seite blickte. Als würde mir eine pubertierende Tochter nicht reichen, dachte sie. Dann wandte sie sich wieder Yvonne Klaas zu. »Erzählen Sie weiter.«

»Seit unsere Pläne, die Schweinemast zu vergrößern, publik geworden sind, haben wir ständig Drohbriefe und anonyme Anrufe bekommen. Sogar ein totes Ferkel haben sie uns an die Haustür genagelt.«

»Haben Sie das nie angezeigt?«

»Nein. Mein Mann wollte den Ärger nicht noch weiter schüren.« Die Bäuerin schüttelte den Kopf. »Hätte er das nur getan, dann würde er jetzt vielleicht noch leben.« Ihre Stimme brach.

»Wissen Sie, wer hinter diesen Drohungen steckt?«

»Nicht genau, aber es gibt eine Tierschutz-Organisation, die *Animal Rebels*. Es würde mich nicht wundern, wenn die ihre Finger im Spiel hätte. Zumindest organisieren die immer wieder Protestaktionen gegen Massentierhaltungen hier in der Gegend. Auch gegen uns.«

Die Stalltür ging auf und die Kollegen von der Spurensicherung kamen herein. Anne sah, dass auch die Psychologin vom Kriseninterventionsteam dabei war. Dann konnte sie ja das Feld räumen. »Ich danke Ihnen«, sagte sie zu der Bäuerin. »Nur eine Frage noch. Wissen Sie, wo das Handy Ihres Mannes ist?«

Die Bäuerin zuckte die Schultern. Vielleicht hatte er es in der Tasche, dann würde es die Spusi finden.

»Wir werden Ihren Hinweisen auf alle Fälle nachgehen. Die Kollegen übernehmen jetzt. Auf Wiedersehen.«

Die Bäuerin nickte.

Während Anne durch den Stall zurückging, sah sie weder nach links noch nach rechts, um die Schweine mit den leeren

Augen nicht mehr sehen zu müssen. Als sie durch die Tür nach draußen trat, blendete sie das gleißende Sonnenlicht und die frische Luft schien eine Explosion von Leben in ihrer Nase auszulösen. Diese armen Viecher, dachte sie. Trotzdem drehte sie sich um und fuhr Mario an: »Spinnst du? Was ist denn in dich gefahren!«

Ihr junger Kollege hatte die Hände in den Jackentaschen vergraben und sah sie mit einer Mischung aus Schuldbewusstsein und Bockigkeit an. Zu diesem rebellischen Getue passte zumindest die schwarze Lederjacke, die er immer trug. »Ich ertrage es einfach nicht, wie die Tiere gequält werden«, antworte er. »Und wenn die Schweinebauern dann auch noch versuchen, das Ganze schönzureden.«

»Das ist ja alles schön und gut. Aber du kannst doch nicht in einem Mordfall als Polizist so auftreten!« Anne blitzte ihn zornig an.

»Ich weiß«, sagte Mario, jetzt immerhin etwas zerknirscht. »Kommt nicht wieder vor.« Er strich sich die rotblonden Haare zurück, dann begann er von den Fersen auf die Zehen und wieder zurück zu wippen. »Jedenfalls kenne ich diese Organisation ganz gut. Diese *Animal Rebels*. Morgen hast du alle Informationen über sie auf dem Tisch.«

Anne seufzte. Sie schaffte es einfach nicht, Mario lange böse zu sein. Er wirkte manchmal wie ein kleiner Junge, der zufällig im Körper eines Erwachsenen gelandet war. Und dann noch in dem eines Polizisten. »Alles klar.« Sie zog ihr Handy aus der Tasche und sah, dass Charlie sie vier Mal angerufen.

Hoffentlich war nichts passiert. Sie hatte ihr auch eine WhatsApp geschickt.

Bin auf einer Demo. Komme spät heim. Mach dir keine Sorgen.

Die Nachrichten, die damit endeten, dass sie sich keine Sorgen machen sollte, besorgten sie natürlich am meisten. Und was hieß hier Demo? Was waren denn das schon wieder für Anwandlungen? Sofort wählte sie Charlies Nummer, doch es tutete nur leer in der Leitung. So ein Mist. Anne hasste diese Hilflosigkeit. Als sie selbst noch ein Teenager gewesen war, gab es gar keine Handys, da war es völlig normal, nicht zu wissen, wo die Kinder steckten und was sie gerade so trieben. Hauptsache, sie waren pünktlich zum Abendessen wieder daheim. Aber mittlerweile hatte sich Anne daran gewöhnt, dass ihre Tochter immer erreichbar war und wurde nervös, wenn sie nicht gleich ans Telefon ging. Und dann noch auf einer Demo.

»Was ist denn?«, fragte Mario.

Anne hatte noch immer ihr Handy in der Hand und starrte auf das leere Display. »Charlie ist auf einer Demo«, sagte sie. »Das gibt's doch nicht.«

»Welche denn?«

»Keine Ahnung.« Sie steckte das Handy wieder in die Tasche ihrer Jeansjacke. »Ich frag mal die Kollegen von der Bereitschaftspolizei, wo heute eine stattfindet.«

»Vielleicht ist sie in Grunow, da ist eine Protestaktion gegen eine geplante Schweinemastanlage.«

»Das Thema verfolgt mich irgendwie«, sagte Anne und schüttelte den Kopf. »Weißt du, ob ich mir Sorgen machen muss? Geht es da friedlich zu?«

»Normalerweise schon«, sagte Mario.

»Soll ich hinfahren?«

»Ach, lass sie doch.« Mario winkte ab. »Sie ist eben kein Kind mehr. Sei froh, dass sie dir zumindest Bescheid gegeben hat. Immerhin warst du diejenige, die nicht ans Telefon gegangen ist.«

»Aber ich weiß doch gar nicht, mit wem sie dort ist ...« Anne brach ab, denn ihr Handy klingelte. Ein kurzer Adrenalin-Stich durchfuhr sie. Das war bestimmt Charlie. Als sie das Telefon wieder aus der Tasche nestelte, wäre es ihr fast heruntergefallen. Schnell jetzt, bevor es aufhören würde zu klingeln. Endlich sah sie das Display. Eine fremde Nummer.

»Anne Moll?«

»Bitte kommen Sie auf die Polizeistation Grunow. Ihre Tochter wurde verhaftet.«

Anne ließ das Handy sinken und spürte, wie das Blut aus ihrem Gesicht wich. »Verhaftet?«

24. Kapitel
Der Prinz

»Heulst du etwa wegen eines Kunden?« Armin Prinz fuhr noch schneller. Das hysterische Schluchzen von Mandy regte ihn auf. Ihre Schminke war völlig verlaufen und sie verschmierte sie mit ihrem Taschentuch immer mehr.

»Da ist was passiert«, greinte sie.

»Ja und?« Mal sehen, ob er irgendetwas aus dieser falschen Schlange herausbekam. »Oder kennst du den Klaas näher?«

»Ne. Können Sie bitte langsamer fahren?«

Armin Prinz bremste auf sechzig herunter. »Du wirkst aber ziemlich mitgenommen.«

»Immerhin war er ein Kunde.« Mandy schnäuzte sich. »Ich habe gestern noch mit ihm geredet.«

»Und du hast ihn auf dem Video nicht erkannt?«

Mandy hielt inne. »Nein.« Sie deckte ihn also. »Woher wissen Sie überhaupt, dass Herrn Klaas was passiert ist? Könnte genauso gut seine Frau sein.«

Mist. Die war doch klüger, als er gedacht hatte. »Stimmt. Ich meine nur ... Ich hatte immer nur mit ihm zu tun, deshalb habe ich die Bäuerin gar nicht auf dem Schirm.« Er trommelte mit den Fingern auf das Lenkrad.

Mandy starrte auf ihre Füße. »Für Sie wäre es doch eigentlich ganz praktisch, wenn ihm was zugestoßen wäre.«

»Was willst du damit sagen?«

»Nichts.«

Armin Prinz versuchte, ruhig zu bleiben. Am liebsten würde er sie anschreien und wieder Gas geben, aber er musste vorsichtig sein. Wenn er Mandy gegen sich aufbrachte und sie wirklich die geheimen Dokumente hätte, würde sie diese womöglich weitergeben. »Vielleicht ist ja gar nichts Schlimmes passiert.«

»Na ja, Polizei, Notarzt, Krankenwagen ...« Ihre Stimme brach schon wieder.

Er musste jetzt schnell vom Thema ablenken, bevor sie noch weiter darauf herumritt, dass er ein Motiv hatte. »Sag mal, kennst du zufällig die *Animal Rebels*?«

Mandy erstarrte auf dem Sitz neben ihm. »Was?« Sie versuchte so zu tun, als wäre nichts, aber er merkte es genau.

»Diese Tierschutzorganisation, die uns immer wieder Ärger macht.«

»Ach so, diiie.« Mandy schüttelte den Kopf. »Nein, warum?«

»Nur so.« Sie log schon wieder. Immerhin hatte Sven Technow ihr vorhin im Büro geschrieben, dass sie ihn sofort anrufen sollte. Vielleicht wollte er ihr mitteilen, dass er Bauer Klaas ausgeschaltet hatte? Das würde passen. Und es wäre das Beste, was ihm passieren konnte, wenn dieser Aktivist ins Gefängnis gehen würde. Dann wäre er beide los: Den Erpresser und diesen Unruhestifter, der den Ruf seiner Firma zerstörte. Armin Prinz lächelte.

Dieser Technow war ihm ein Dorn im Auge, seit er den letzten Skandal um den Stutenurin an die Öffentlichkeit gezerrt hatte, und bestimmt war er auch an dieser Stutenblutsache beteiligt. Er erinnerte sich noch lebhaft daran, wie dieser junge, ungepflegte Mann mit den langen Haaren ihm den ersten Shitstorm seines Lebens beschert hatte.

Was hatten die nur alle gegen ihn und seine Arbeit? Es war nun mal Teil seines Lebenswerks, Medikamente zu entwickeln, die rund einer Million Frauen die Wechseljahre erleichterten. Ob Hitzewallungen, Stimmungsschwankungen oder Schlafstörungen – er hatte die Lösung für all diese Probleme. Die alten Schabracken sollten ihm mal lieber dankbar sein, anstatt ihn immer wieder als Tierquäler hinzustellen.

Wenn er ein wirksames Medikament gegen diese ganzen Beschwerden herstellen wollte, musste er dafür eben in Kauf nehmen, dass trächtige Stuten monatelang mit dem Kopf an einer Wand angebunden standen. Und mit ihm alle Frauen, die das Mittelchen schluckten. Für diese Bedingungen konnte er doch nichts, das ging eben nicht anders.

Damit der östrogenreiche Urin in einer Vorrichtung aufgefangen werden konnte, die an ihr Hinterteil gepresst war, mussten die Stuten nun mal stillstehen. Hinlegen durften sie sich mit den Auffangbecken hinten dran natürlich auch nicht. Aber dafür konnten Pferde schließlich im Stehen schlafen, das musste ja für irgendetwas gut sein. Dass sie so kurz angebunden waren, dass sie nicht mehr als ein bis zwei Schritte in irgendeine Richtung machen konnten, wie die Tierschützer behaupteten, hielt Armin Prinz allerdings für übertrieben. Außerdem ging es dabei nur um sieben Monate ihrer Trächtigkeit. Die restliche Zeit führten die Stuten ein normales Leben.

Auch, dass sie so wenig Trinkwasser bekamen wie möglich, ließ sich nicht vermeiden. Der Urin musste natürlich konzentriert sein, damit man geringere Mengen davon brauchte. Das war nicht schön, das wusste er auch. Aber was war schon schön?

Die Vermarktung seiner Pillen war trotz der umstrittenen Herkunft der Hormone relativ einfach gewesen. Er musste nur *aus einer natürlichen Quelle stammend* in die Packungsbeilage schreiben, und schon war sein Medikament das am häufigsten verschriebene Östrogenpräparat überhaupt geworden. Dass es sich bei der natürlichen Quelle um fast siebzigtausend Stuten handelte, musste man auf der Verpackung zum Glück nicht erwähnen.

Pregnant Mare's Urine war ein kostbarer Stoff. Für die Farmen war der Handel mit dem Urin tragender Stuten ein lukratives Geschäft. Sein Konzern schaffte also auch Arbeitsplätze und kurbelte die Wirtschaft an, aber das sah natürlich keiner. Er war immer nur der Tierquäler erster Klasse.

Als Armin Prinz daran dachte, wie viel sein Unternehmen mit dem Pferdepipi verdiente, lächelte er. Er hatte ein Monopol. Es gab zwar auch naturheilkundliche Mittel, aber die brachten nicht viel, und Östrogene pflanzlichen Ursprungs waren teurer. Allein der günstige Preis reichte vielen Frauen schon aus, um es sich auf einer romantischen *natürlichen Quel-*

le bequem zu machen. Genaueres wollten sie gar nicht wissen. Die meisten Patientinnen, die von ihrem Frauenarzt ein Rezept bekamen, interessierten sich sowieso nicht dafür, wie die Medikamente hergestellt wurden. Und das war auch gut so. Wenn nur diese blöden Tierschützer nicht immer wieder für Ärger sorgen würden. Und jetzt wollten sie ihm auch noch die Geschäfte mit dem Stutenblut ruinieren. Aber das würde jetzt ein Ende haben.

»Kann ich jetzt bitte nach Hause?« Mandys Stimme klang weinerlich.

Armin Prinz schüttelte den Kopf. »Das geht nicht, Schätzchen.« Er hoffte, dass seine intrigante Assistentin vom Büro aus Sven Technow zurückrufen würde und er das Gespräch irgendwie belauschen könnte. Diese Chance durfte er sich nicht entgehen lassen.

»Aber ...«

»Nichts da. Ich habe ein paar dringende Sachen, die erledigt werden müssen.«

Mandy seufzte. »Na gut, Chef.«

Er würde das Mondkalb so lange beobachten, bis sie einen Fehler machte. Die kam ihm nicht mehr aus.

25. Kapitel
Anne

»Sehen sie selbst«, sagte der Polizist und zeigte Anne Fotos am Bildschirm. »Verstoß gegen das Vermummungsverbot.« Auf den Bildern war eine Gruppe junger Leute zu sehen, die eng zusammenstanden. Jemand trug ein Transparent mit dem Bild eines Ferkels, auf dem stand: *Du siehst Bacon. Ich sehe ein Baby*. Ein junger Mann mit blonden, kinnlangen Haaren reckte seinen Mittelfinger in Richtung der Kamera. Direkt neben ihm stand Charlie, oder zumindest das, was von ihr zu erkennen war, denn sie hatte sich ein Palästinensertuch über die Nase gezogen und eine Kapuze aufgesetzt.

»Ist die bescheuert, oder was?«, entfuhr es Anne. »Was sind das für Leute?«

»Das sind die *Animal Rebels*«, erklärte der Polizist. »Der blonde Kerl heißt Sven Technow, er ist der Kopf der Gruppe. Er hat diese Protestaktion organisiert. Wir beobachten ihn schon länger.«

»Und was hat meine Tochter mit dem zu tun?«

Der Beamte grinste sie an. »Das weiß *ich* doch nicht.«

So ein Idiot. Was sollte dieser überhebliche Ton? Anne konnte diese Art von Polizist nicht leiden. Aber sie musste höflich bleiben, um Informationen von ihm zu bekommen. Sie kaute auf ihrer Unterlippe herum.

»Außerdem hat sie Widerstand gegen die Staatsgewalt geleistet.« Der Polizist klickte auf weitere Fotos. Anne sah in einer Bilderserie, wie sich zwei Männer in dunkelblauen Uniformen und mit weißen Helmen auf dem Kopf auf Charlie zubewegten. Dann versuchte Sven offenbar, ihre Tochter zurückzuziehen, doch die Beamten von der Bereitschaft sprangen vor und packten Charlie an der Jacke. Ihre Tochter wollte sich losreißen, aber mit geübten Griffen zerrten die Polizisten das Mädchen aus der Reihe der Demonstranten, drehten ihr im Polizeigriff den Arm auf den Rücken und bugsierten sie in einen Polizeiwagen.

»Sie ist erst fünfzehn!« Wut kochte in Anne hoch. Über Charlies Dummheit, aber auch über die Brutalität der Einsatzkräfte. »Musste das sein?«, fragte sie. »Wäre es nicht etwas weniger grob gegangen?«

Der Polizist lachte trocken auf. »Diesen linken Zecken muss man gleich zeigen, wie hier der Hase läuft.«

»Linke Zecken?« Noch eine solche Bemerkung, und sie würde doch laut werden. Was fiel diesem Typen eigentlich ein?

»Na ja, rasierte Haare, Piercing, Springerstiefel, dieses Aktivisten-T-Shirt ... Wonach sieht das ihrer Meinung nach aus?« Er zuckte die Schultern. »Passen sie gut auf ihre Tochter auf, Frau Kollegin. Sie können Charlotte jetzt mitnehmen, aber es wird eine Vorladung vor den Jugendrichter geben.«

Anne starrte ihn an. Sie hatte das Gefühl, der Boden unter ihr würde schwanken. »Jugendrichter? Wegen einem Tuch vor der Nase? Sagen sie mal ...«

»Linksextreme Aktivitäten stehen eben unter besonderer Beobachtung des Verfassungsschutzes, das müssten Sie doch wissen, Frau Kollegin.«

Ich bin nicht Ihre Kollegin, hätte Anne am liebsten gesagt, aber sie hatte jetzt andere Probleme, als sich mit diesem Fuzzi anzulegen. Linksextrem? Verfassungsschutz? Was war hier eigentlich los? Sie atmete tief durch und versuchte, ruhig zu bleiben. »Ich dachte, es geht um Massentierhaltung. Sogar mein Kollege von der Kriminalpolizei demonstriert gegen Schweinemastanlagen. Was hat denn das mit linksextrem zu tun?«

»Mehr Informationen darf ich Ihnen dazu nicht geben.« Der Polizist schüttelte den Kopf. »Ich habe Ihnen nur deshalb Einblick in die Akten gewährt, weil Sie selbst Polizistin sind. Wie gesagt, ich kann sie nur warnen. Passen Sie auf Ihre Tochter auf.«

Anne stiefelte wütend aus dem Zimmer und setzte sich in dem kahlen Gang auf eine Bank. Sie zupfte an dem Plastikbeutel herum, in dem sich Charlies persönliche Gegenstände befanden. Die Gedanken wirbelten nur so durch ihren Kopf. Mit welchen Leuten hatte sich ihre Tochter da eingelassen?

Die Glastür schwang auf und eine kleine Frau stapfte herein. Sie trug Jeans, ein knallbuntes T-Shirt und Flip Flops. Ohne Zögern hielt sie auf das Zimmer zu, in dem Anne eben mit dem Polizisten gesprochen hatte. Als sie an ihr vorbei lief, grüßte sie: »Hallo.«

Anne nickte ihr zu. Wer war das? Und was wollte die hier? Für eine Mutter, die ebenfalls ihr Kind hier abholte, war sie zu jung. Und Polizistin war sie bestimmt auch keine. Anne hörte Stimmen aus dem Raum dringen und lauschte.

»Ich bin Anita Cordoba vom *Ostseeblatt*. Ich schreibe einen Artikel über die Demonstration heute.«

Anne horchte auf. Cordoba? War das nicht die Journalistin, die den Bericht über das Klon-Experiment geschrieben hatte?

»Ich habe Informationen darüber bekommen, dass Sie grundlos mehrere Jugendliche verhaftet haben. Was sagen Sie dazu?«

Die Polizisten lachten. »Du bist ja süß«, grölte einer. »Einen Versuch ist es wert, oder Kleine?« Dann schlug er einen Ton an, als würde er einem Kind etwas Schwieriges erklären: »Wir dürfen nichts zu laufenden Ermittlungen sagen.«

»Dann schreibe ich also, dass sich die Polizei nicht zu den Vorwürfen äußern will«, sagte die Frau ruhig. »Das ist ja eigentlich Antwort genug. Dann kommen eben nur die Zeugen zu Wort. Und die verhafteten Demonstranten.«

Die Journalistin gefiel Anne. Sie ließ sich von diesen Uniform-Machos weder provozieren noch einschüchtern. Die Kommissarin schmunzelte in sich hinein.

»Ach, schreib doch, was du willst«, knurrte der Polizist.

»Mach ich auch. Ciao Staatsdiener.«

»He, nicht frech werden!«

Die Tür ging auf und die kleine Frau marschierte genauso energisch heraus, wie sie vorher hinein gegangen war. Sie schob sich die Brille auf der Nasenwurzel zurecht. »Bastardi«, knurrte sie.

Anne lächelte und sagte: »Entschuldigung. Ich habe ihr Gespräch gehört. Ich bin Kommissarin Anne Moll. Erinnern Sie sich an mich? Wir hatten wegen diesem Klon-Experiment miteinander telefoniert.«

Anita Cordoba blieb stehen und streckte ihr die Hand entgegen. »Oh hallo, schön Sie persönlich kennenzulernen.« Ihr Händedruck war kräftig.

»Ich warte gerade auf meine fünfzehnjährige Tochter. Sie ist auch auf der Demonstration verhaftet worden.«

»Das ist ja interessant. Wissen Sie, warum?«

Anne zuckte die Schultern. »Angeblich Vermummungsverbot und Widerstand gegen die Staatsgewalt.«

»Aha, die Klassiker. Da hat es heute wohl einige erwischt. Darf ich ihrer Tochter dazu ein paar Fragen stellen?«

Anne nickte. »Von mir aus. Ich gebe Ihnen meine Nummer. Und übrigens«, sie senkte die Stimme: »Gut gemacht!«

Anita Cordoba lächelte. »Es ist immer dasselbe«, sagte sie. »Keiner nimmt mich ernst, weil ich klein bin, weil ich jung aussehe und auch noch Ausländerin bin.« Dann zwinkerte sie Anne zu. »Aber wenn die Typen später meine Artikel lesen, bereuen sie das meistens.«

Anne lachte und gab ihr eine Visitenkarte. »Der Artikel über das Klon-Experiment war übrigens große Klasse.«

»Danke. Ich rufe sie an.« Sie hob lässig die Hand und ging hinaus.

Anne trommelte mit ihren Fingern auf der Sitzbank herum. Wie lange dauerte das denn noch? Irgendwann schwang die

Glastür wieder auf und Anne sah, wie ein junger Polizist Charlie vor sich her schubste.

»Finger weg von meiner Tochter!« Anne schnellte von der Sitzbank hoch und die ganze Angst und Wut, die sich in der letzten Stunde in ihr angestaut hatten, brachen aus ihr heraus. »Bist du irre?«, schrie sie ihre Tochter an. »Was hast du auf einer Demo verloren, wer ist dieser Typ und warum vermummst du dich? Weißt du, was das bedeutet? Du wirst eine Vorladung vor den Jugendrichter bekommen!«

»Ist mir doch scheißegal«, maulte Charlie zurück, aber ihre Augen waren verschreckt. Etwas zutiefst Hilfloses lag in ihnen, das Anne zum Schweigen brachte.

»Na, na, na«, machte der Polizist und zog die Augenbrauen hoch. »Bitte verlassen Sie jetzt das Gebäude. Erziehen Sie Ihre Tochter draußen weiter.«

»Idiot«, zischte Anne durch die Zähne, allerdings so leise, dass der Mann es nicht hören konnte. Dann stapfte sie wütend den Gang entlang. Die Absätze ihrer Cowboystiefel klackerten laut auf dem Linoleumboden.

Charlie schlenderte bewusst lässig hinter ihr her, mit hoch erhobenem Kopf und Tränen in den Augen, doch die konnten die Polizisten von hinten nicht sehen.

Anne atmete tief durch, schlug die Autotür hinter sich zu und lehnte sich mit verschränkten Armen im Sitz zurück. »Also? Was hast du mir zu sagen?«

Erst begann Charlies Kinn zu zittern, dann verzog sich ihr Mund und sie verdeckte ihr Gesicht mit den Händen. »Das sind solche Arschlöcher«, presste sie hervor und ihre schmalen Schultern wurden von Schluchzern geschüttelt.

Annes Wut wich ernster Sorge. Sie legte ihrer Tochter eine Hand auf den Arm. »Jetzt erzähl doch mal von Anfang an«, sagte sie. Ihr Ton klang schon fast wieder versöhnlich. Sie reichte Charlie ein Taschentuch.

»Heute in der Schule hat mich Sven angequatscht.« Charlie schniefte und putzte sich die Nase. »Er ist in der Dreizehnten und der coolste Typ am ganzen Gymmi. Er sieht aus wie Kurt Cobain.«

»Wie wer?«

Das Mädchen verdrehte die Augen und zog die Nase hoch. »Kurt Cobain. Der Sänger von *Nirvana*. Der sich umgebracht hat. Du weißt schon.«

»Kenne ich nicht.«

»Klar, du mit deiner Nena.« Sie schüttelte den Kopf. »Jedenfalls hat der noch nie mit mir geredet. Heute hat er plötzlich gesagt, dass ihm mein Pulli gefällt, wegen der Schrift *Fight for Animal Rights*. Er mag auch mein Piercing und meine Frisur.« Charlie grinste.

Anne fühlte die Wut zurückkehren. Dann konnte die Verhaftung ja nicht so schlimm gewesen sein. »Und warum sollte der tollste Typ der Schule ausgerechnet dich so toll finden?«

Charlie sah sie verletzt an. »Schon klar. Mich kann man nicht toll finden, oder? Schön, wenn ausgerechnet die eigene Mutter so eine Meinung von einem hat. Dann wundert es dich ja sicher auch nicht, dass mich in der Schule alle hassen.«

Mist. Das hätte sie nicht sagen sollen. »Ach Charlie, so meine ich das doch nicht«, sagte Anne. »Du bist super. Ich will nur nicht, dass du irgendwem auf den Leim gehst.«

»Du gehst immer nur vom Schlechten in den Menschen aus. Das nervt. Es gibt doch nicht nur Arschlöcher auf der Welt.«

Anne winkte ab. Bitte keine Grundsatzdiskussion jetzt. »Egal. Erzähl weiter.«

»Na gut. Also, Sven hat mich zu der Demo gegen die Schweinemastanlage in Grunow eingeladen. Mit seinen ganzen Freunden. Die sind so cool. Er hat mich sogar abgeholt und in seinem Auto mitgenommen.«

»Du bist zu ihm ins Auto gestiegen?«

»Ja, warum denn nicht? Ich hab dich viermal angerufen, aber du bist ja nicht ans Handy gegangen.«

Anne atmete tief durch. Ruhig bleiben. »Und dann?«

»Nichts dann. Wir haben echt nichts Schlimmes gemacht. Wir standen da nur rum. Dann hat Sven gesagt, dass wir von den Bullen gefilmt werden und uns besser unkenntlich machen sollten. Also habe ich mir wie die anderen das Tuch über die Nase gezogen und die Kapuze aufgesetzt. Und plötzlich kamen zwei Bullen auf mich zu und haben mich voll brutal aus der Gruppe rausgezerrt und mir den Arm verdreht. Sie haben mich in die Wanne gebracht.«

»Wanne?«

»In den Polizeibus. Dort haben sie mich die ganze Zeit beleidigt. Sie haben gesagt, ich stinke und bin hässlich.« Ihre Stimme wurde leise.

Anne schluckte. Das konnte gut sein. Sie hatte schon oft gehört, dass gerade die jungen, unerfahrenen Männer bei Sondereinsätzen oft über die Stränge schlugen. »Das tut mir leid, mein Küken.«

»Sie haben gesagt, mein Piercing sieht aus wie eine Rotzglocke und dass meine Haare widerlich sind.« Charlie flüsterte nur noch.

»Arschlöcher«, knurrte Anne. In ihrem Kopf prickelte es vor Wut. »Ich melde das dem Vorgesetzten. Was fällt denen ein? Ich mach die fertig. Erzähl weiter.«

»Dann haben sie mich in ein Verhörzimmer gebracht und mir Fotos gezeigt. Sie wollten wissen, woher ich Sven kenne und was ich mit den *Animal Rebels* zu tun habe.«

Ein Verdacht keimte in Anne auf. Ging es vielleicht gar nicht um das Vermummungsverbot, sondern darum, dass die Kollegen an Informationen über diesen Sven kommen wollten? »Und, was weißt du über ihn?«

»Hab ich doch schon gesagt. Er ist total cool und alle Mädchen fliegen auf ihn. Und *mich* hat er angesprochen.« Charlies Augen glitzerten.

»Mehr weißt du nicht über ihn? Was er für Freunde hat? Was er so treibt? Ob er öfter auf Demos geht?«

»Jetzt klingst du schon wie der Bulle da drin«, maulte Charlie. »Ich weiß nur, dass er der Anführer der *Animal Rebels* ist. Die setzen sich gegen Massentierhaltung ein. In den Pfingstferien waren die sogar in Südamerika, um dort etwas gegen Pferdequäler zu tun. Das ist doch gut, oder?«

»Solange alles legal abläuft, schon«, murmelte Anne. Dann sagte sie laut: »Südamerika? Ein Schüler? Und was sagen seine Eltern dazu?«

Charlie zuckte die Schultern. »Er ist schon achtzehn. Er kann machen, was er will.«

»Na toll.« Anne seufzte.

»Vielleicht findet er es wichtiger, sich gegen Tierquälerei einzusetzen als irgendeinen Scheiß zu lernen, den man eh nie wieder im Leben braucht?«

Gegen, gegen, gegen, dachte Anne. Konnten die jungen Leute nicht auch einmal *für* etwas sein? »Egal jetzt«. Sie winkte ab. »Erzähl lieber weiter. Was ist dann passiert?«

»Dann haben sie mich zur ED gebracht.«

Annes Magen zog sich zusammen. »Zur erkennungsdienstlichen Behandlung? Das auch noch?«

»Ja, sie haben Fingerabdrücke genommen, mich fotografiert, die Zähne angeschaut.« Ihre Stimme wurde wieder leise. »Ich musste mich bis auf die Unterhose nackt ausziehen und eine Polizistin hat mich auf Narben und Leberflecke untersucht. Ich hab mich so geschämt, Mama. Sie hatte Plastikhandschuhe an.« Charlies Augen füllten sich mit Tränen.

Anne streichelte ihr über den Arm. »Das war sogar eine große ED«, sagte sie. »Nimm es dir nicht so zu Herzen. Du bist nicht die erste Jugendliche, die sie in Unterhose sehen.«

»Ja, aber ...«

»Ich weiß.« Anne hätte ihre Tochter so gerne in den Arm genommen, aber sie wusste, dass Charlie sich dann wieder zurückziehen würde, deshalb streichelte sie ihr nur weiter über den Arm.

»Dann haben sie mir alles abgenommen, auch meine Schnürsenkel. Schließlich haben sie mich in eine Zelle im Keller gesperrt, wo ich warten musste, bis du gekommen bist. Das war voll unheimlich, da war nur eine Pritsche drin und so ein komisches Metallklo in der Ecke.«

»Puh. Das ist wirklich alles ganz schön heftig.« Anne sah aus dem Seitenfenster. Dann blickte sie ihre Tochter wieder an. »Ich will, dass du dich von diesem Sven fernhältst.«

»Das war ja mal wieder klar«, fuhr Charlie sie an. »Du gönnst mir gar nichts.«

»Himmelherrgottnochmal, der Typ ist kein guter Umgang für dich. Ich darf dir nicht mehr dazu sagen. Nur so viel: Der Polizist da drin hat mich vor ihm gewarnt. Halte dich gefälligst von ihm fern.«

»Soll ich etwa weiter mit den Losern der Schule abhängen? Dann finde ich doch nie Freunde. Du verstehst das einfach nicht.« Charlie verschränkte die Arme vor der Brust und schaute nach vorne.

Anne seufzte. »Können wir jetzt fahren?« Das Gespräch war erstmal beendet. Sie ließ den Motor an und versuchte, sich auf die Straße zu konzentrieren, um ein wenig Ruhe in all die Gedanken zu bringen, die wild durch ihren Kopf rotierten. Der tote Schweinebauer, Charlie im Visier des Verfassungsschutzes und dieser Sven Technow, den ihre Tochter sichtlich anhimmelte – das war alles etwas viel für einen Tag.

»Es gibt noch eine Neuigkeit«, sagte Charlie in Annes Gedankenwirbel hinein und brachte ihn damit jäh zum Stillstand. »Paul hat mir erzählt, dass Black Night ab sofort zum Verkauf steht.«

26. Kapitel
Der Prinz

»Ich bin mal kurz im Bad.« Mandy zeigte auf ihr verschmiertes Gesicht. »Mich ein bisschen frisch machen.«

Armin Prinz nickte und beobachtete, wie sie ihr Handy einsteckte. Das war sein Moment. Er wartete, bis sie in den Flur gegangen war, stand auf und schlich ihr hinterher. Die Tür zur Damentoilette fiel gerade mit einem Klacken ins Schloss. Er huschte zur Herrentoilette direkt daneben und ließ die Tür so sanft hinter sich einrasten, dass es nicht zu hören war. Dann hielt er die Luft an und lauschte.

»Was ist los«, flüsterte Mandy. Stille. »Ach so, ich dachte schon ...« Stille. »Nein.« Stille. »Auf dem Hof von Udo ist was passiert.« Stille. »Ich bin mit dem Alten hingefahren. Er weiß, dass Udo letztes Mal das Geld geholt hat und wollte ihn zur Rede stellen. Aber dann war alles voller Polizei, Krankenwagen, Notarzt und wir sind weitergefahren. Weißt du, was da passiert ist?« Stille. »Scheiße, Mann.« Stille. »Ja, bis dann.«

Armin Prinz hörte, wie es plätscherte. Sie ... ach, das wollte er sich gar nicht so genau vorstellen. Er huschte wieder hinaus und schloss die Tür genauso geräuschlos wie vorhin.

Er setzte sich an seinen Schreibtisch und nahm zwei Marshmallows aus der Schublade. Ein weißes und ein rosafarbenes. Das Telefonat war ja nicht sehr aufschlussreich gewesen. Er hatte nichts Neues erfahren, außer, dass offensichtlich auch Sven mit Udo per Du war, dass dieser tatsächlich das Geld geholt hatte und die anderen beiden davon gewusst hatten.

Er kapierte es einfach nicht. Egal. Es half nichts, sich weiter den Kopf zu zerbrechen. Er musste jetzt endlich mit den Australiern telefonieren, die warteten schon seit Tagen auf seinen Rückruf.

Ein Labor aus Down Under hatte bei ihm angefragt, ob er sich an einem Projekt zur Gewinnung von Anti-Schlangen-Serum beteiligen wollte. Auf einer australischen Farm wurden die giftigsten Schlangen der Welt gemolken. Dann wurde das Gift Pferden injiziert, in deren Blut sich Antikörper bildeten. Aus dem Pferdeblut wurde schließlich das Anti-Serum gewonnen.

Eigentlich war das ein interessantes Angebot, denn es versprach hohe Gewinne. Trotzdem sträubte sich etwas in Armin Prinz gegen eine finanzielle Beteiligung an dieser Farm. Er sah die nächsten Schlagzeilen schon vor sich: *Hormonvision vergiftet vorsätzlich Pferde* oder so etwas in der Art. Er schüttelte den Kopf. Was waren das für Anwandlungen? Ließ er sich jetzt etwa von diesen Tierschützern davon abhalten, in ein lukratives Geschäft einzusteigen? Nein, von denen würde er sich nicht weichkochen lassen. Der weltweite Vorrat an Anti-Schlangen-Serum ging zur Neige, Bedarf war da. Andererseits kamen die schwersten Vergiftungen durch Schlangenbisse ausgerechnet in den Teilen der Welt vor, in denen die Menschen sowieso kein Geld für das teure Medikament hatten. Vielleicht würde das Projekt also doch nicht so viel Umsatz bringen.

Oder sollte er eine Charity-Kampagne daraus machen? *Die Firma Hormonvision rettet arme Negerkinder vor tödlichen Schlangenbissen?* Wie wäre es damit? Eine solche Schlagzeile würde dem angeknacksten Ruf seines Unternehmens sicher guttun. Darüber müsste er mal mit seiner Frau reden.

Er rieb sich das Kinn und griff zum Telefon. Erst mal würde er mit den Australiern besprechen, wie viel Geld sie überhaupt von ihm wollten. Vielleicht konnte er damit ja seine Ehe sanieren, bevor alles zu spät war.

27. Kapitel
Anne

»Ja und? Was geht es uns an, dass Black Night verkauft wird?« Annes Finger trommelten auf dem Lenkrad herum. »Und was heißt überhaupt: Paul hat mir erzählt?«

Charlie schnaufte genervt. »Du checkst es einfach nicht. Hallo? Black Night, das ehemalige Starpferd von Cindy Ackermann?«

»Ich weiß schon, der schwarze Teufel, der Cindys Hüfte und ihre Karriere auf dem Gewissen hat.«

»Rede nicht so von ihm. Er kann nichts dafür.« Charlies Stimme wurde schrill. »Du bist so gemein.«

»Reg dich nicht gleich so auf.« Anne musste sich zusammennehmen, um nicht laut zu werden. Warum war es nicht möglich, mit ihrer Tochter *ein* normales Gespräch zu führen? Nur eines. »Erzähl doch erst mal von Anfang an, um was es eigentlich geht.«

Charlie atmete tief durch. »Ich habe Paul angerufen, weil wir nicht gekommen sind.« Sie blickte Anne strafend an. »Du hättest ihm nicht mal Bescheid gesagt.«

Verdammt, das hatte sie in dem Trubel völlig vergessen. »Tut mir leid, du weißt ja, was alles los war ...«

»Habe ich ihm auch gesagt. Jedenfalls hat er mir erzählt, dass Jobst Ackermann das Gestüt auflöst und nächste Woche alle Pferde versteigert werden. Wenn wir Black Night kaufen wollen, müssen wir das vorher tun.«

Anne trat auf die Bremse und fuhr rechts ran. »Kaufen?« Sie starrte Charlie an. »Spinnst du jetzt total?«

Charlie schaute stur nach vorne und redete einfach weiter. »Wenn er öffentlich versteigert wird, werden sicher viele Profireiter für ihn bieten und er wird im Turniersport verheizt. Dann flippt er wieder aus und landet am Ende beim Schlachter. Mama, wir müssen ihn retten.«

Anne hustete. Ein Pferd kaufen? Und dann noch so einen wilden Teufel? Warum fühlten sich junge Mädchen überhaupt immer dazu berufen, irgendwelche Pferde zu retten? Sie schüttelte entschieden den Kopf. »Das geht nicht. Das kann ich mir erstens nicht leisten und zweitens ist es viel zu gefährlich. Ein eigenes Pferd ... Du spinnst ja.« Sie schüttelte noch mal den Kopf.

»Ich hab schon alles organisiert«, redete Charlie weiter. »Papa zahlt den Unterhalt und Black Night kann bei Paul leben. Dort kostet es nur zweihundertfünfzig Euro im Monat. Das ist doch nicht viel.«

»Bitte was?« Anne schnappte nach Luft. »Aber du kannst doch nicht ... Ohne mit mir ...«

»Paul hilft mir mit ihm und gibt mir Reitunterricht. Black Night ist nur so wild gewesen, weil er schlecht behandelt wurde. Du wirst sehen, wenn er ein gutes Leben hat, ist er das liebste Pferd der Welt. Mama, bitte! Das Mindestgebot wird nur dreitausend Euro pro Pferd sein. Wir bieten dem Ackermann fünftausend an, wenn er uns Black Night noch vor der Auktion verkauft.«

»Und wo willst du fünftausend Euro herbekommen?«

»Ich habe dreitausend Euro auf meinem Sparkonto. Und zweitausend müsstest du mir leihen. Ich zahl dir alles zurück, ich verspreche es. Das wäre so toll. Das wäre mein absoluter Traum, Mama. Diese Chance habe ich nur einmal in meinem Leben. Mach mir das nicht kaputt. Bitte.«

»Das schaffst du doch mit der Schule gar nicht. Du stehst notenmäßig eh so schlecht. Wann willst du denn lernen, wenn du dich jeden Tag um ein Pferd kümmern musst?«

»Nachts. Versprochen.« Charlie wandte den Kopf zu Anne und sah sie an wie ein ausgesetzter Babyhund. In ihren Augen glitzerten Tränen. »Du wärst die beste Mama der Welt.«

»Du bist ja irre.« Anne umklammerte das Lenkrad, legte den ersten Gang ein und fuhr los. Sie spürte, wie ihr Widerstand wankte, und das wollte sie auf keinen Fall zulassen. Aber Charlies letzter Satz hatte sie tief in ihrem Inneren berührt. Die beste Mama der Welt. Würde ihr Charlie endlich verzeihen, dass sie gegen ihren Willen mit ihr hierher gezogen war?

Ihr kam noch ein anderer Gedanke. Vielleicht würde ein eigenes Pferd diese rebellischen Allüren von wegen Piercing und Demos eindämmen? Möglicherweise kämen sie ja etwas leichter durch die restliche Pubertät, wenn Charlie ein solches Projekt hätte, das sie vollauf begeistern und beschäftigen würde? Verantwortung übernehmen, viel Bewegung an der frischen Luft, das war doch gut für die Entwicklung. Charlie hätte jede

Menge zu tun und keine Zeit mehr für irgendwelchen Blödsinn oder für diesen zwielichtigen Sven. Bei diesen Gedanken schrumpfte ihr Sorgenberg gleich ein Stück.

»Mama!« Charlie flehte sie regelrecht an.

»Das muss ich mir in Ruhe überlegen.«

»In Ruhe, in Ruhe!« Charlie rutschte auf ihrem Sitz herum. »Und dann kauft ihn jemand anders. Mama, bitte!«

Anne seufzte. »Also gut. Ich rufe deinen Vater und Paul an, sobald wir zuhause sind, und dann sehen wir weiter.«

Charlie fiel ihr von der Seite um den Hals und quietschte vor Freude, so dass Anne beinahe das Lenkrad verrissen hätte.

»Ich habe noch nicht *ja* gesagt«, versuchte Anne ihre Tochter zu beruhigen, aber sie musste selbst lachen. So glücklich hatte sie Charlie seit Jahren nicht mehr gesehen.

Es stimmte tatsächlich. Bernd war bereit, den Unterhalt zu zahlen. Damit wollte er bestimmt sein schlechtes Gewissen beruhigen. Charlie jubilierte natürlich, sie hatte schon vergessen, wie er sich in München verhalten hatte. Es half nichts. Charlie würde ihren Vater immer anhimmeln, egal, wie wenig er sich um sie kümmerte.

Warum konnte sie nicht auch mal eine Heldin für ihre Tochter sein? Anne griff zum Telefon, atmete tief durch und wählte Pauls Nummer. Ihre Handflächen waren schwitzig.

»Ja?«, antwortete der Wissenschaftler.

Sie räusperte sich. »Hier ist Anne Moll.«

»Hallo.« Seine Stimme klang amüsiert. »Hat Charlie es geschafft, dich zu überreden?«

»Ich bin ehrlich gesagt überfordert«, sagte Anne. »Was hältst du denn von der Idee? Stimmt es überhaupt, dass das Pferd bei dir leben könnte?«

»Ich würde mich sehr für Charlie freuen, und auch für Black Night«, sagte Paul. »Ich hatte ohnehin vor, einen kleinen Pensionsbetrieb aufzubauen. Jetzt wo ich ... äh ... du weißt schon.«

Anne grinste. »Jetzt, wo du auf legalem Weg Geld verdienen musst?«

Paul lachte verlegen. »So in etwa. Jedenfalls würde ich den Stall misten, ihn füttern und ihn jeden Tag auf die Koppel bringen, das wäre alles im Preis inklusive«, sagte er. »Ich kann Charlie Unterricht geben und mache auch Ferienbetreuung.«

»Aber ich habe gar keine Ahnung von Tierärzten und Hufschmieden und was man da alles braucht.«

»Mach dir keine Sorgen, ich helfe euch bei allem.«

Anne schloss kurz die Augen. Sich keine Sorgen machen. Es wäre so schön, wenn sie endlich nicht mehr alleine mit allem wäre. Im Hintergrund hüpfte Charlie durch den Flur. Anne macht die Augen wieder auf und winkte lachend ab. »Sorry«, sagte sie zu Paul. »Aber Charlie flippt hier gleich aus. Ich wüsste ja gar nicht, wie das geht, so ein Pferd zu kaufen.«

»Ich könnte mit euch zusammen zu Jobst Ackermann fahren und das machen«, schlug Paul vor.

Anne zuckte die Schultern. »Mir gehen die Argumente aus.«

Paul Becker lachte. »Ich verstehe, dass das eine schwere Entscheidung ist. Aber du kannst mir vertrauen. Ich betreue Charlie und das Pferd, versprochen.«

Anne seufzte. Wieder jemandem vertrauen, der sich mitkümmern würde. Sie holte tief Luft. Wie war das? Die Welt gehört den Mutigen? »Na gut.«

Charlie hatte wohl verstanden, was das bedeutete, denn nun liefen ihr Tränen übers Gesicht und sie legte die Hände zu einer dankbaren Geste aneinander. Anne fühlte einen Kloß in ihrem Hals aufsteigen.

»Und wann sollen wir das machen?«, fragte sie Paul.

»Am besten gleich morgen Nachmittag. Ich mache einen Termin mit Herrn Ackermann aus, ich kenne ihn ja«, bot Paul an. »Wann kommst du aus der Arbeit?«

Anne schluckte. »Morgen Nachmittag?« Aus der Nummer kam sie jetzt nicht mehr raus. »Ich kann bestimmt etwas früher gehen. So gegen drei Uhr? Passt das?«

»In Ordnung.«

»Dann bis morgen.«

Charlie fiel ihrer Mutter um den Hals. »Danke Mama!«

Das hatte sie schon seit Jahren nicht mehr gemacht. Anne vergrub ihre Nase in den Haaren ihrer Tochter, schloss die Augen und atmete ihren Geruch ein. Am liebsten würde sie Charlie nie wieder loslassen.

Mitten in ihre Umarmung hinein klingelte *Major Tom*. Verdammt, warum ausgerechnet jetzt? Anne wischte sich mit dem Ärmel über die Augen, griff nach ihrem Handy und meldete sich. »Moll?«

»Hier ist Anita Cordoba. Könnte ich vielleicht mit Ihrer Tochter wegen der Demo sprechen?«

»Einen Moment bitte.« Anne gab ihr Handy an Charlie weiter. »Eine Journalistin ist für dich am Telefon. Sie schreibt über die Verhaftungen heute und will dir ein paar Fragen stellen.«

»Schon wieder Fragen?«, maulte Charlie, doch sie sprach mit der Frau und erzählte noch einmal, was auf der Demonstration vorgefallen war. Als sie aufgelegt hatte, sagte sie zu ihrer Mutter: »Siehste, die glaubt mir wenigstens. Es wurden heute ganz viele Leute grundlos verhaftet.«

»Ich glaube dir auch«, sagte Anne. »Ich habe mich nicht umsonst vom Bereitschaftsdienst ferngehalten. Ich würde nie im Leben eine Uniform anziehen und gegen friedliche Demonstranten vorgehen.«

Charlie sah ihre Mutter an und nickte. Anne glaubte sogar, ein bisschen Wohlwollen in den Augen ihrer Tochter zu erkennen. Dann grinste Charlie von einer Backe zur anderen.

»Was ist?«, fragte Anne.

»Wahnsinn, ich bekomme Black Night! Ich flipp aus!« Sie breitete die Arme aus, drehte sich und sprang dann im Zimmer herum.

Anne schluckte. Sie wusste nicht, ob sie gerade einen riesigen Fehler begangen hatte. Aber es fühlte sich verdammt gut an, dass sie ihre Tochter so glücklich machen konnte.

28. Kapitel
Paul

Paul legte den Hörer auf und lächelte. Wie schön, dass Charlie ihre Mutter überredet hatte. Er mochte Black Night und er mochte das Mädchen. Sie war klug, selbstbewusst und sie hatte ein Händchen für Tiere. So eine Tochter hätte er selbst gerne gehabt. Etwas stach in seiner Brust und er musste tief durchatmen, um den alten Schmerz zu verscheuchen. Ging das denn nie vorbei?

Er schlenderte über den Hof zur Weide. Von dieser Kommissarin war er hingegen enttäuscht. Sie hatte ihn gestern einfach versetzt. Null Interesse und nicht mal genug Anstand, um abzusagen. Nur Charlie hatte ihn angerufen und ihm erzählt, was bei ihrer Mutter alles los war. Mit einer Polizistin zusammenzusein war vielleicht wirklich so, wie es in den Vorabend-Krimis dargestellt wurde. Egal, wann das Telefon klingelte, sie musste los. Das waren doch sowieso alles komische Charaktere, diese Kommissarinnen. Im Fernsehen waren die außerdem immer beziehungsunfähig.

Zusammensein. Er wusste gar nicht, ob er das überhaupt wollte. Seine Freiheit aufgeben, wieder irgendwelche Kompromisse eingehen, sich auf eine andere Person einstellen. Immer das gleiche Theater. Da war es doch einfacher, weiter mit seinen Tieren zu leben, genau so, wie er wollte. In der Herde war die Frage simpel: Wer bewegt wen? Derjenige, der entschied, wo die anderen hingingen, war die Führungspersönlichkeit. Fertig. Pferde machten einem nichts vor und man konnte ihnen auch nichts vormachen. Menschliche Beziehungen waren dagegen furchtbar kompliziert. Nie wusste man, was die andere Person wirklich dachte und fühlte, ob ihr Verhalten ehrlich war oder sie nur so tat als ob. Er seufzte.

Er war bei den Pferden angekommen. Nighty kam ihm entgegen und stellte sich zu ihm. Das war unter Pferden ein Zeichen für Freundschaft. Paul kraulte ihm den Widerrist. »Wir zwei haben es doch ganz gut miteinander, oder? Brauchen wir eine Frau, die sich in unser Leben einmischt?« Er schüttelte den Kopf. »Nein.«

Wahrscheinlich stimmte das mit dem komplizierten Fall gar nicht und Anne hatte ihre Tochter vorgeschickt, weil sie sich selber nicht traute, abzusagen. Heute am Telefon hatte sie sich nicht mal entschuldigt. Das passte ins Bild. Und bestimmt war sie nur so nett zu ihm, weil sie seine Hilfe mit Black Night brauchte.

Er seufzte. Besser, er machte sich nichts vor. Er würde freundlich und hilfsbereit sein, aber Anne Moll würde nicht mehr sein, als eine Kundin.

29. Kapitel
Anne

Als Anne ihr Büro betrat, taumelte sie gleich wieder ein paar Schritte rückwärts auf den Flur, als wäre sie gegen eine unsichtbare Glasscheibe geprallt.

»Guten Morgen.« Mario strahlte ihr entgegen. »Wie geht's Charlie?«

»Fenster auf«, presste sie anstatt einer Antwort hervor.

Mario schaute sie irritiert an.

»Mach schon!« Anne wedelte mit der rechten Hand vor ihrem Gesicht herum.

»Was ist denn?«

»Knoblauch. Das halte ich nicht aus.«

Mario wurde rot. »Oh, riecht man das?« Er sprang auf und riss das Fenster auf.

Anne ging rückwärts aus dem Zimmer. »Ich hole mir derweil noch einen Kaffee.«

Jedes Mal, wenn Anne dieser stechende Geruch entgegenschlug, schwor sie sich, nie wieder Knoblauch zu essen. Wie konnte etwas, das so lecker war, nur so erbärmlich stinken? Aber dann schmeckte es ihr doch zu gut und sie redete sich ein, dass schließlich nicht jeder Mensch gleich stark roch, und bei ihr wäre es bestimmt nicht so schlimm. Sie wünschte sich, dass sie gestern selbst eine Pizza Margherita mit extra Knoblauch gegessen hätte, dann würde sie jetzt genau so fröhlich lächeln wie ihr Kollege.

Als sie zurückkam, war der schlimmste Gestank verflogen und sie setzte sich an den Schreibtisch, auf dem Mario ihr schon den Obduktionsbericht bereitgelegt hatte.

»Besser?« Er stellte sich nicht direkt neben sie wie sonst, sondern hielt sich in der Nähe des Fensters auf.

Anne nickte. »Danke.«

»Wie geht's Charlie?«, fragte er noch mal.

»Die Verhaftung war ein ziemlicher Schock für sie, aber es geht schon wieder.«

»Ich verstehe nicht, dass die Kollegen immer so übertreiben müssen.« Mario schüttelte den Kopf.

»Glaubst du, es war übertrieben?« Anne sah ihn an.

»Natürlich! Ich war selbst dort, da waren überhaupt keine gewaltbereiten Leute, es war alles friedlich.«

»Und was sollte das dann?«

Mario zuckte die Schultern. »Du weißt doch, wie das läuft. Die wollen die Daten aller rebellischen Jugendlichen in der Kartei haben.«

»Ja leider.« Anne seufzte und begann, den Bericht zu lesen. Ein Schlag auf den Kopf mit einem stumpfen Gegenstand hatte den Schädel des Schweinebauern zwar ordentlich erschüttert, ihn aber nicht getötet. Er war wohl ohnmächtig geworden und jemand hatte ihn dann mit dem Flaschenzug-Prinzip am Deckenbalken aufgehängt. Er war durch Strangulation gestorben. Fremde DNA-Spuren waren weder auf dem Betonboden im

Schweinestall, noch auf dem umgekippten Stuhl gewesen. Und die Waffe, mit der er ohnmächtig geschlagen worden war, hatte auch keiner gefunden.

Anne sah auf. »Na toll. Das habe ich alles selbst gesehen. Braucht man dafür etwa eine Spurensicherung und einen Obduktionsbericht?«

»Lies mal weiter!« Mario wippte von den Fersen auf die Zehen und wieder zurück.

Immerhin wurde die Tatzeit auf zehn bis elf Uhr eingeschränkt. Aha, jetzt wurde es interessant. In der linken Hosentasche des Opfers hatten die Männer von der Spusi einen Zettel gefunden. Darauf stand: *Du sollst so elend krepieren wie deine armen Schweine.* Die Nachricht war mit dem Computer auf ein ganz normales Stück Papier geschrieben. Fingerabdrücke waren nicht drauf.

»Das wäre ja auch zu schön gewesen.« Anne seufzte. »Hat die Spusi das Handy gefunden?«

Mario schüttelte den Kopf.

»Und was hast du denn alles über diese Tierschutzorganisation herausgefunden?«

»Das ist ein eingetragener Verein mit Hauptsitz in Berlin, aber sie haben Gruppen in ganz Deutschland.« Mario wippte immer noch. »Rund dreitausend Mitglieder. Sie organisieren große Protestaktionen. Die Rostocker Gruppe setzt sich in letzter Zeit massiv gegen Schweinemastbetriebe ein. Sie hat siebzehn eingetragene Mitglieder.«

»Der Anführer heißt Sven Technow, stimmts?«

Mario schüttelte den Kopf und grinste. »Einen Anführer gibt es da nicht direkt. Aber ja, Sven organisiert sehr viel. Den kenne ich ganz gut.«

Anne blickte auf. Das war ja interessant. »Und was ist das für einer?«

Mario zuckte die Schultern. »Ein engagierter jungen Mann. Netter Typ. Beeindruckend, was er in seinem Alter schon alles auf die Beine stellt. Warum fragst du?«

»Charlie war gestern mit ihm auf der Demo. Muss ich mir Sorgen machen?«

Mario winkte ab. »Der ist in Ordnung.«

»Hast du irgendetwas mit den *Animal Rebels* zu tun? Du klangst gestern ja auch ziemlich nach Protest, warst auf der Demo, Sven kennst du ganz gut ... Und woher weißt du eigentlich so viel über Schweinehaltung?«

Mario schob das Kinn vor. »Na und? Das ist doch nicht verboten. Auch als Polizist darf man ja wohl eine eigene Meinung zu Massentierhaltung haben, oder?«

»Natürlich.« Anne klackerte mit den Fingernägeln auf die Tischplatte. »Aber nur, solange es die Ermittlungen nicht behindert und du nicht befangen bist.« Sie schaute ihn an.

Mario antwortete nicht, sondern blickte aus dem Fenster.

»Bist du befangen?«

»Nö«, sagte Mario. »Bin ich nicht.« Jetzt sah er sie an. »Ich finde es nur richtig, dass die sich gegen Massentierhaltung einsetzen. Die veranstalten gute Aktionen.«

»Zum Beispiel?«

»Neulich haben sie eine Ausstellung zum Thema Schweinemast organisiert, wo man auch mal in so einen Käfig mit Ferkelgitter reingehen konnte. Dann kann man sich erst so richtig vorstellen, wie diese armen Muttersäue leben.« Er schüttelte sich. »Außerdem ist unser Peene-Tal arm, aber wunderschön. Das Einzige, was wir hier haben, ist Natur und Tourismus. Aber welcher Tourist will schon Schweinemastanlagen sehen? Wenn die Politik weiter in Großbetriebe investiert, wie sie das seit der Wende tut, kommen irgendwann keine Feriengäste mehr. Und unsere Böden, Biotope, Seen und Flüsse werden immer stärker mit Nitrat verseucht.«

Anne bezweifelte zwar, dass es den Aktivisten um das romantische Peene-Tal ging, aber sie waren sicherlich klug genug, um mit diesem Argument die Bevölkerung auf ihre Seite zu ziehen. Es stimmte ja. Sie hätte schließlich auch keine Lust, auf ihren langen Spaziergängen durch die unberührte Natur auf irgendwelche Tiermastanlagen zu stoßen. »Kannst du dir vorstellen, dass die *Animal Rebels* etwas mit dem Mord zu tun haben?«, fragte sie.

»Eigentlich nicht.« Mario scharrte mit dem Fuß. »Es gibt da zwar schon ein paar Typen, die sehr radikal sind und immer wieder Ärger mit der Polizei haben ...«

»Weswegen?«

»Hausfriedensbruch und so. Wenn sie versuchen, Tiere zu befreien. Ein totes Ferkel an der Tür würde ich ihnen auch noch zutrauen. Aber dass sie jemanden ermorden, glaube ich nicht.«

»Hast du vielleicht irgendeinen Hinweis darauf, dass der Verfassungsschutz sie im Visier hat?«

Mario schaute Anne überrascht an. »Wie kommst du denn darauf?«

Anne erzählte ihm, was ihr der Polizist gestern in Grunow gesagt hatte. »Versuch doch bitte, etwas darüber herauszubekommen. Ich mache mir Sorgen um Charlie, aber als Mutter kann ich natürlich nicht nachforschen. Und überprüfe die Alibis aller Rostocker Mitglieder der *Animal Rebels*. Mach eine Adressliste von dieser Gruppe und befrag die alle mal, wo sie gestern zwischen zehn und elf Uhr waren. Ich brauche eine Kopie davon, dann fahre ich damit noch mal zu Frau Klaas.«

»Die Liste habe ich schon gemacht.« Mario grinste und hielt Anne ein Blatt hin.

Die Kommissarin nickte. »Toll.« Den Bürokram hatte er voll drauf, das musste sie ihm lassen. Sie sah auf die Uhr. Sehr gut. Sie würde es rechtzeitig zu ihrem Termin mit Jobst Ackermann schaffen. »Dann kann ich gleich losfahren und noch mal mit Yvonne Klaas sprechen. Und danach befrage ich Sven Technow.« Diesem Typen wollte sie mal ordentlich auf den Zahn fühlen, und zwar höchstpersönlich.

Mario nahm seine Lederjacke.

Bloß nicht, dachte Anne. »Nein, du kannst nicht mit, du überprüfst inzwischen die Alibis.«

»Aber ich ...«

»Mario, das geht nicht, ihr kennt euch. Du bist befangen, das weißt du genau.«

Der junge Polizist hängte seine Jacke wieder über die Stuhllehne und murrte bockig: »Bin ich nicht.« Aber er schaute Anne dabei nicht an.

Eine halbe Stunde später blickte Anne sich im Schweinestall um. »Frau Klaas?« Da war sie. Kratzte Mist mit der Schaufel zusammen. Jetzt richtete sie sich auf und stütze sich auf dem Stiel ab. Die Bäuerin sah knapp an Annes rechtem Auge vorbei. Sie war blass und ihre Haare hingen ihr in Strähnen ins Gesicht. Anne war sofort alarmiert. Es war oft so, dass es den Angehörigen von Mordopfern am nächsten Tag schlechter ging, als direkt nach der Tat. Doch irgendetwas war da noch, das spürte sie. Die Frau wirkte irgendwie apathisch.

»Ist alles in Ordnung?« Klar war das eine unangebrachte Frage an eine frischgebackene Witwe. Fast schon unverschämt. »Entschuldigung«, schob Anne deshalb nach, ohne eine Antwort abzuwarten. »Natürlich nicht.«

Der Blick der Frau wurde klar. »Er hatte eine Geliebte.«

»Oh. Das tut mir leid«, sagte Anne, aber wirklich überrascht war sie nicht. Es kam erstaunlich oft vor, dass Witwen nach dem Tod ihrer Männer irgendwelchen Affären auf die Schliche kamen. »Sie haben das Handy gefunden?«

»Es war hinter den Futtertonnen.« Der Mund der Bäuerin verzog sich. »Sie heißt Mandy.«

»Wer ist das? Kennen Sie die Frau?«

»Die arbeitet für *Hormonvision*. Von der beziehen wir seit kurzem die PMSG-Präparate für die Schweine.«

»PM was?«

»Das ist ein Hormon mit dem Namen *Pregnant Mare Serum Gonadotropin*. Es wird aus dem Blut trächtiger Stuten gewonnen. Es wird in der Schweinezucht verwendet, damit die Muttersauen nach dem Ferkeln sofort wieder aufnehmen.« Auch diesmal begann die Bäuerin, automatisch ihren Monolog abzuspulen. »Außerdem kann man damit die Trächtigkeiten synchronisieren, so dass die Sauen alle gleichzeitig in die Aufzuchtboxen kommen, gleichzeitig ferkeln, synchron vom Tierarzt betreut werden und dann der Stall in einem Aufwasch gereinigt werden kann. Wenn man die Geburtstermine miteinander gleichschaltet, kann man sogar die Würfe untereinander ausgleichen.«

»Bitte?« Anne verstand nur Bahnhof.

»Wenn zum Beispiel eine Sau sehr wenige und eine andere sehr viele Ferkel geworfen hat, kann man sie aufteilen, damit alle gleich viel Milch bekommen. Beim Schlachttermin sind dann alle Tiere gleich alt und gleich schwer. Ist alles sehr effizient und spart Kosten.«

»Aha.« Warum erzählte ihr die Bäuerin das alles? Das hatte ja wohl nichts mit dem Mord zu tun. Wollte sie vom Thema ablenken? Anne räusperte sich. »Und sie haben das mit Mandy wirklich erst heute herausgefunden?«

Yvonne Klaas sah sie verständnislos an, dann flackerte es kurz in ihren Augen. »Wollen Sie mir da etwas unterstellen?«

»Ich muss das fragen«, sagte Anne entschuldigend. Eigentlich war ihr diese burschikose Frau mit dem teigigen Gesicht und dem dreckigen Blaumann unsympathisch. Aber wenn es darum ging, dass Ehefrauen von ihren Männern betrogen wurden, spürte sie immer eine gewisse weibliche Solidarität.

»Ja, ich habe es *wirklich* erst heute herausgefunden«, sagte die Bäuerin mit Nachdruck.

»Ich brauche das Handy.« Anne streckte die Hand aus.

Die Frau zog ein Telefon aus der Tasche ihres Blaumanns und reichte es ihr. »Sie ist als *Pharma-Mandy* eingespeichert.«

»Code?«

»0000«

»Echt?«

Die Bäuerin nickte. »Er war nicht besonders einfallsreich.«

Anne entsperrte das Handy und scrollte kurz durch die Chats. Aha. Sven Technow. Auf den ersten Blick stand da nichts, was sie nicht schon wusste, aber das würde sie sich später noch genauer anschauen. Sie ließ das Handy in eine Plastiktüte gleiten. Dann gab sie Yvonne Klaas die Mitgliederliste der *Animal Rebels*. »Kennen Sie einen von denen? Sagt Ihnen irgendein Name etwas?«

Die Frau sah sich die Liste an und schüttelte den Kopf. »*Zaubermaus* hat er sie genannt. Ich könnte kotzen. Wissen Sie, wie das ist, wenn man sein Leben für jemanden aufgegeben hat, immer zu ihm gehalten hat, egal wie schwer die Zeiten waren, und dann einfach durch eine Jüngere ersetzt wird?« Ja, das weiß ich sehr genau, dachte Anne, aber sie schwieg und ließ die Bäuerin reden. »Nie konnte ich mir was leisten, nicht mal einen Friseurbesuch. Und er nimmt sich einfach diese Schlampe mit den toupierten Haaren.«

»Das tut mir leid«, sagte Anne. »Wirklich. Möchten Sie vielleicht noch mal mit unserer Psychologin sprechen? Ich könnte sie herbestellen.«

Yvonne Klaas schüttelte den Kopf. »Ich muss jetzt den Stall fertigmachen. Ich hab keine Zeit für sowas.«

»Sie können mich jederzeit anrufen.« Anne gab ihr eine Visitenkarte.

Die Bäuerin ließ sie in ihrer Hosentasche verschwinden. »War's das?«

Anne nickte.

Yvonne Klaas drehte sich um und stapfte davon.

»Auf Wiedersehen«, rief Anne ihr hinterher.

Sie hatte kein gutes Gefühl dabei, die Frau alleine zu lassen. Aber mehr als ihr Hilfe anbieten, konnte sie nicht tun. Sie ging zu ihrem Auto.

Jetzt nichts wie los, Charlie abholen. Und dann zu Paul. Bei diesem Gedanken schlich sich ein Lächeln auf ihr Gesicht. Als ihr einfiel, dass sie gerade im Begriff war, ein Pferd zu kaufen, erstarb es aber gleich wieder. Hoffentlich war das kein Fehler.

30. Kapitel
Der Prinz

Es war tatsächlich Mord gewesen. Sein Informant bei der Polizei hatte Armin Prinz gesagt, dass es sich nicht um einen Suizid gehandelt hatte. Er presste die Hand auf die Brust und zwang sich, ruhig und tief gegen den Schmerz anzuatmen. Einer seiner Großkunden war ermordet worden, das änderte alles. Seine Erleichterung war einer ernsten Sorge gewichen. Hoffentlich würde in der Öffentlichkeit keiner das Verbrechen mit seinem Unternehmen in Verbindung bringen. Wenn die Erpressung ans Licht kam ... Er schloss die Augen. Dann hätte er ein Motiv.

Er musste nachdenken. Was sollte er mit Mandy machen? Und mit diesem Aktivisten? Er steckte ein rosa Marshmallow-Schweinchen in den Mund, spürte wie der chemische Geschmack sich ausbreitete und sah aus dem Fenster. Bestimmt hatten diese *Animal Rebels* den Bauern um die Ecke gebracht und Mandy steckte irgendwie mit drin. Das war gefährlich. Er musste die alle ausschalten.

Was, wenn die Polizei irgendwelche Reifenspuren oder Schuhabdrücke von ihm finden würde? Armin Prinz fühlte Kälte in sich aufsteigen. Da hatte er eine Idee. Was wäre, wenn er aussagen würde, dass er kurz vor dem Mord auf dem Bauernhof gewesen war? Er könnte behaupten, dass er Herrn Klaas nicht angetroffen hätte, aber dieser Sven Technow gerade vom Hof gefahren wäre.

Ja, das war gut. Mit einer Falschaussage würde er diesen Typen endlich loswerden. Und wer weiß, vielleicht war sein Verdacht ja gar nicht so falsch.

Und was sollte er mit Mandy machen? Er wusste immer noch nicht, ob sie die Dokumente hatte oder nicht. Sollte er ihr Geld dafür anbieten, dass sie schwieg und die Unterlagen zurückgab? Geld funktionierte immer. Aber erst musste dieser Aktivist aus dem Verkehr gezogen werden, damit sie keinen Kontakt zu ihm aufbauen konnte. Armin Prinz nickte selbstgefällig. Das mit der Falschaussage war eine super Idee.

Am besten, er rief gleich bei der Polizei an. Er griff zum Telefon. Sein Blick fiel auf die Zeitung, die auf seinem Tisch lag. Er ließ den Hörer wieder auf die Gabel fallen und las.

31. Kapitel
Anne

»Lasst mich reden«, sagte Paul, als sie auf den Hof von Gestüt Ackermann fuhren. »Ich hab schon einige Pferde gekauft. Mischt euch am besten gar nicht ein.«

Charlie nickte stumm. Sie war blass und Anne sah ihr die Aufregung deutlich an. Sie selbst fühlte sich nach irgendetwas zwischen aufgekratzt und panisch.

Jobst Ackermann kam ihnen auf dem Gutshof entgegen. Er wirkte farblos und ohne jegliche Körperspannung. Auch sein Händedruck war schlaff. »Kommen Sie doch gleich mit in den Stall, dann können Sie sich Black Night ansehen«, sagte er und ging voran. Offensichtlich war ihm nicht bewusst, dass Anne diejenige war, die seine Frau hinter Gitter gebracht hatte. Oder er ließ es sich zumindest nicht anmerken.

Black Night drückte seine Nüstern an die Gitterstäbe der Box, trat nervös hin und her und schlug mit dem Vorderhuf gegen die Tür. Anne zuckte zusammen. So ein riesiges, unberechenbares Vieh. Ihr wurde schlecht. Möglicherweise würde sie ihre eigene Tochter ins Krankenhaus bringen, wenn sie ihr diesen schwarzen Teufel kaufte. Alarmiert sah sie Charlie an, aber die warf ihr nur einen strengen Blick zurück. »Pst!«

»Am besten lassen wir ihn erst mal in der Halle laufen«, schlug Paul vor. »Wie lange steht er denn schon in der Box?«

Jobst Ackermann zuckte die Schultern. »Ein paar Tage glaube ich. Der Stallbursche hat heute frei, der könnte es Ihnen genauer sagen. Ich habe mit den Tieren eigentlich nichts zu tun.« Er knetete seine Hände. »Machen Sie das mit der Halle am besten selbst, ja?«

Anne verstand ihn. Offensichtlich hatte er die Hosen genauso voll wie sie. Kein Wunder, dass er die Leitung des Gestüts seiner Frau überlassen hatte. An seiner Stelle würde sie auch alle Pferde verkaufen, und zwar so schnell wie möglich. Dummerweise war sie gerade dabei, sich selbst eines anzuschaffen. Ihr wurde heiß. Was tat sie da bloß?

Paul öffnete die Boxentür und Black Night versuchte, sich an ihm vorbeizudrängeln. »He, he, he!« Paul baute sich vor dem Rappen auf, schob ihn zurück und klinkte den Führstrick ins Halfter ein. »Macht Platz«, sagte er. Das ließ sich Anne nicht zweimal sagen. Sie sprang nach hinten, presste sich die Hände auf die Brust und vergaß fast, zu atmen.

Paul führte das Pferd aus der Box. Black Night tänzelte die Stallgasse entlang und Paul ruckte immer wieder am Strick, damit der Rappe sich nicht losriss und an ihm vorbeischoss.

»Oh Gott«, entfuhr es Anne.

Charlie zischte ihr zu: »Das ist nur, weil er seit Tagen in der Box steht. Sonst ist er ganz lieb.«

»Klar«, sagte Anne. »Der will nur spielen.«

Als sie in der Halle angekommen waren, schaffte Paul es gerade noch, den Strick auszuklinken und einen Schritt zurückzutreten, bevor das schwarze Pferd explodierte.

Der Wallach tobte los, beschleunigte immer wieder so stark, dass er ganz flach und niedrig wurde und in den Kurven fast stürzte. Dann bremste er wieder, bockte weiter und quietschte dabei. Anne hielt sich hinter Paul. Nicht, dass dieses Vieh sie noch plattmachte.

»Wir würden Ihnen viertausend Euro zahlen und ihn heute noch mitnehmen«, schlug Paul ohne Umschweife vor.

Jobst Ackermann sah ihn irritiert an. »So wenig? Black Night war mal eines der besten Dressurpferde Deutschlands. Der ist viel mehr wert.«

»Ja richtig, das *war* er mal«, antwortete Paul. »Bis er ihre Frau ins Krankenhaus befördert hat. Sie sehen ja selbst, dass das Tier gefährlich und unreitbar ist.«

Anne öffnete den Mund, aber Charlie stieß ihrer Mutter den Ellbogen in die Rippen, bevor sie etwas sagen konnte.

»Ach was, wenn den ein Profi reitet, wird er schon wieder«, gab Jobst Ackermann zurück.

Paul schnaubte durch die Nase. »Eben genau das nicht. Wenn ihn noch mal jemand so unter Druck setzt, wird er immer gefährlicher. Und wenn Sie das dem Käufer nicht sagen, haften Sie wegen arglistigen Verschweigens von Mängeln, das ist Ihnen schon klar, oder? Dann sind Sie schuld, wenn wieder jemand im Krankenhaus landet. Oder zahlen bis an Ihr Lebensende dafür, wenn ein Mensch im Rollstuhl sitzt. Oder sogar stirbt.«

Anne schnappte nach Luft. »Also. Ich weiß nicht ...«

Charlie trat ihr auf den Fuß und sie verstummte wieder.

Jobst Ackermann zögerte mit der Antwort. Offensichtlich war ihm die Brisanz von Black Nights Vergangenheit noch nicht in ihrem ganzen Ausmaß bewusst gewesen.

»Welchen Preis hätten Sie sich denn vorgestellt?«, hakte Paul in sein Zögern ein.

»Mindestens zehntausend?«, schlug der Ackermann vor.

Paul lachte auf. »Das Einstiegsgebot auf der Auktion sind dreitausend. Wenn sich das Pferd so präsentiert, zahlt ihnen da keiner viel mehr dafür ...« Er zeigte auf Black Night, der noch immer durch die Halle buckelte. »Außerdem ist er in einem miserablen Zustand. Schauen Sie mal, wie stumpf das Fell ist. Und die Flanken sind ganz eingefallen. Kaum noch Muskulatur.« Er machte eine bedeutungsschwere Pause. »Also gut«, schlug er dann gönnerhaft vor. »Wir zahlen Ihnen fünftausend. Sofort und in bar. Ohne Ankaufsuntersuchung. Und wir schreiben in den Vertrag, dass Sie nicht für seine Unarten haften.«

Jobst Ackermann warf einen verzweifelten Blick auf Black Night, hob die Hände und ließ sie wieder fallen. »Na gut.« Er seufzte. »Aber wir machen den Vertrag sofort und Sie nehmen ihn gleich mit. Dann habe ich das Vieh von der Backe.«

»In Ordnung.« Paul zwinkerte Anne und Charlie heimlich zu. Anne war noch schlechter als vorhin. Aber Charlie standen Freudentränen in den Augen.

»Kommen Sie mit in mein Büro, dann regeln wir alles.« Jobst Ackermann ging Richtung Hallentor. Man sah ihm an, dass er froh war, wieder aus der Reichweite des schwarzen Pferdes zu gelangen. Genau wie Anne.

»Das Pferd lassen wir in der Zwischenzeit noch hier in der Halle, damit es sich austobt und wir es dann verladen können«, sagte Paul mit einem Blick auf Black Night. »Wenn Sie uns Ihren SUV und den Hänger leihen, ist er in einer Stunde weg. Gehen Sie schon mal vor und machen Sie den Vertrag fertig.«

Jobst Ackermann nickte. Dann ging er eilig über den Hof, auf das Gutshaus mit den grün gestrichenen Fensterläden zu.

»Oh Gott, und wenn das Vieh Charlie umbringt?«, platzte es aus Anne heraus, sobald er außer Hörweite war. Ein Schweißfilm zog sich über ihre Oberlippe. »Ich kann doch keinen Kaufvertrag für diesen schwarzen Teufel unterschreiben und das Leben meiner Tochter aufs Spiel setzen.«

Paul lächelte verschmitzt. »Ich sehe, meine kleine Geschichte hat Wirkung gezeigt.« Er legte ihr die Hand auf den Arm. »Keine Sorge. Black Night tobt nur deshalb so, weil er seit Tagen eingesperrt ist. Ich kenne ihn gut, er hat nach Cindys Unfall mehrere Monate bei mir gelebt. Vertrau mir.«

Anne entwich ein Seufzer aus den tiefsten Tiefen ihrer Seele. Konnte sie das verantworten? Was tat sie sich und ihrer Tochter mit dem Kauf dieses Pferdes an?

»Mama, du machst jetzt keinen Rückzieher.« Charlie stand die Panik ins Gesicht geschrieben. »Das kannst du echt nicht bringen. Ich würde dich ...«

Paul fiel ihr ins Wort. »Unser Glück ist, dass Jobst keine Ahnung von Pferden hat und dass er die Tiere so schnell und unkompliziert wie möglich loswerden will.«

Charlie nickte zu Pauls Worten. »Genau.«

»Er ist viel mehr wert als zehntausend Euro«, sagte Paul. »Und ich verspreche hoch und heilig, Charlie bei allem zu helfen. So, und jetzt wird unterschrieben!«

Paul hatte Anne die ganze Zeit über in die Augen geschaut, seine Hand auf ihrem Arm fühlte sich warm an. Ihr Widerstand schmolz dahin wie ein Cornetto im August. Paul vertrauen. Ja, das wäre schön. Außerdem würde Charlie sie bis ans Ende ihres Lebens hassen, wenn sie den Kauf jetzt platzen ließe.

Anne atmete einmal tief durch. »Also gut.«

»Dann los.« Paul nickte und nahm seine Hand von ihrem Arm. Schade eigentlich. Könnte er sie nicht einfach an der Hand nehmen wie ein kleines Kind und das alles für sie regeln? Aber er schob sie vor sich her. Unterschreiben musste sie schon selbst.

Anne ging mit wackeligen Knien über den Hof, auf die grüne Tür zu, an der ein weißes Emaille-Schild mit der Aufschrift *Büro* befestigt war. Die anderen beiden folgten ihr.

Sie hörte, wie Charlie »Danke« zu Paul sagte und sah aus dem Augenwinkel, dass er den Arm um die schmalen Schultern des Mädchens legte und sie kurz an sich drückte. »Gerne. Deine Mutter kann stolz sein, eine solche Tochter zu haben.«

Anne drehte sich um und lächelte. »Bin ich auch.« Sie wusste, wie sehr Paul sich eigene Kinder gewünscht hatte.

Anne setzte mit zittrigen Fingern ihre Unterschrift unter den Vertrag und Paul ließ sich den Schlüssel für Cindy Ackermanns SUV geben. Er parkte ihn mitsamt dem Pferdetransporter vor der Reithalle, öffnete die Klappe und ging in die Halle zu Black Night. Der Wallach hatte sich mittlerweile beruhigt und kam Paul mit gespitzten Ohren entgegen. Er kraulte ihn an der Stirn und streichelte ihm den Hals. »Schau«, sagte er zu Anne. »Ein ganz friedliches Pferd.« Black Night folgte ihm widerstandslos in den Transporter.

»Er ist toll«, flüsterte Charlie ihrer Mutter zu.

»Black Night?«

»Paul!«

Annes Ohren wurden heiß.

»Du hast schon wieder rote Ohren.« Charlie kicherte. »Im Ernst, von dem kann ich sooo viel lernen. Danke, Mama. Du bist die beste Mutter der Welt.«

Wärme breitete sich in Annes Bauch aus.

»Los geht's.« Paul verriegelte die Klappe des Transporters und rieb sich die Hände. Er setzte sich ans Steuer, Charlie stieg hinten ein und Anne kletterte neben ihn auf den Beifahrersitz. Sie war völlig erschöpft. Aber auch irgendwie zufrieden. Jetzt konnte sie eh nichts mehr ändern. Die Entscheidung war gefallen, der Vertrag unterschrieben und Paul hatte noch mal beteuert, dass sie sich keine Sorgen machen brauchte, weil er sich um alles kümmern würde.

Sie seufzte. Was für ein schönes Gefühl, ihre Geschicke mal wieder jemand anderem überlassen zu können und nicht immer alles alleine regeln zu müssen. Sie lächelte und kuschelte sich in den Sitz.

32. Kapitel
Der Prinz

Hormonvision quält Pferde, stand in dicken Lettern auf der Titelseite vom *Ostseeblatt*. Armin Prinz riss die Augen auf und der Schweiß brach ihm aus. Was war denn das? Seine Firma mit einer solchen Schlagzeile auf dem Titel? Er faltete die Zeitung auf und blätterte zum Rostocker Teil.

Das Rostocker Pharma-Unternehmen Hormonvision *ist für das Leid von Tausenden von Stuten in Südamerika verantwortlich. Videos, die der Redaktion zugespielt wurden, belegen die Qualen, denen die Tiere dort ausgesetzt sind. Den trächtigen Stuten wird unter Schmerzen literweise Blut abgezapft, aus dem der Konzern verschiedene Medikamente herstellt, die in der Massentierhaltung eingesetzt werden. Die Fohlen werden noch im Mutterleib abgetötet und gehen ab, damit die Stuten möglichst schnell wieder trächtig werden können.*

Das ist nicht der erste Tierquäler-Skandal, in den das Rostocker Unternehmen verwickelt ist. Auch mit den PMU-Farmen in Nordamerika, wo aus dem Urin trächtiger Stuten ein Hormonpräparat für Frauen in den Wechseljahren hergestellt wird, arbeitet Hormonvision *trotz massiver Proteste aus der Bevölkerung weiter zusammen. AC*

Das volle Programm also, mit Namensnennung, sogar in der Überschrift. Und Tränendrüse. Armin Prinz rang nach Atem und schwarze Punkte tanzten vor seinen Augen. Hinter diesen Videos steckten doch bestimmt wieder diese *Animal Rebels*. Und wer war überhaupt AC? Eigentlich kannte er alle Redakteure vom *Ostseeblatt*. Aber einer mit den Initialen AC war ihm noch nie untergekommen. Das war sicher irgendein Volontär, der sich wichtig machen wollte. Einer, der ihn noch nicht kannte und nicht wusste, was es bedeutete, sich mit dem größten Geldgeber der eigenen Zeitung anzulegen.

Das würde sich gleich erledigt haben. Armin Prinz griff wieder zum Telefon und wählte die Nummer, die im Impressum angegeben war. »Prinz hier«, bellte er in den Hörer, als abgehoben wurde. »Wer ist für Ihren Leitartikel verantwortlich?«

»Moment bitte«, antwortete eine unsichere Frauenstimme, »Ich frage mal, ob Frau Cordoba da ist.« Dann wurde auf stumm geschaltet.

Aha, auch noch eine Frau. Armin Prinz schüttelte den Kopf. Bestimmt eine junge Nachwuchs-Journalistin, die einen Skandal aufdecken und damit ihren Durchbruch schaffen wollte. Wohl eher ihren Absturz. Pah! Nicht mal ein deutscher Name. Die ließen mittlerweile jeden für ihr Schmierblatt schreiben. Diese AC würde er einstampfen. Adios Amigo.

Es klickte wieder in der Leitung.

»Anita Cordoba«, hörte er eine tiefe, ruhige Stimme.

»Prinz hier. Sie sind also für den Leitartikel über meinen Konzern verantwortlich?«

»Ja.«

»Wie kommen Sie dazu, solch haltlose Unterstellungen zu veröffentlichen? Ich zeige Sie wegen Rufschädigung an!«

»Uns liegt aktuelles Filmmaterial vor.«

»Von wem?«

»Wir geben unsere Informanten nicht preis.«

»Das waren doch sicher diese *Animal Rebels*?«

Die Frau am anderen Ende der Leitung schwieg.

Armin Prinz blinzelte irritiert. »Wir haben letzte Woche einen eigenen Bericht angefertigt«, sagte er. »Einer unserer Mitarbeiter war persönlich in Uruguay und hat die Bedingungen vor Ort überprüft. Wir haben auch Bildmaterial. Ich leite Ihnen die Unterlagen umgehend weiter, dann werden Sie in der morgigen Ausgabe eine Gegendarstellung abdrucken.«

»Ich habe Ihren Bericht bereits vorliegen. Aber unser Filmmaterial stammt aus Argentinien«, sagte sie kühl. »Das eine hat mit dem anderen nichts zu tun. Wir werden sicher keine Gegendarstellung veröffentlichen.«

»Wissen Sie eigentlich, wer ich bin?« Die Stimme von Armin Prinz wurde lauter. »Ich bin der größte Arbeitgeber der Region. Und unser Anzeigenbudget hält Ihre Zeitung über Wasser. Mit anderen Worten: Ich bezahle Ihr Gehalt.«

Wieder Schweigen in der Leitung.

Das gibt's doch nicht, dachte Armin Prinz. Was war das für eine arrogante Kuh? Die war einfach nicht aus der Ruhe zu bringen. »Ich werde meinen Anwalt einschalten«, sagte er. Diese Drohung zog normalerweise immer.

»Das können Sie gerne tun, Herr Prinz«, sagte sie. »In Deutschland herrscht nämlich Pressefreiheit. Übrigens haben auch wir fähige Anwälte.«

Jetzt wurde sie auch noch zynisch. Armin Prinz presste sich die Hand auf die Brust. Dieses verdammte Herz. Also gut. Dann musste er eben andere Saiten aufziehen. »Verbinden Sie mich sofort mit Ihrem Vorgesetzten.«

»Das bin ich.« Armin Prinz konnte durch das Telefon hören, wie sie grinste. »Ich bin die neue Chefredakteurin des Rostocker Teils.«

Er begann zu schwitzen. Der Chefredakteur hatte gewechselt? Das hatte er gar nicht mitbekommen. Mit dem alten Guntram hatte er sich immer irgendwie einigen können. Der hatte solche Artikel entweder ganz unter den Tisch fallen lassen oder zumindest Gegendarstellungen abgedruckt und als Ausgleich die Charity-Aktionen seiner Frau ausschweifend hervorgehoben. Dafür hatte Armin Prinz sich mit doppelseitigen Farbanzeigen revanchiert und die Redaktion jedes Jahr zu einem feudalen Weihnachtsessen eingeladen. Das war ein faires Geben und Nehmen gewesen, von dem alle profitiert hatten. Es ging hier ja schließlich nicht um investigativen Journalismus, sondern um ein kleines Regionalblättchen. Was bildete sich diese Cordoba bloß ein? Die musste er unbedingt auf Spur bringen. Oder loswerden.

»Herr Prinz, sind sie noch dran?«

»Sie werden von mir hören.« Er legte auf und rieb sich die Stirn. Zum Glück ging es in dem Artikel nur um die Urin- und

Blutgeschichten und nicht um sein neues Geheimprojekt. Die Erpresser hatten die Informationen also noch nicht weitergegeben. Oder war das ein Warnschuss gewesen?

Er musste jetzt in aller Ruhe darüber nachdenken, was er tun sollte. Zuerst wollte er sich Lothar den Loser zur Brust nehmen. Er bellte in die Gegensprechanlage: »Mandy, holen Sie mir den Wägelein her. Sofort.«

33. Kapitel
Anne

Die Sonne stand hoch über den Dächern von Lüdow. Anne blinzelte in das gleißende Licht und ging zum Auto. Sie musste jetzt endlich diesen Sven verhören.

Sie schob ihre Lieblingskassette in den Rekorder. Heute war genau der richtige Tag für Nena. Sie kurbelte das Autofenster herunter und summte mit. So gut wie diese Nacht hatte sie schon lange nicht mehr geschlafen. Sie hatte ihre Tochter glücklich gemacht und Paul ... Ja, Paul. Sie sah im Rückspiegel, dass sie schon wieder so debil grinste, aber diesmal war es ihr egal.

Sie hatte am Vormittag Bürokram auf dem Kommissariat erledigt und war nun auf dem Weg zu diesem Tierschützer. Es war höchste Zeit für eine Befragung. Sie hatte das Handy des toten Bauern inzwischen ausgewertet, aber der Chat zwischen ihm und diesem Sven hatte nicht Neues ergeben. Sie hatten nur Verabredungen zu Treffen oder Telefonaten ausgetauscht. Dieser Aktivist war klug genug, um nichts schriftlich festzuhalten. Da musste sie noch mal persönlich nachhaken.

Bei der Gelegenheit konnte sie auch gleich sehen, mit wem ihre Tochter zu tun hatte. Sie sah auf die Uhr. Es war zwei. Charlie war bestimmt schon bei Paul. Sie hatte gestern noch eine Busverbindung vom Gymnasium in Rostock zu Pauls Hof ausfindig gemacht, so dass sie nach dem Unterricht sofort zu ihrem eigenen Pferd fahren konnte.

Ein Kribbeln breitete sich in Annes Bauch aus. Sie hatte einen Prosecco dabei und wollte auf dem Weg zu Sven kurz im Stall vorbeifahren, um mit den beiden auf den Pferdekauf anzustoßen.

Als Anne auf den Hof fuhr, nahm sie durch das geöffnete Fenster den Geruch nach frisch gemähtem Gras wahr. Dieser Duft war für sie der Inbegriff von Sommer. Er erinnerte sie an viele glückliche Tage ihrer Kindheit, die sie bei ihren Großeltern auf dem Land verbracht hatte. Sie stieg aus dem Auto, holte den Prosecco aus dem Fußraum, schloss kurz die Augen und atmete tief durch die Nase ein. Es roch herrlich.

Sie ging auf die Weide zu. Diesmal war sie vorbereitet. Frag ihn nach dem Haus, sagte sie sich. Bleib locker. Als sie am Zaun angekommen war, sah sie Paul und Charlie, wie sie gemeinsam Heu wendeten. Anne schlüpfte unter dem Holzzaun durch und ging zu den beiden hinunter. »Fleißig, fleißig«, rief sie und grinste. Genau so hatte sie sich das vorgestellt. Dass sich Charlie an der frischen Luft auspowerte, anstatt auf dumme Gedanken zu kommen.

Paul strich sich mit dem Unterarm über die Stirn und grinste zurück. »Hallo.« Seine Grübchen jagten Anne einen Stromstoß durch den Bauch. Und erst dieser Dreitagebart! Er schwitzte, aber er wirkte zufrieden mit sich und der Welt. Seine Muskeln waren natürlich, nicht im Fitnesscenter aufgebläht. Man sah, dass er gerne körperlich arbeitete.

Charlie stützte sich auf ihre Heugabel. »Puh!«

»Ganz schön anstrengend, oder?«, frotzelte Paul.

Anne hob die Flasche und schwenkte sie in der Luft herum. »Braucht ihr eine Pause? Ich habe einen Prosecco dabei. Wir müssen doch auf Black Night anstoßen.« Sie sah sich um. »Wo ist er überhaupt?«

»Die Pferde sind unten am Fluss.« Charlie zeigte den Hügel hinunter zur Peene.

Ja stimmt, da unten am Waldrand stand die Herde. »Der hat sich ja schon gut eingelebt. Die Flasche müsste noch mal kurz ins Gefrierfach.«

»Charlie, würdest du ...«, begann Paul, aber Charlie unterbrach ihn.

»Ich mache hier weiter. Paul, zeigst du Mama, wo die Küche ist?« Dann stach sie mit der Heugabel in die Haufen mit halbgetrocknetem Gras und drehte sie mit schwungvollen Bewegungen um. Anne sah, wie sie in sich hinein schmunzelte. Was war denn das jetzt für eine Aktion?

Paul räusperte sich. »Okay.« Er lehnte die Heugabel an einen Apfelbaum. Täuschte Anne sich oder war er ein bisschen rot geworden?

Anne drehte sich zum Haus, damit Paul nicht sah, dass auch sie aufgeregt war, und ging langsam vor. Mit wenigen Schritten war er neben ihr. Sofort machte sich diese klebrige, kribbelige Leere in ihrem Kopf breit. Was hatte sie sich noch mal bereitgelegt? Ach ja. »Was für ein schönes Haus.«

Paul nickte. »Danke.«

Mist, das war keine Frage gewesen. Und Paul war nicht der Typ, der von alleine redete, wenn es nicht um Pferde ging. Also schob Anne hinterher: »Hast du das selbst renoviert?«

»Ja«, antwortete er. »Vor etwa zehn Jahren.«

Sie waren beim Haus angekommen und Paul öffnete die eisenbeschlagene, hellgrau gestrichene Eingangstür. Anne nahm eine leichte Schweißnote wahr, die sie verwirrte. Konnte Schweiß so gut riechen? Am liebsten hätte sie ihre Nase in seinem T-Shirt vergraben. Reiß dich zusammen, sagte sie sich.

»Bitteschön.« Er zeigte in einen großzügigen Flur, der quadratisch und nach oben offen war. Eine Holztreppe führte in das obere Stockwerk und Annes Blick blieb an den Fachwerk-Balken hängen, über denen sie das Reet des Daches erkennen konnte. Es war angenehm kühl hier drinnen. Die Wände waren mit Schlämmputz überzogen, unter dem man noch die Struktur der Ziegel und der Holzbalken sah. Über der Treppe hing ein altes Kummet.

»Wow«, sagte Anne. Etwas Klügeres fiel ihr nicht ein.

»Hier geht's in die Küche.« Paul ging voraus durch eine Stube mit offenem Kamin bis in eine große Wohnküche. Überall standen alte Emaille-Schüsseln und Steingut-Krüge als Deko herum. Alles Ton in Ton, sogar die Geschirrtücher. Das sah eigentlich mehr nach einer weiblichen Hand aus als nach einem alleinstehenden Mann. Und wenn ... Plötzlich hatte Anne das Gefühl, jemand hätte ihr eine Ohrfeige verpasst und blieb benommen stehen. Und wenn ... Ihr Herz begann zu rasen. Und wenn Paul überhaupt kein Single war? Er hatte ihr bei dem

Verhör zwar erzählt, dass ihn seine Frau vor fünf Jahren verlassen hatte. Aber ob er eine neue Freundin hatte, wusste sie nicht.

Sie räusperte sich und folgte ihm in die Küche. »Und du lebst hier ganz alleine?«, kam die Frage wie von selbst aus ihrem Mund.

»Ja«, antwortete Paul knapp und sein Gesicht verdüsterte sich. Er öffnete die Kühlschranktür. »Hier ist das Gefrierfach.« Offensichtlich wollte er das Thema nicht vertiefen.

Anne zog die Schublade heraus und schob die Flasche mit einem kratzenden Geräusch über das Eis. »Wann wurde das Haus denn erbaut?« Jetzt bloß das Gespräch nicht wieder absterben lassen.

»1847«, antwortete Paul. »Meine Urgroßeltern lebten schon hier. Sie waren seit 1910 als Tagelöhner auf Gut Küssenow und hatten acht Kinder. Die arbeiteten als Hütejungen oder Mägde.«

»Die Kinder?«

Paul nickte. »Anfang des zwanzigsten Jahrhunderts konnten Kinder eine kleine Prüfung vor dem Pfarrer ablegen, sobald sie zwölf Jahre alt waren, und bekamen dann ihren Diensterlaubnisschein. Mein Großvater versorgte als Junge die Pferde vom Gut. Das da sind noch die alten Stallungen.« Paul zeigte aus dem Fenster auf das Stallgebäude, an dessen First ein Holzkreuz mit zwei stilisierten Pferdeköpfen befestigt war.

»Wie schön, eine Windfeder«, sagte Anne. Endlich konnte sie auch mal etwas sagen. »Sie verhindert, dass der Wind unter das Reet-Dach bläst, richtig?«

»Richtig.« Paul sah sie überrascht an. »Kennst du dich damit aus?«

»Nicht wirklich.« Anne zuckte die Schultern. »Das weiß ich aus dem Reiseführer.«

Paul lachte und Annes Brust wurde ganz weit. Ein helles, fröhliches Lachen war das. Und überhaupt. *Windfeder*. Was für ein wunderschönes Wort.

»Das Gut selbst liegt etwa einen Kilometer entfernt«, fuhr Paul fort. Jetzt kam er richtig ins Erzählen. »Opa war der älteste Sohn und musste die Verantwortung für die Familie übernehmen, als mein Urgroßvater im Ersten Weltkrieg fiel. Im Zweiten Weltkrieg musste er dann selbst mit der Kavallerie an die Ostfront, kehrte aber wieder auf Gut Küssenow zu seiner Familie zurück. Mein Vater wurde kurz nach dem Krieg hier im Haus geboren.« Er zeigte nach oben.

»Wasser?«, fragte er und schenkte zwei Gläser ein, die auf dem massiven Esstisch standen. Er schob Anne eines hinüber und als sie danach griff, berührten sich ihre Hände. Paul sah ihr in die Augen, ganz kurz nur, aber dieser Moment genügte, um ihr einen Adrenalinstoß durch den Körper zu jagen. Sie trank einen Schluck und schaute angestrengt aus dem Fenster. Hoffentlich bemerkte er nicht, wie aufgeregt sie war.

»Im Zuge der DDR-Bodenreform wurden die Ländereien des Gutes enteignet und an die Bauern und Tagelöhner verteilt«, erzählte Paul weiter. »Zwei Jahre lang bewirtschaftete meine Familie also ihr eigenes Land, bis der gesamte Besitz kollektiviert wurde und an die LPG überging.«

»Diese landwirtschaftlichen Produktionsgenossenschaften in der DDR waren echt schlimm, oder?«

Paul nickte. »Ja. Viele Bauern haben aufgegeben, aber mein Großvater hat so gut gewirtschaftet, dass meine Familie trotz der Pflichtabgaben einigermaßen über die Runden kam. Nach dem Mauerfall ging dann der gesamte Besitz an die Treuhand über, die den Menschen, die hier lebten, ihre Häuser und Ländereien wiederum günstig zum Kauf angeboten hat.«

»Das heißt, erst wurde deiner Familie alles weggenommen und dann mussten sie es zurückkaufen?«

Paul lächelte. »So ungefähr. Mein Vater ergriff diese Chance und seitdem gehörte das alles hier endlich wirklich ihm. Und jetzt mir.«

»Wow, deine Familie hat in diesem Haus also die letzten hundert Jahre deutsche Geschichte erlebt?«, fragte Anne beeindruckt.

Paul nickte. »So ist es.«

»Und wo sind deine Eltern jetzt?«

»In Lappland.« Er hob die Schultern.

»Waaas?«

»Ach hier seid ihr!« Charlie polterte zur Tür hinein. Sie stutzte kurz, sah von Paul zu Anne und wieder zu Paul zurück, und ein wissendes Lächeln spielte um ihre Lippen. »Und wo ist jetzt der Prosecco?«

»Ach ja, der Prosecco.« Paul holte drei Gläser aus dem Schrank. »Darfst du überhaupt schon Alkohol trinken?« Er zwinkerte Charlie zu.

Sie grinste. »Also auf mein erstes eigenes Pferd werde ich ja wohl anstoßen dürfen.«

Anne lächelte. »Ja klar.« Es gefiel ihr, dass Charlie so aufgekratzt war.

»Und die Kommissarin trinkt im Dienst?«, frotzelte Paul.

»Ach, so ein kleiner Prosecco geht immer.« Anne winkte ab und kicherte. Sie hörte selbst, wie affig das klang.

Als Paul die Flasche öffnete, schäumte der Prosecco über seine Hand. Jetzt musste Anne richtig lachen. Offensichtlich war sie nicht die Einzige, die nervös war.

Charlie hob ihr Glas. »Auf Black Night.«

»Auf Black Night«, sagte Paul.

»Auf Black Night«, wiederholte Anne und exte den Prosecco. Dann sah sie auf die Uhr. »Ich muss weiter. Jemanden in meinem aktuellen Fall befragen.«

»Wen denn?«, fragte Charlie.

»Dienstgeheimnis, mein Küken.« Wenn sie wüsste, wen ihre Mutter gleich befragen würde, wäre der nächste Ärger vorprogrammiert, und Anne wollte sich ihre gute Laune auf keinen Fall verderben lassen.

Charlie schnaufte genervt. »Nenn mich nicht Küken.«

»Tschüss, Anne.« Paul sah sie an.

Verdammt, die Hitze stieg ihr schon wieder ins Gesicht. Oder war das der Prosecco? »Tschüss, Paul«, nuschelte sie und verließ fluchtartig die Küche.

Sie stieg in ihren Saab, fuhr los und der warme Wind blies durch ihr Haar. Sie drückte den On-Knopf ihres Kassettenrekorders. »Ich hab heute nichts versäumt, denn ich hab nur von dir geträumt«, sang sie lauthals mit. Es sollten ruhig alle hören, wie glücklich sie war.

Und jetzt würde sie sich diesen Sven vornehmen.

34. Kapitel
Paul

Und weg war sie. Als die Kommissarin aus der Küche lief, hinterließ sie eine merkwürdige Leere in Paul. Er schaute auf den Türrahmen, in dem sie verschwunden war. Was für eine Frau. Und sie war mindestens genauso nervös gewesen wie er. Vielleicht hatte sie doch Interesse an ihm?

»Alles klar?« Charlie riss ihn aus seinen Gedanken.

Er räusperte sich. »Ja ja, alles klar.« Meine Güte, er war ja völlig verschwitzt. Sein T-Shirt war am Rücken und unter seinen Achseln feucht. Er sah aus wie ein Rübezahl, unrasiert und mit viel zu langen Haaren. Vor dem nächsten Treffen musste er sich unbedingt in Schale schmeißen.

»Machen wir weiter?« Charlie grinste ihn so komisch an.

»Ja klar.« Er ging hinter ihr her und trat hinaus in die gleißende Sonne. Was für ein wundervoller Tag.

»Sie ist manchmal cringe.« Charlie sah sich nach ihm um.

»Was? Wer?«

»Na ein bisschen komisch halt. Meine Mutter.«

»Ach so.«

»Liegt wahrscheinlich daran, dass sie zu viel allein ist. Aber eigentlich ist sie ganz in Ordnung.«

Paul musste lachen. »Na zum Glück.« Sollte er Charlie nach ihrem Vater fragen oder war das zu aufdringlich? Egal. Die

Gelegenheit war viel zu verlockend, um moralisch zu sein. »Sag mal, was ist denn eigentlich mit deinem Papa?«

»Was soll mit dem sein?«

»Ich meine, ihr seid hier, er ist in München ...«

»Ach so. Tja, das war meine Mathelehrerin.«

»Bitte was?«

Charlie zuckte die Schultern. »Shit happens. Ich glaube, die Ehe war vorher auch nicht so der Burner.«

»Und wie lange seid ihr schon hier?«

»Ungefähr ein Jahr.«

»Okay.« Paul schmunzelte in sich hinein. Es war nicht schön, sich über die Probleme anderer Leute zu freuen. Aber in diesem Fall freute er sich aus ganzem Herzen. Anne war seit einem Jahr getrennt, der Ex lebte am anderen Ende von Deutschland und sie war zu viel allein. Sie waren sich wohl doch ähnlicher, als er gedacht hatte.

»Und ihr wollt für immer hierbleiben?«, rutschte ihm heraus. Meine Güte, fühlte er sich übergriffig.

Charlie schwieg kurz. »Meine Mum schon. Ich eher nicht.« Sie blickte über die Weide, auf der Black Night stand. Dann sagte sie: »Oder vielleicht doch.«

35. Kapitel
Anne

Anne googelte auf ihrem Handy noch schnell nach Kurt Cobain, dann klingelte sie an der Tür des Bauernhauses. Charlie hatte Recht. Als der junge Mann öffnete, fiel ihr sofort die Ähnlichkeit mit dem Sänger von *Nirvana* auf. Er hatte das gleiche schulterlange, blonde Haar, das er sich mit einer lässigen Geste aus dem Gesicht strich. Er trug ein weißes T-Shirt und Jeans mit Löchern an den Knien. Anne musste zugeben, dass er echt gut aussah. In Charlies Alter wäre sie auch schwach geworden. Er wirkte erwachsener, als er war.

»Sind Sie Sven Technow?« Als er misstrauisch nickte, zog sie ihren Ausweis aus der Tasche. »Anne Moll von der Kripo Lüdow.«

Sofort verschloss sich sein Gesicht. »Und?«

»Darf ich reinkommen?«

»Wenn es sein muss.« Er ging einen Schritt auf die Seite.

Anne trat über die Schwelle und er schloss die Eingangstür hinter ihr. Sie standen in einem düsteren Flur und durch eine geschlossene Tür drang Rockmusik.

»Geradeaus durch«, sagte Sven.

Anne ging bis in eine große Wohnküche. Neben der Spüle standen benutzte Teller herum und auf dem Tisch waren ein paar leere Bierflaschen um einen überquellenden Aschenbecher drapiert. Es stank nach kaltem Zigarettenrauch. Sie rümpfte die Nase. Charlie hatte hier jedenfalls nichts verloren, das war klar. Diesen Kontakt musste sie unbedingt unterbinden. »Leben Sie hier alleine?«, fragte sie.

»Nein, das ist eine WG. Wir sind zu viert.« Sven verschränkte die Arme vor der Brust. »Was wollen Sie von mir?«

»Sie sind der Kopf der *Animal Rebels*, soweit ich weiß?«

»Ja und?«

»Kennen Sie Udo Klaas?«

»Warum wollen Sie das wissen?«

»Ich stelle hier die Fragen. Also, kennen Sie ihn?«

Sven zuckte die Schultern. »Schon.«

»Und was hatten Sie für eine Beziehung zu ihm?«

»Beziehung?« Der junge Mann wirkte empört. »Gar keine!«

»Waren Sie an den Protesten gegen seine Schweinemastanlage in Grunow beteiligt?«

»Allerdings! Der will seinen Betrieb vergrößern, die Luft verpesten und den Boden verseuchen ...«

»Ihre Beweggründe sind mir bekannt«, unterbrach ihn Anne. »Aber wie weit sind Sie dabei gegangen? Haben Sie Familie Klaas Drohbriefe geschrieben? Und ein totes Ferkel an die Haustür genagelt?«

Sven bekam einen trotzigen Zug um den Mund. »Ich kenne meine Rechte«, sagte er. »Ich muss hier gar nichts sagen.«

»Das sollten Sie aber.« Anne sah ihm ins Gesicht. »Denn wenn Sie es nicht tun, machen Sie sich verdächtig, einen Mord verübt zu haben.«

Sven sah sie entgeistert an. »Einen Mord an einem Ferkel, oder was? Wissen Sie, wie viele Schweine Bauer Klaas im Durchschnitt so quält und umbringt?«

»Nein, den Mord an Bauer Klaas.«

Sven starrte die Kommissarin an. »Waaas?«

»Aus dem Handy von Herrn Klaas geht hervor, dass Sie Kontakt miteinander hatten.«

»Ich sage überhaupt nichts mehr.«

So geschockt wie der aussah, wusste dieser Typ tatsächlich nichts von dem Mord. Trotzdem fragte Anne: »Wo waren Sie am Dienstag zwischen zehn und elf Uhr?«

Erleichterung machte sich auf Svens Gesicht breit. »In der Schule«, sagte er und verschränkte schon wieder selbstbewusst die Arme vor seinem Oberkörper. »Das war doch der zweite Schultag nach den Pfingstferien.« Mit einem arroganten Zug um den Mund fügte er hinzu: »Das können Sie jederzeit nachprüfen.«

Auch wenn sie sicherlich keine ehrliche Antwort von ihm bekommen würde, fragte Anne: »Können Sie sich vorstellen, dass irgendjemand anders aus Ihrer Gruppe mit dem Mord in Verbindung steht?«

Wie erwartet schüttelte Sven den Kopf. Natürlich würde er seine Kumpels nicht verraten.

»Das war's, danke Ihnen.«

Sven nickte knapp.

»Ich finde selbst raus«, sagte Anne und ging durch den düsteren Flur. Eklig, wie es hier nach Zigarettenrauch stank.

Als Anne die Haustür hinter sich zuzog, schüttelte sie den Kopf. Das war kein Mörder. Ein Rebell, ein Tierschützer, ein Systemgegner, all das ja, aber kein Mörder. Für Charlie war er trotzdem kein Umgang. Die Sache mit Black Night war schon der richtige Schritt gewesen, so langsam freundete sie sich immer mehr mit der Idee an, ein eigenes Pferd zu haben.

Sie stieg in ihr Auto und rief Mario an. »Fehlanzeige«, sagte sie, als er sich am anderen Ende der Leitung meldete. »Ich habe Sven Technow verhört, der war zur Tatzeit in der Schule. Aber prüfe das zur Sicherheit bitte noch mal nach. Hast du irgendetwas wegen der anderen Alibis herausgefunden?«

»Nichts von Interesse«, sagte Mario. »Die Mitglieder der *Animal Rebels* haben alle welche. Um diese Zeit waren alle in der Schule oder in der Arbeit.«

»Gibt es etwas Neues in Sachen Verfassungsschutz?«

»Auch nicht«, antwortete Mario. »Es scheint, als würde die Gruppe schon seit längerem beobachtet werden, aber es gibt keine Anhaltspunkte für illegale Aktivitäten. Nur Kleinigkeiten wie Widerstand gegen die Staatsgewalt, Beamtenbeleidigung, Verstoß gegen das Vermummungsverbot – eben die klassischen Verhaftungsgründe auf Demonstrationen. Einer wurde wegen Hausfriedensbruch verhaftet, weil er heimlich in einem Stall Tiere gefilmt hat.« Nach einer kurzen Pause fügte er hinzu: »Ehrlich gesagt macht es auf mich fast den Eindruck, als würden die jeden aus der Gruppe einmal unter irgendeinem Vorwand verhaften, um eine erkennungsdienstliche Behandlung zu machen und ihn in der Kartei zu haben. Für alle Fälle.«

Anne atmete auf. Dieses Vorgehen war ihr bekannt. Zum einen sollten die jungen Krawallmacher damit eingeschüchtert werden und zum anderen war es eine gute Möglichkeit, ihre Daten zu speichern. Sie hatte sogar schon davon gehört, dass junge Kollegen auf Demonstrationen ihre ersten Verhaftungen durchführten, sozusagen als Übungsmaßnahme.

»Und wie sieht es mit der Bäuerin und der Pharma-Mandy aus?« Dieser Name war einfach zu passend.

»Die überprüfe ich gerade.«

Anne seufzte. Sie kamen kein Stück weiter. Als Nächstes würde sie diese Mandy befragen.

»Ach ja, noch was«, sagte Mario. »Die Spusi hat doch etwas gefunden: Fremde Fingerabdrücke auf der Klinke der Stalltür.«

Anne fuhr herum. »Und das sagst du mir erst jetzt? Von wem sind sie?«

»Sie sind nicht im System.«

Anne pfiff durch die Zähne. Von den *Animal Rebels* konnten sie ja nicht sein, wenn die alle schon erkennungsdienstlich erfasst waren. Jetzt kam also noch jemand ins Spiel. »Gibt es irgendwelche Hinweise darauf, von wem sie sein könnten?«

Mario wippte vor uns zurück. »Auch Fehlanzeige.«

36. Kapitel
Der Prinz

Während er auf Lothar den Loser wartete, öffnete Armin Prinz sein E-Mail-Programm und klickte auf den großen Presseverteiler. In der Adresszeile der neuen Nachricht erschienen sowohl der Herausgeber als auch der Chefredakteur vom *Ostseeblatt*. Und natürlich der Anzeigenleiter. Schließlich fügte er noch den Bürgermeister hinzu. Der hatte sicher ein Interesse daran, dass der größte Arbeitgeber der Region, der hier mit Abstand die meisten Gewerbesteuern zahlte, nicht abwanderte. Alle Adressen setzte er ein. Nur nicht die von Anita Cordoba. War ja klar, dass sich eine Ausländerin nicht für den Fortschritt der Region interessierte.

Armin Prinz blickte auf. Da war der Wägelein ja. Er blieb möglichst nahe bei der Tür stehen, der Feigling. Das war mal wieder typisch. Er rieb seine Hände aneinander und sein Blick wanderte unruhig hin und her.

Armin Prinz nahm seine Brille ab und sah ihn streng an. »Haben Sie heute schon Zeitung gelesen?«

Wägelein nickte.

»Und, was sagen Sie dazu?«

»Das ist natürlich ungünstig«, stotterte Lothar.

»Ungünstig?«, schrie Armin Prinz los. Sein Sachbearbeiter zuckte zusammen. »Scheiße ist das! Ganz große Scheiße! Da habe ich Sie extra nach Südamerika geschickt und einen Haufen Geld dafür ausgegeben, dass Sie mir einen aussagekräftigen Bericht schreiben, aber Sie machen natürlich nur ein paar nichtssagende Fotos von irgendwelchen Zossen auf irgendeiner Wiese, und gleichzeitig filmen diese Tierschützer in Argentinien, nebenan sozusagen, wie die Pferde auf einer Stutenfarm gequält werden.«

»Aber Chef, ich ...«

»Hätten Sie nicht auch irgendwas filmen können? Zum Beispiel wie die Blutabnahme wirklich abläuft? Dass sie gar nicht so schlimm ist? Wie schön die Ställe aussehen? Solche Sachen eben?«

Lothar Wägelein straffte die Schultern und holte Luft. »Nein, aber ich hätte filmen können, wie ein Gaucho ein totes Fohlen einfach ins Gebüsch wirft und seine Mutter stirbt.«

Was fiel dieser Lusche ein? Wollte der Wägelein jetzt etwa aufmucken? Armin Prinz schlug mit der Faust auf die Tischplatte. »Gehen Sie mir aus den Augen! Ich will nichts mehr davon hören.«

Wägelein zog den Kopf ein und huschte hinaus. Na also. Den hatte er wieder eingenordet.

Natürlich wusste Armin Prinz, dass sein Sachbearbeiter nichts dafür konnte, dass die Tierschützer ständig neues Filmmaterial anschleppten. Immerhin hatte er sich in einem anderen Land aufgehalten. Aber jetzt hatte er zumindest Dampf abgelassen. Und nun folgte der nächste Streich. Er verfasste seine E-Mail.

Sehr geehrte Herren,

leider hatte ich soeben ein ausgesprochen unerfreuliches Telefonat mit der neuen Chefredakteurin des Rostocker Teils, Frau Anita Cordoba. Sie hat heute einen nicht nur schlecht geschriebenen, sondern auch miserabel recherchierten Leitartikel veröffentlicht, in dem sie mein Unternehmen verunglimpft.

Sie stützt sich dabei auf Filmaufnahmen, die ihr angeblich von ominösen Tierschützern aus Argentinien zugespielt wurden. Dass ihre kriminellen Informanten damit Hausfriedensbruch begangen haben und solche Filme vor Gericht nicht als Beweismittel zugelassen sind, ist Ihnen natürlich bekannt.

Leider ist Frau Cordoba nicht bereit, eine Gegendarstellung zu veröffentlichen, was allerdings ihre Pflicht wäre, wie Sie sicher wissen. Ich werde nun meine Anwälte hinzuziehen und prüfen lassen, inwieweit Ihr Verlag für eventuelle Umsatzeinbußen aufkommen muss, die meiner Firma durch diesen verleumderischen Bericht entstehen.

Es versteht sich von selbst, dass ich Ihre Zeitung unter diesen Bedingungen nicht mehr unterstützen werde und hiermit alle für dieses Jahr bereits geplanten, doppelseitigen Farbanzeigen zurückziehe. Bitte bestätigen Sie mir die Stornierung schriftlich.

Sollte diese Dame mein Unternehmen weiter in Verruf bringen, werde ich in Betracht ziehen, den Firmensitz zu verlegen, wodurch der Stadt Rostock und dem Bundesland Mecklenburg-Vorpommern viele Arbeitsplätze und hohe Summen an Gewerbesteuern verloren gehen würden. Ich lege Ihnen deshalb ans

Herz, sich von Frau Cordoba zu trennen, bevor diese noch mehr Schaden anrichten kann.
Hochachtungsvoll,
Armin Prinz

Er klickte auf *Senden* und lehnte sich in seinem Stuhl zurück. So. Jetzt ging es ihm besser. Diese Cordoba würde nun strammstehen und sich rechtfertigen müssen. Letztlich würde sie von der Bildfläche verschwinden. Alles Schmierfinken. Er nahm ein Marshmallow aus der Schublade und steckte es sich in den Mund.

Plötzlich hörte er abgehackte Rufe von der Straße heraufklingen: »Stu-ten-mör-der, Stu-ten-mör-der!« Armin Prinz fuhr von seinem Stuhl hoch und sah aus dem Fenster. Vor der Firmenzentrale hatte sich eine Gruppe von etwa fünfzig jungen Leuten versammelt, die wütend die Fäuste zu ihm emporreckten. Wo kamen die denn her?

Armin Prinz rang nach Luft und presste sich die Hand auf die Brust. Dieses schreckliche Herzstechen wurde immer schlimmer. Als er wieder bei Atem war, rief er: »Mandy! Was ist da unten los?« Dabei klang seine Stimme schwächer, als er beabsichtigt hatte.

Seine Assistentin sah zur Tür herein und scharrte mit dem Fuß. »Das ist wegen dem Artikel und ... äh ... wegen diesem Social-Media-Aufruf.«

»Welcher Aufruf?« Armin Prinz spürte, wie das Blut aus seinem Gesicht wich.

»Die *Animal Rebels* haben zu einer Demo gegen Ihren ... äh ... unseren Konzern aufgerufen. Sie haben einen Film auf Social Media gestellt. Von den Stuten. Der ist ziemlich brutal.«

Armin Prinz trat gegen das Tischbein. »Au!« Er entlastete mit schmerzverzerrtem Gesicht seinen Fuß. Schon wieder diese *Animal Rebels*. Das war bestimmt dasselbe Material, das sie auch dem *Ostseeblatt* zugespielt hatten. Und dieser Film verbreitete sich nun gerade auf Social Media. Hundertfach. Tausendfach. Das durfte nicht wahr sein. Seine Nackenmuskeln krampften sich zusammen. Er erinnerte sich noch gut an das letzte Mal. Der Mitschnitt aus einem Stall, in dem der Urin trächtiger Stuten aufgefangen wurde, war innerhalb weniger Stunden Tausende Male geteilt worden. Weltweit. Er war damals auf offener Straße als Tierquäler beschimpft worden und hatte es nie geschafft, das Video aus dem Netz zu entfernen. Immer, wenn er es irgendwo gemeldet hatte, war es schon wieder weitergeteilt, bevor es gesperrt wurde. Und das Video war harmlos gewesen, im Vergleich zu den aktuellen Anschuldigungen in Sachen Stutenblut. So etwas würde er nicht noch einmal durchstehen.

»Ruf die Polizei. Sofort!«, rief Armin Prinz und hielt sich am Fensterbrett fest.

Mandy huschte aus dem Zimmer und griff zum Telefon. Kurz darauf steckte sie den Kopf wieder zur Tür herein und sagte: »Sie kommen.«

Der Konzernleiter schloss das Fenster, ließ den Rollladen herunter und ging zu seinem Tresor. Er musste die Papiere über den Feldversuch vernichten, zur Sicherheit, falls das hier alles noch weiter hochkochen würde.

Er schloss die Eisentür auf, griff hinein, blieb aber mit der Hand ungefähr in der Mitte der Bewegung hängen. Der Metallkasten war leer. Seine geheimen Dokumente waren verschwunden. Er taumelte, ließ sich in seinen Stuhl fallen und verbarg das Gesicht in den Händen. Das durfte nicht wahr sein.

37. Kapitel
Anne

Das Kissen roch süß nach Schlaf. Anne blinzelte in die Morgensonne und lächelte. Sie hatte wild geträumt. Wie würde Paul sie morgens wohl ansehen, wenn sie mal in echt eine Nacht gemeinsam verbringen würden? Bei der Vorstellung daran zog sich ihr Magen zusammen. Sie sah auf den Wecker. Verdammt. Schon elf Uhr. Sie hatte völlig verschlafen. Sie kroch unter der Decke hervor und ging ins Bad.

Sie blickte in den Spiegel und erschrak. Ihr Achtzigerjahre-Stufenschnitt stand wirr und zerdrückt vom Kopf ab. Und die zwei Furchen auf ihrer Backe, die sich vom Liegen gebildet hatten, machten sie um zehn Jahre älter. Sie versuchte, ihre Wange mit der Hand zu glätten, aber es klappte nicht. Und dann diese Krähenfüße. Wo kamen die plötzlich her? Irgendwie waren ihre Augenlider so schlaff. Sie blinzelte und riss dann die Augen auf, so weit sie konnte. Die waren viel schlaffer als früher. Und zwischen ihren Augenbrauen war eine tiefe Zornfalte eingegraben. Genau genommen sah sie aus wie ihre eigene Oma.

Sie schaufelte sich kaltes Wasser ins Gesicht und versuchte es noch mal, aber es half nichts. Sie sah tatsächlich aus wie vierundvierzig. Dabei fühlte sie sich wie Mitte dreißig. Wenn überhaupt.

Sie seufzte. Das war jedenfalls kein Anblick für Paul Becker. Vorausgesetzt, sie würden überhaupt jemals eine Nacht gemeinsam verbringen. Wahrscheinlich würde das eh nie passieren. Sie griff zur Zahnbürste.

Völlig losgelöst von der Erde. Ihr Handy. Sie spuckte den Schaum aus und rannte ins Wohnzimmer. Mario. Was wollte der ständig von ihr? Konnte er nicht mal wieder zum Bergwandern gehen oder so?

»Ja?«

»Es ist schon elf.« Er klang vorwurfsvoll.

»Ja ja, bin unterwegs.«

Auf dem Weg ins Kommissariat hielt Anne bei der Apotheke. Mario konnte noch ein paar Minuten warten, sie hatte nämlich noch etwas Wichtiges zu erledigen. Sie drückte die Glastür auf, ließ ihren Blick über die Regale schweifen und schlenderte unentschlossen in die Ecke mit der Gesichtspflege. Mehr Elastizität, mildert sogar tiefe Falten, gegen Altersflecken ... Altersflecken? Jetzt reichte es aber. So alt war sie nun auch wieder nicht.

»Kann ich Ihnen helfen?«

Sie fuhr herum. Ein junger Mann im weißen Kittel war hinter sie getreten und musterte sie.

»Ich ... äh ...«

Er griff an ihr vorbei ins Regal. »Ich würde Ihnen die hier empfehlen.«

»Reife Haut? Aber ich habe doch keine ...«

Er zuckte die Schultern. »Na ja.«

Annes Gesicht wurde heiß. Na ja? Was sollte das denn bedeuten? Was bildete sich dieser Jungspund überhaupt ein? Sie seufzte. Es half ja nichts. »Also gut. Ich nehme sie. Ist das die Beste, die Sie haben?«

Er sah sie kritisch an. »Schon, aber bereits bestehende Schäden kann man damit auch nicht mehr wegcremen.«

Anne hätte ihm am liebsten eine gescheuert. »Aber weiteren Verfall aufhalten, oder was?«

»So ungefähr.« Der Verkäufer grinste und tippte einen horrenden Preis in die Kasse. Jetzt war sie also so weit. Sie kaufte tatsächlich Anti-Falten-Pflege für reife Haut. Und das alles für einen Mann, der sie bis vor ein paar Tagen noch gesiezt hatte. Anne schüttelte den Kopf über sich selbst und legte das Geld auf den Tisch.

Als sie das Kommissariat betrat, ging sie zuerst in der Küche vorbei und hatte ihren Kaffee schon dabei, als sie ins Büro kam. Diesmal wollte sie kein Risiko eingehen, dass irgendetwas Unvorhergesehenes geschah, was ihren Koffein-Push am Morgen gefährdete. Oder eher am Mittag. »Hast du die Alibis von Mandy und der Bäuerin überprüft?«, fragte sie Mario.

Er nickte. »Die Veranstalterin des Wochenmarktes hat bestätigt, dass der Stand von Familie Klaas den ganzen Vormittag über geöffnet war. Und Mandy arbeitet um diese Zeit. Die Dame von der Personalabteilung hat bestätigt, dass keine Krankmeldung vorlag.«

Anne rührte in ihrem Kaffee. Irgendwie kamen sie in diesem Fall einfach nicht voran. Sie hatten in der regionalen Presse einen Aufruf gestartet, ob jemandem am Tag des Mordes irgendwelche Autos oder Menschen in der Nähe der Schweinemastanlage von Bauer Klaas aufgefallen waren, doch bisher hatte sich niemand gemeldet. Vielleicht kamen ja im Laufe des Tages noch Hinweise. Die konnte aber getrost Mario entgegennehmen. Dafür brauchte sie nicht hierbleiben.

Anne musste dringend ein paar Sachen erledigen, von Großeinkauf bis Putzen. Das hatte sie schon wieder die ganze Woche vor sich her geschoben. Sie war noch nie eine gute Hausfrau gewesen, das war einfach nicht ihr Ding. Gestern hatte sie die Waschmaschine angemacht und natürlich vergessen, die Wäsche aufzuhängen. Das musste sie unbedingt machen, sonst fing sie an zu müffeln. Sie seufzte. Verdammte Hausarbeit. Außerdem spukte ihr Paul heute schon den ganzen Tag im Kopf herum, sie konnte sich auf nichts konzentrieren.

Mario winkte aufgeregt. Er hatte einen Anruf entgegengenommen und seine Augen wurden immer größer. »Wir kommen sofort.« Dann legte er auf.

»Das war die Bereitschaft. Die fahren jetzt zu einer unangemeldeten Demo gegen den Konzern von Armin Prinz. Da haben sich Tierschützer versammelt, die *Stutenmörder* schreien oder so. Auf Social Media ist ein Video über die Stutenfarmen rumgegangen, mit einem Aufruf zu dieser Protestaktion.«

Na also, endlich passierte was. »Das schaue ich mir gleich an«, sagte Anne. »Ich wollte sowieso diese Pharma-Vertreterin befragen.« Zum Glück doch keine Hausarbeit.

»Und ich?« Mario schaute sie empört an.

Den konnte sie da gar nicht brauchen. Er würde nur wieder Diskussionen mit Armin Prinz zum Thema Tierschutz beginnen. »Du musst hier die Stellung halten. Falls wichtige Hinweise zu unserem Aufruf kommen. Stell dir vor, jemand hat den Mörder gesehen und wir verpassen den Anruf.«

Mario seufzte. »Na gut.«

Anne nahm ihre Jeansjacke und verließ das Kommissariat, um zu diesem Konzern zu fahren.

Genau so hatte Anne sich eine Pharma-Mandy vorgestellt. Fast weiß blondierte Haare, toupiert, blauer Lidschatten, die Augen mit Kajal umrandet, rosa Lippenstift, und dann stand sie auch noch an der Kaffeemaschine. Dass es sowas überhaupt in echt gab. Anne konnte sich gerade noch beherrschen, nicht den Kopf zu schütteln. »Guten Tag, mein Name ist Moll von der Kripo Lüdow«, stellte sie sich vor.

»Mandy Sukow«, sagte die Pharma-Mandy etwas undeutlich. Anne sah das Weiß eines Kaugummis aufblitzen, der die Gelbfärbung ihrer Zähne unterstrich. Die rauchte bestimmt wie ein Schlot. »Wollen Sie auch einen?«

»Bitte?«

»Wollen Sie auch einen Kaffee?«

»Nein, danke.«

»Wollen Sie zu Herrn Prinz?«

»Nein, zu Ihnen.«

»Zu mir?«

Meine Güte, war die begriffsstutzig. »Ja, zu Ihnen.«

»Aber ich dachte, Sie sind wegen den Krawallen hier?«

»Darum kümmert sich die Bereitschaft. Ich will mit Ihnen reden. Kennen Sie einen Udo Klaas?«

Mandy blinzelte mit ihren blauen Lidern »Ja, warum?«

»Woher?«

Sie kaute etwas schneller. »Ich bin eigentlich die Assistentin des Geschäftsführers, aber manchmal muss ich die Medikamente auch direkt an die Kunden verkaufen. Der Chef legt Wert auf persönliche Betreuung und so. Deshalb war ich ein paar Mal auf dem Hof von Udo Klaas.«

»Und?«

»Was, und?«

Anne sah ihr tief und streng in die Augen. »Frau Sukow, es hat einen Unfall gegeben. Und wir haben Informationen darüber, dass sie mit Herrn Klaas näher bekannt waren.«

»Was für ein Unfall?«

»Er ist tot.«

Mandy sah Anne dümmlich an und kaute nur weiter vor sich hin. Sie würde viel besser zu Kühen als zu Schweinen passen. Und die sollte Vertreterin sein? Anne hatte immer gedacht, dass Verkäufer ein gewisses Auftreten haben müssen. Eine gewinnende Art. Etwas Charme. Warum stellte Armin Prinz so jemanden ein?

»Wir haben das Handy von Udo Klaas analysiert«, redete sie weiter. »Daraus geht hervor, dass Sie eine Affäre mit ihm hatten«, fiel Anne direkt mit der Tür ins Haus. Die Frau schien nicht besonders feinsinnig zu sein. Tatsächlich. Die Pharma-Mandy reagierte immer noch nicht. »Frau Sukow, was sagen

Sie dazu?« Jetzt wurde Anne langsam ungeduldig. »Udo Klaas ist tot!«, wiederholte sie noch einmal mit Nachdruck.

Nun kam Leben in die junge Frau. Sie schüttelte immer wieder den Kopf. »Nein, das kann nicht sein.«

»Doch.«

»Nein.«

»Doch, Frau Sukow.« Anne schrie jetzt fast.

»Was ist passiert?«

»Er ist in seinem Schweinestall ermordet worden«, sagte die Kommissarin. »Wo waren Sie am Dienstag zwischen zehn und elf Uhr?«

»Ich?« Mandy sah sie entgeistert an. »In der Arbeit. Sie können meinen Chef fragen.« Sie zeigte auf eine Tür, hinter der vermutlich das Büro von Armin Prinz lag. »Ermordet?«

»Ich stelle hier die Fragen.«

»Klar.« Mandy nickte.

»Also, in welchem Verhältnis standen Sie zueinander?«

Mandys Kinn begann zu zittern. »Wir hatten eine Affäre«, presste sie mühsam hervor. Dann erkämpften sich die Schluchzer einen Weg durch ihre Kehle und sie begann zu greinen wie ein kleines Kind. Zwischen Ober- und Unterlippe zogen sich Spuckefäden.

»Wie lange schon?«

»Ungefähr ein halbes Jahr.« Auch Mandys Nase lief jetzt. Anne reichte ihr ein Taschentuch. »Er wollte sich scheiden lassen, seine Ehe war am Ende.« Tränen bahnten sich einen Weg durch die ganze Schminke in ihrem Gesicht und zogen Spuren über ihre Wangen. Auf Udo Klaas' Handy waren nach seinem Tod jede Menge Anrufe und Nachrichten von Mandy eingegangen. *Wo bist du? Warum meldest du dich nicht? Ist was passiert?* Solche Sachen eben. Wenn sie jetzt auch noch heulte wie ein kleines Kind, hatte sie sicher nichts mit dem Mord zu tun.

»Haben Sie eine Idee, wer das getan haben könnte?«, fragte Anne etwas einfühlsamer weiter. »Hat Herr Klaas sich in letzter Zeit verändert? Oder fühlte er sich vielleicht bedroht?«

»Er hat Drohbriefe von Tierschützern bekommen«, presste Mandy zwischen zwei Schluchzern heraus. »Er wollte nämlich seinen Schweinemastbetrieb vergrößern. Aber er hat diese Pläne sowieso wieder aufgegeben. Er wollte mit mir ein neues Leben anfangen.« Jetzt weinte sie richtig.

»Neues Leben?« Anne reichte ihr ein Taschentuch. »Er wollte gar nicht mehr vergrößern? Wer wusste davon?«

Mandy schnäuzte sich. »Nur ich. Ist ja auch egal jetzt. Er ist ja sowieso ...« Ihre Stimme brach wieder.

Aus der würde Anne jetzt nichts mehr Vernünftiges herausbekommen. Sie gab ihr eine Visitenkarte. »Rufen Sie mich an, wenn Ihnen noch etwas einfällt«, sagte sie. »Soll ich jemanden verständigen?«

Mandy zog die Nase hoch und schüttelte den Kopf. »Geht schon.«

Anne nickte. »Ich müsste jetzt Herrn Prinz befragen.«

38. Kapitel
Armin Prinz

Armin Prinz war völlig ausgebrannt. Er hatte sich noch nie so schwach gefühlt. Er schaffte es nicht mal, aus seinem Stuhl aufzustehen. Er hatte das Gefühl, in eine Sackgasse hineinzulaufen, deren Ende in der Dunkelheit verschwand, mit einem Mob hinter sich, der *Stutenmörder* schrie und ihn erbarmungslos jagte. Ein Albtraum. Wo würde sein Weg hinführen?

Die Polizei hatte die Krawalle aufgelöst, aber jetzt schnüffelte diese Kommissarin hier herum und befragte das Mondkalb. Hoffentlich rutschte der nichts raus. Er hätte sie nicht einweihen dürfen.

»Herr Prinz?« Die Kommissarin stand in der Tür.

Er sah müde auf. »Ja?«

»Ich würde Sie gerne befragen.« Sie kam zu ihm ins Büro. »Anne Moll mein Name.«

Er musterte sie abschätzig. Was war denn das für eine? Wer ging schon mit Jeans und Cowboystiefeln zur Arbeit?

»Kriminalhauptkommissarin.« Sie sah ihn beleidigt an. Sie hatte seinen abfälligen Blick wohl bemerkt. »Was hat es denn mit dem Video auf sich, das zu diesen Krawallen geführt hat?«

Armin Prinz zuckte die Schultern. »Als Pharma-Konzern gerät man ja immer mal wieder mit Tierschützern aneinander.«

»Konkret bitte.«

»Es geht um Stutenfarmen in Südamerika.« Armin Prinz seufzte ergeben. »Mein Unternehmen stellt Hormonpräparate her, die in der Ferkelzucht eingesetzt werden. Dafür benötigen wir das Blut trächtiger Stuten, das wir von diesen Farmen in Südamerika beziehen.«

»Geht es dabei um dieses PM Dingsda?«

Sie hatte sich nicht mal vernünftig informiert. Das war ja klar. »PMSG«, korrigierte Armin Prinz.

»Und was ist das Problem dabei?«

»Tierschützer prangern immer wieder die Zustände auf den Farmen an, die Geschichte war in der Presse, vielleicht haben Sie den Leitartikel ja gelesen. Das ist natürlich alles Blödsinn, kostet uns aber jedes Mal hohe Umsatzeinbußen.«

Die Kommissarin zog die Augenbrauen hoch. »Blödsinn?«

»Wir haben einen eigenen Bericht erstellt, ein Mitarbeiter war vor kurzem persönlich vor Ort ...«

»Darum geht es uns nicht.« Jetzt unterbrach sie ihn auch noch. So eine respektlose Person. »Wir brauchen Informationen über diese Tierschützer. Was wissen Sie über die?«

In seinem Magen begann es zu kribbeln. Das war seine Chance. »Denen würde ich so einiges zutrauen. Ich habe seit Jahren Ärger mit ihnen und weiß, dass auch andere Unternehmen in der Region immer wieder durch diese Gruppe terrorisiert werden. Wie heißen sie doch gleich?«

»Animal Rebels?«

»Genau! Am schlimmsten ist der Anführer, dieser Sven Technow. Den müssen Sie unbedingt unter die Lupe nehmen.

Ein radikaler Aktivist ist das. Es würde mich nicht wundern, wenn er ...« Armin Prinz brach ab.

»Wenn er was?«

Bildete er sich das ein oder war die Kommissarin plötzlich blass geworden? Jetzt war der richtige Moment. »Für seine Überzeugung würde er über Leichen gehen«, sagte er.

Sie sah ihn alarmiert an. »Wie meinen Sie das?«

Sehr gut, dieser Sven Technow würde jetzt dran sein. Das hatte ja wunderbar geklappt. »Das sagt man doch so.«

»Würden Sie ihm einen Mord zutrauen?«

»Könnte sein.«

Die Kommissarin sah auf die Uhr. »Wenn Ihnen noch etwas einfällt, melden Sie sich bitte bei mir.« Sie legte ihm eine Visitenkarte auf den Tisch und verließ das Büro. Die Tür ließ sie offen stehen.

Armin Prinz sah, wie sie zum Handy griff und jemanden anrief. »Hast du das Alibi von Sven Technow schon überprüft?« Mist, sie ließ sich nicht anmerken, wie die Antwort ausgefallen war. »Gleich morgen früh müssen wir beim *Ostseeblatt* nachfragen, wer der Redaktion des Rostocker Teils die Informationen über die Stutenfarmen weitergeleitet hat. Und danach befragen wir Frau Klaas noch mal.«

Armin Prinz rief: »Die neue Chefredakteurin hat den Artikel geschrieben, sie heißt Anita Cordoba.«

Die Kommissarin sah überrascht zu ihm herein. Wahrscheinlich hatte sie nicht bemerkt, dass er mithörte. »Ah, die kenne ich«, sagte sie. »Danke und auf Wiedersehen.«

Er schmunzelte. Diese Chefredakteurinnen-Schlange würde sicher noch mehr Druck bekommen, wenn die Polizei wegen Mordermittlungen bei ihr im Büro auftauchen würde. Er brannte darauf, die Antworten des Bürgermeisters und des Herausgebers zu lesen. Mit denen hatte er erst letzten Monat über eine großzügige Unterstützung der Stadt Rostock für die nächste Bootsmesse gesprochen.

Armin Prinz aß ein Marshmallow und wartete, bis die Kommissarin gegangen war. Um diesen Aktivisten und die Journalistin würde sie sich kümmern. Das hatte er geschickt eingefädelt, tatsächlich war er ein bisschen stolz auf sich.

Er stand auf. Und jetzt musste er sich die Bäuerin vornehmen, bevor die Polizei das tat.

39. Kapitel
Anne

Was hatte dieses rosafarbene Holzkreuz neben ihrer Tür zu bedeuten? Anne parkte ihren Saab und stieg aus. Die Fenster ihres Hauses waren erleuchtet und sie hörte Stimmen. Was war hier los?

Als Anne die Haustür öffnete und in den Flur ging, wäre sie beinahe über ein paar Rucksäcke gestolpert, die jemand achtlos auf den Boden geworfen hatte. Sie war einiges an Chaos im Haus gewöhnt, aber dieser Berg an Stiefeln und Jacken überstieg sogar ihre Toleranzgrenze. Zigarettenqualm schlug ihr entgegen. Er kam aus der Küche. Gelächter drang an ihr Ohr. Anne öffnete die Tür und der Mund blieb ihr offen stehen. Charlie stand am Herd und rührte in einem großen Kochtopf, während drei Punkerinnen mit bunten Haaren und jeder Menge Piercings im Gesicht an ihrem Küchentisch saßen und selbstgedrehte Zigaretten rauchten. Ein paar Bierflaschen standen vor ihnen.

»Hallo Mama!« Charlie strahlte sie an. »Das sind meine Freundinnen aus München. Sie sind gerade angekommen.«

»Welche Freundinnen?« Anne öffnete das Fenster.

Die drei Jugendlichen starrten sie neugierig an.

»Ich hab dir doch gesagt, dass ich sie zur Demo in Alt-Loitz eingeladen habe.« Charlies Miene verdunkelte sich. »Hast du das etwa vergessen? Die Demo ist morgen. Sie fahren am Sonntag wieder zurück.«

Anne hustete. Eine vage Erinnerung blitzte in ihrem Kopf auf. Verdammt, ja, da war etwas gewesen. Charlie hatte auf der Fahrt vom Flughafen von einer Demo und Freundinnen aus München gesprochen. Anne hatte mal wieder nur mit halbem Ohr zugehört und die Sache dann vergessen. »Ich wusste gar nicht, dass das schon dieses Wochenende ist«, sagte sie. »Außerdem bist du vor zwei Tagen verhaftet worden. Du gehst erst mal auf keine Demo mehr.«

»Mama!«

Ein Mädchen mit grünem Irokesenschnitt aschte ab. »Ey Charlie, du darfst dich nicht vom System einschüchtern lassen. Genau das wollen die doch erreichen.«

»Ich bin aber nicht das System und auch nicht *die*, sondern ihre Mutter.«

»Aber wir haben hier immer noch Meinungsfreiheit und Versammlungsfreiheit«. Die Punkerin zog an ihrer Zigarette und nickte neunmalklug.

Anne spürte, wie sich Wut in ihr ausbreitete. »Du machst jetzt erst mal deine Zigarette aus. Sagt mal, wie alt seid ihr eigentlich?«

»Sechzehn«, antworteten die Mädchen im Chor.

»Wissen eure Eltern, dass ihr hier seid?«

»Ja, klar.«

Hoffentlich stimmte das. Ein paar Jugendliche, die von daheim abgehauen waren, hätten ihr jetzt gerade noch gefehlt.

Aber rausschmeißen konnte sie die minderjährigen Mädels natürlich auch nicht. Anne atmete tief durch. »Geraucht wird nur draußen«, sagte sie. »Und was ist das überhaupt für ein Kreuz neben der Tür?«

»Ein Protestkreuz. Kennst du das nicht?« Charlie verdrehte die Augen.

Anne schüttelte den Kopf.

»Das bedeutet *Nein zur Schweinemastanlage Alt-Loitz*. Ist eine riesige Aktion hier in der Gegend. Das haben voll viele Leute. Du hast echt keinen Plan.«

Die Mädchen am Küchentisch grinsten. Das war ja wohl die Höhe. Ihre Tochter machte sie jetzt auch noch vor diesen Asos lächerlich? Annes Halsschlagader begann zu pulsieren.

»Solltest dich mal besser informieren.«

So, jetzt reichte es ihr. »Komm mit, ich muss mit dir reden.« Anne zeigte mit ausgestrecktem Zeigefinger auf die Tür. »Und ihr macht jetzt sofort eure Zigaretten aus!« Die Mädchen kicherten und Anne meinte etwas von *Bulle* und *spießig* aus ihrem Geflüster herauszuhören.

»Wir haben das nicht besprochen!«, zischte Anne ihre Tochter im Wohnzimmer an. »Du kannst doch nicht einfach drei Punks in mein Haus einladen, ohne mir vorher Bescheid zu geben.«

»Jetzt chill mal. Erstens *habe* ich dir Bescheid gegeben und zweitens ist das auch *mein* Haus.«

»Chill mal?« Anne schnappte nach Luft. »Ich glaube, es hakt. Wo sollen die überhaupt schlafen?«

»In meinem Zimmer natürlich. Jetzt komm, Mama. Das sind meine Freundinnen. Sie sind nur zwei Nächte hier, wir werden eh die meiste Zeit unterwegs sein. Was ist denn dein Problem?«

Anne schnappte nach Luft. »Außerdem haben wir gerade erst ein Pferd für dich gekauft und schon kümmerst du dich das ganze Wochenende nicht darum? Das geht ja gut los.«

Das Mädchen presste kurz die Lippen zusammen, doch dann konterte sie: »Black Night braucht erstens ein paar Tage zum Ankommen, zweitens habe ich Paul gebeten, sich um ihn zu kümmern und drittens hab ich das mit meinen Freundinnen schon ausgemacht, bevor ich überhaupt wusste, dass er zum Verkauf steht.«

»Und die Demo? Willst du noch mal verhaftet werden?«

»Nein, natürlich nicht. Ich verspreche, dass ich keinen Scheiß baue. Ehrlich. Außerdem ist das eine riesige Veranstaltung mit ganz vielen normalen Leuten aus der Bevölkerung. Da passiert schon nichts. Du könntest auch kommen. Das wäre echt cool.«

»Sicher nicht!«, fauchte Anne.

»Ich gehe da hin. Egal, ob du es mir verbietest oder nicht. Und das nächste Mal erzähle ich es dir einfach nicht mehr, wenn du so einen Aufstand machst. Du bekommst doch eh nicht mit, was ich den ganzen Tag mache.«

Anne öffnete den Mund, schloss ihn aber gleich wieder. Was sollte sie schon sagen? Sie konnte ihre Tochter nicht daheim einsperren und auch nicht kontrollieren, was sie den ganzen Tag trieb. Was war das kleinere Übel? Charlie mit ihren Freundinnen auf eine Demo zu lassen oder ihr Vertrauen zu verlieren und nicht mehr zu erfahren, wo und mit wem sie unterwegs war?

»Jetzt komm schon, Mama. Mach dich mal locker.«

Das war bestimmt wieder ein gefundenes Fressen für die Nachbarn. Bunthaarige Krawallmacher in Lüdow, und zwar im Haus der Kriminalhauptkommissarin. Aber spießig wollte sie ja auch nicht mehr sein. Und am Sonntag wäre der Spuk sowieso wieder vorbei. Anne seufzte. »Also gut. Aber keine Zigaretten im Haus und ihr benehmt euch anständig. Du wirst weder rauchen noch Bier trinken, ist das klar? Und ich will keinen Ärger bekommen. Mit niemandem.«

»Versprochen.«

Ground Control to Major Tom. Anne zog ihr Handy aus der Rücktasche ihrer Jeans und Charlie nutzte die Gelegenheit, um wieder zurück in die Küche zu verschwinden.

»Hier ist Yvonne Klaas«, wimmerte eine ängstliche Stimme aus dem Hörer. »Kommen Sie schnell. Ich werde bedroht.«

Klick.

Oh nein, das hörte sich gar nicht gut an. »Ich muss noch mal weg«, rief sie im Vorbeigehen in die Küche hinein und rannte zu ihrem Auto.

Sie fuhr mit quietschenden Reifen los und rief von unterwegs aus Mario an. »Komm schnell nach Grunow. Die Klaas wird bedroht.« Dann schnallte sie sich im Fahren an und trat das Gaspedal durch.

40. Kapitel
Anne

Yvonne Klaas drückte sich mit dem Rücken an die Stallwand. Weiter zurück konnte sie nicht. Vor ihr hatte sich ein grauhaariger Mann in Anzug aufgebaut. Mandy zog an seinem Arm und versuchte offensichtlich, ihn zu beschwichtigen. Das war die Szene, die Anne blitzschnell erfasste, als ihr Saab auf den Hof polterte. Es sah so aus, als würde das hier gleich eskalieren. Wer war der Mann? Anne stieg auf die Bremse.

Der Mann fuhr herum und starrte sie an. Armin Prinz. Was machte der denn hier? Mandy sah ziemlich panisch aus und die Bäuerin schaute einfach nur dankbar. Jetzt nur nicht hektisch werden.

Anne stieg so ruhig aus, als würde sie im Wald ein Reh sehen und ging langsam auf die Gruppe zu. Zum Glück war Mario noch nicht da. Sie konnte jetzt keinen Superhelden-Auftritt und keinerlei zusätzliche Aufregung gebrauchen.

»Guten Tag, Frau Klaas«, sagte sie. »Geht es Ihnen gut?«

Die Bäuerin nickte stumm.

Dann sah Anne die Pharma-Mandy und diesen Konzernleiter an. »Was machen Sie hier?«

»Äh ... Ein Verkaufsgespräch«, sagte Mandy.

»Sicher.« Als ob sie das glauben würde. »Zuerst treten Sie beide jetzt mal von Frau Klaas zurück.«

Mandy und Armin Prinz gingen ein paar Schritte zurück und die Bäuerin atmete auf. Anne bemerkte, wie der Konzernleiter die Umgebung aus dem Augenwinkel scannte. Wollte der etwa abhauen?

»Was ist los, Frau Klaas?«, fragte Anne.

»Er hat mich bedroht.« Die Bäuerin zeigte auf Armin Prinz.

»Das ist eine Lüge. Das lasse ich mir nicht bieten.« Der Konzernleiter wandte sich zum Gehen.

»Sie bleiben hier!« Anne baute sich vor ihm auf.

»Wissen Sie überhaupt, wen sie hier vor sich haben?« Er versuchte, sie auf die Seite zu schieben.

»Halt!«, rief Anne möglichst autoritär. Mist. Sie hatte weder Handschellen dabei, noch ihre Waffe.

»Ich lasse mir doch nicht von ihnen sagen, was ich zu tun und zu lassen habe. Das wäre ja noch schöner.« Armin Prinz ging einfach weiter. Sie musste ihn aufhalten. Anne fuhr blitzschnell ihr Bein aus, der Konzernleiter verfing sich mit dem Fuß darin, stolperte und fiel auf den staubigen Boden. Anne kniete sich über ihn, drückte mit der linken Hand zwischen seine Schulterblätter und verdrehte ihm den rechten Arm auf den Rücken.

»Aua! Ich zeige sie an. Wegen unverhältnismäßiger Gewaltanwendung im Dienst«, ächzte er.

»Fluchtgefahr.«

»Lassen Sie mich sofort los!«

Zum Glück raste Mario in diesem Moment mit dem Dienstwagen in die Hofeinfahrt. Staubwolke, Bremsenquietschen, der

Sprung vom Fahrersitz und natürlich die schwarze Lederjacke. Das volle Programm. Anne kannte das ja schon alles. Aber Yvonne Klaas und die Pharma-Mandy starrten den jungen Polizisten mit offenen Mündern an.

»Was ist hier los?« Mario schaute sich um.

»Das wüsste ich auch gerne.« Anne kniete immer noch auf dem Rücken des Konzernleiters. »Aber erst mal bräuchten wir Handschellen. Bitte.«

»Ja, natürlich.« Mario kroch zurück durch die Autotür, um im Handschuhfach nach den Metallfesseln zu kramen. Dann kam er lässig herübergeschlendert.

»Jetzt mach mal!«, trieb ihn Anne an.

Mario legte dem Konzernleiter Handschellen an und half ihm dann beim Aufstehen.

»Also?« Anne klopfte den Staub von ihrer Jeans. »Ich höre.« Sie sah in die Runde.

Yvonne Klaas ergriff als Erste das Wort. »Die beiden sind auf den Hof gekommen und der Mann hat behauptet, ich würde ihn erpressen.« Vor Aufregung verhaspelte sie sich. »Aber ich weiß doch überhaupt nichts von einer Erpressung. Er hat mich bedroht und gesagt, wenn ich damit weitermache, wird er meinen Betrieb in irgendeinen Skandal verwickeln.« Sie sah Anne an wie ein gehetztes Tier. »Ich habe wirklich keine Ahnung, von was er redet.«

»Und was sagen Sie dazu?«, fragte Anne den Konzernleiter.

»Gar nichts.« Er sah an sich herunter, sein teurer Anzug war voller Dreck, er versuchte, ihn mit den Handschellen abzuklopfen, gab aber wieder auf. »Ich will sofort meinen Anwalt sprechen.«

»Erst mal bringen wir Sie aufs Kommissariat«, sagte Anne. »Sie sind vorläufig festgenommen.« Dann sah sie Mandy an. »Und was haben Sie mit der ganzen Sache zu tun?«

»Gar nichts.« Die junge Frau sah sie mit ihren großen, überschminkten Augen an. »Ich bin nur die Assistentin von Herrn Prinz. Er hat mich mit hierher genommen. Ich wusste doch nicht, dass er Frau Klaas bedrohen wollte. Ich habe versucht, ihn zu beruhigen und Frau Klaas geholfen, Sie anzurufen. Vom Klo aus.«

»Stimmt das?« Anne sah die Bäuerin an.

»Trotzdem bist du eine Schlampe«, platzte es aus ihr heraus. »Du hast alles kaputtgemacht.«

Mandys Gesicht versteinerte. »Und das ist der Dank dafür, dass ich dir geholfen habe?«

Anne sah von einer zur anderen. Was war denn das jetzt? Sie schüttelte den Kopf. Das wurde ihr hier wirklich zu dumm. »Sie kommen erstmal alle drei mit aufs Kommissariat und ich nehme ihre Aussagen auf. Außerdem brauchen wir Ihre Fingerabdrücke.«

Anne gähnte. Der Abend wollte nicht enden. Mandy und die Bäuerin waren schon wieder nach Hause gegangen, nachdem sie ihre Aussagen zu Protokoll gegeben hatten. Sie schienen weder etwas mit der Erpressung noch mit dem Mord zu tun zu haben. Die Bäuerin blieb dabei, dass sie nichts von einer Erpressung wusste, und Mandy war nur eine kleine Assistentin.

Sie hatte Yvonne Klaas tatsächlich geholfen, Anne anzurufen. Es war sehr unwahrscheinlich, dass sie einerseits Dreck am Stecken hatte und andererseits die Polizei rief. Für die Tatzeit hatten beide Frauen ein Alibi. Es bestand also keine Veranlassung, sie festzuhalten.

Armin Prinz schwieg hingegen hartnäckig. Sein Anwalt, den er alle zehn Minuten fluchend auf dem Handy anrief, war nicht erreichbar.

Anne trommelte mit den Fingernägeln auf den Tisch. Sie musste daheim nach dem Rechten sehen. Wer weiß, was diese Punkerinnen in ihrem Haus veranstalteten? Warum ging dieser verdammte Anwalt nicht endlich ans Telefon? Anne sah auf die Uhr. Das war echt ein langer Tag gewesen und sie hatte wirklich keine Zeit mehr für dieses Theater.

Mario steckte den Kopf zur Tür herein. »Die Fingerabdrücke stimmen überein. Sie sind von ihm.« Dabei nickte er mit dem Kinn in Armin Prinz' Richtung.

Der Konzernleiter schreckte auf. »Welche Fingerabdrücke?«

»*Ihre* Fingerabdrücke.« Mario grinste. »Am Türknauf des Schweinestalls.«

Anne war mit einem Schlag hellwach. Jetzt kam endlich Leben in den Fall. »Damit stehen Sie unter Mordverdacht«, erklärte sie triumphierend. »Sie bleiben unser Gast und morgen früh führen wir Sie dem Haftrichter vor.« Dann sah sie Mario an. »Und wir können endlich nach Hause gehen. Der Anwalt kommt heute bestimmt nicht mehr. Bring Herrn Prinz doch bitte in die Zelle.«

Der Konzernleiter starrte sie mit offenem Mund an. »Sie können mich doch nicht einfach so in eine Zelle sperren. Wissen Sie eigentlich, wen Sie hier vor sich haben?«

Anne sah ihm mitten ins Gesicht. »Einen Mordverdächtigen. Der versucht hat, zu fliehen.«

Armin Prinz schnappte nach Luft und presste seine Hand auf die Brust. Er war blass.

»Ist alles in Ordnung?«, fragte Anne.

»Nichts ist in Ordnung!«

Anne würde ihn am liebsten an seinem gestärkten Hemdkragen packen und schütteln. Warum redete er nicht endlich? Was hatte er zu verbergen? Sie atmete tief durch. »Hören Sie, Herr Prinz. Ihr Anwalt ist offensichtlich nicht erreichbar. Es ist zehn Uhr abends. Sie können morgen wieder mit ihm telefonieren. Jetzt gehen wir alle erst einmal schlafen.«

»Sie können mich doch nicht einfach hier festhalten.«

»Doch. Kann ich. Freiheitsberaubung, Fluchtgefahr, Mordverdacht – brauchen Sie noch mehr?«

»Ich bin doch kein Mörder!« Die Stimme von Armin Prinz klang immer schwächer.

»Dann wäre es jetzt wirklich gut, wenn Sie eine Aussage machen.« Anne presste die Handflächen aneinander. »Letzte Chance für heute. Warum sind Ihre Fingerabdrücke auf dem Türknauf des Schweinestalls?«

Der Konzernleiter sah kurz zur Seite, dann seufzte er tief und sagte: »Also gut. Ich war am Dienstag auf dem Hof von Bauer Klaas. Aber da war er schon tot.«

»Bitte was?« Anne drückte den Knopf des Aufnahmegeräts. »Wiederholen Sie das.«

»Ich war am Dienstag auf dem Hof von Bauer Klaas, aber da war er schon tot.«

»Wie haben Sie ihn vorgefunden?«

»Er war in seinem Stall aufgehängt.«

»Und was hat Sie so sicher gemacht, dass er schon tot war?« Der Konzernleiter presste die Lippen aufeinander.

»Das ist unterlassene Hilfeleistung, das ist Ihnen schon klar, oder? Wenn er noch gelebt hat, hätten Sie ihn vielleicht retten können.« Sie schüttelte den Kopf. »Was wollten Sie dort? Und vor allem: Warum haben Sie nicht den Krankenwagen und die Polizei gerufen?«

Armin Prinz verschränkte die Arme vor der Brust. »Er hat mich erpresst. Deshalb wollte ich ihn zur Rede stellen. Als ich gesehen habe, dass er tot war, bin ich abgehauen. Natürlich wollte ich nicht, dass die Polizei von der Erpressung erfährt, deshalb habe ich die ganze Sache nicht gemeldet.«

»Erpressung?« Das wurde ja immer verrückter. »Um was ging es dabei?«

»Um einen Skandal.«

»Um welchen? Reden Sie endlich!« Der wollte doch nur Zeit schinden.

»Na gut.« Armin Prinz seufzte. »Es ging um Geld. Ich sollte es in einem Schließfach am Bahnhof deponieren. Ich dachte eigentlich, diese Tieraktivisten hätten mich wegen der Stutenfarmen erpresst. Bis ich dann einen meiner besten Kunden, Udo

Klaas, bei der Geldübergabe erkannt habe. Daraufhin bin ich natürlich davon ausgegangen, er wäre der Erpresser.«

Anne bezweifelte, dass diese Geschichte stimmte. Der Bauer hatte eine Massentierhaltung, setzte die Medikamente dieses Konzerns auf seinem Betrieb ein und wurde selbst von Tierschützern angefeindet. Warum sollte er den Konzernleiter wegen Tierquälerei unter Druck setzen? Das machte doch überhaupt keinen Sinn. »Was hätte der Bauer denn für einen Grund gehabt, Sie zu erpressen?«

»Keine Ahnung.« Armin Prinz zuckte die Schultern. »Das verstehe ich auch nicht. Deshalb wollte ich ihn ja zur Rede stellen und mir mein Geld zurückholen.«

»Und warum haben Sie heute seine Frau bedroht?«

»Weil zwei neue Erpresserbriefe in unseren internen Briefkasten eingeworfen wurden, obwohl er selbst schon tot war. Deshalb dachte ich, dass seine Frau dahintersteckt. Das ist doch naheliegend, oder?«

»Es sah aber so aus, als hätte sie keine Ahnung von einer Erpressung. Und ein Alibi für die Tatzeit hat sie auch. Nachdem sie vom Wochenmarkt zurückgekommen ist, hat sie ihren Mann gefunden und die Polizei verständigt. Wir waren den ganzen Nachmittag auf dem Hof. In dieser Zeit konnte sie auf keinen Fall einen Brief bei Ihnen einwerfen.«

Armin Prinz nickte müde. »Sie haben Recht. Ich verstehe das alles auch nicht.« Anne glaubte ihm.

»Wo sind denn eigentlich die Erpresserbriefe?«

»Die habe ich vernichtet«, sagte Armin Prinz.

»Und was stand drin?«

»Erst eine Forderung über zwanzigtausend Euro, dann über fünfzigtausend, dann hunderttausend und dann gar keine.«

»Bitte was?«

Armin Prinz zuckte die Schultern. »Der letzte Brief war nur eine Drohung. Da stand: *Chance verspielt. Ich mache dich fertig. Das war's!*«

Anne trommelte mit den Fingern auf die Tischplatte. »Weil sie nicht gezahlt haben.«

»Wahrscheinlich.«

»Und deshalb gab es den Social Media Aufruf?«

»Davon gehe ich aus.«

Anne war sich da nicht so sicher. Da musste noch etwas anderes dahinterstecken. Sie kniff die Augen zusammen. »Sie haben doch bestimmt eine Überwachungskamera.«

Der Konzernleiter starrte sie an, als hätte sie ihm gerade eine Ohrfeige verpasst.

»Herr Prinz?«

»Die Kamera.« Er fasste sich an die Stirn. »Ich wollte nie eine haben, aber mein Sicherheitsberater hat darauf bestanden, eine zu installieren. Das ist Jahre her. Die habe ich völlig vergessen.«

Anne seufzte. »Da hätten wir uns aber echt einiges ersparen können. Wir fordern die Bänder morgen früh an.«

41. Kapitel
Anne

Anne fühlte sich wie gerädert. Es war schon fast Mitternacht, als sie endlich die Haustür aufschloss. Im Flur stank es nach kaltem Zigarettenrauch und Tomatensoße. Sie hielt die Luft an, ging in die Küche, öffnete das Fenster und atmete tief durch. Dann überschwemmte sie die Wut wie kochend heißes Nudelwasser. Eingebrannte Töpfe, dreckige Teller, Soßenflecken auf dem Boden. Und ein voller Aschenbecher auf dem Tisch. Am liebsten würde sie Charlies Zimmer stürmen, diese ganze asoziale Bande vor die Tür setzen und ihre Tochter zum Mitternachtsputzen einteilen.

Fluchend sammelte sie Zwiebelschalen und Käserinde ein und riss die Schranktür zum Mülleimer auf. Sie hielt inne. Was war das? Ein hellblauer Ärmel hing aus dem Eimer. Sie zog daran und spürte, wie ein dicker Kloß in ihrer Kehle aufstieg. Charlies Ostwind-Schlafanzug. Seit ihrer Kindheit hatte sie den Pyjama geliebt und ihn auch noch getragen, als er an den Armen und Beinen schon zu kurz war. Und jetzt hatte sie ihn einfach weggeworfen. Anne zog ihn aus dem Müll und warf ihn im Badezimmer auf den Boden. Sie wollte ihn waschen und in die Erinnerungskiste packen.

Sie hörte die Mädchen in Charlies Zimmer und schlich an ihre Tür, setzte sich im dunklen Flur auf den Boden und lauschte. Die Jugendlichen diskutierten über ein Urteil, nach dem ein Aktivist der Gruppe *Act for Animals* wegen Hausfriedensbruch, Nötigung und gefährlicher Körperverletzung zu einer Freiheitsstrafe von sechs Monaten auf Bewährung sowie zu einer Geldstrafe von dreitausend Euro verurteilt worden war. Er war in einen Putenstall eingebrochen und hatte dort gefilmt. Charlie und ihre Freundinnen regten sich natürlich wahnsinnig über dieses Urteil auf.

Anne ging es nicht um die Worte, die sie gedämpft durch die Tür hörte. Sie dachte daran, wie schön es gewesen war, mit ihren eigenen Freundinnen die Nacht durchzuquatschen. Das Gefühl, Teil einer Gemeinschaft zu sein, dazuzugehören. Sich auf jemanden verlassen zu können, der für einen da war. Sie fühlte sich so verdammt einsam. Und jetzt verließ sie auch noch ihre Tochter. Lange würde es nicht mehr dauern, bis Charlie ihr eigenes Leben führte. Ein paar Tränen bahnten sich den Weg über Annes Gesicht, sie drückte die Nase zwischen ihre Knie und weinte leise vor sich hin.

Erst als ihre nackten Füße eiskalt geworden waren, schlich sie ins Bett. Noch bis in die frühen Morgenstunden hörte sie das Gekicher und roch den Zigarettenqualm. Natürlich hielten sich die Mädchen nicht an das Rauchverbot im Haus. Aber Anne hatte weder Lust noch Kraft, um wieder aus ihrem warmen Bett aufzustehen und zu streiten. Sie drehte sich in Richtung des offenen Fensters.

Die Gedanken arbeiteten in ihr wie am Fließband und immer wieder schrak sie mit einem elenden Gefühl auf. Sie bereute es überhaupt nicht, dass sie sich von Bernd getrennt hatte. Aber sie hätte nicht gedacht, dass es so schwierig war, neue Freundschaften zu finden. Oberflächlich redete sie den ganzen Tag mit Menschen, aber alle Leute in ihrem Alter, die sie neu kennenlernte, hatten schon eine Familie und einen festen Freundeskreis. Die hatten einfach keinen Bedarf an neuen Bekanntschaften. Und sie wollte weder verzweifelt wirken, noch sich aufdrängen.

Eigentlich war sie gerne allein. Aber allein sein und einsam sein waren zwei ganz unterschiedliche Empfindungen. Sie erinnerte sich noch gut daran, wie sie mit Charlie schwanger gewesen war und regelrechte Panikanfälle bekommen hatte, aus Angst davor, ab der Geburt nie wieder Zeit für sich selbst zu haben. Allein spazieren gehen oder in Ruhe ein Buch lesen. Solche Sachen eben. Alleinsein konnte etwas sehr Schönes sein. Aber Einsamkeit tat weh. Und das schlimmste Gefühl war es, mitten unter anderen Menschen einsam zu sein.

Die Jahre waren so schnell verflogen. Wo war die Zeit nur hinverschwunden? Ihr Küken war flügge und ließ sie in ihrem Nest zurück. Wieder liefen Tränen über Annes Wangen.

Endlich färbte sich der Himmel grau und die Vögel begannen zu zwitschern. Anne war froh, aufstehen und zur Polizeiinspektion flüchten zu können. Die Dunkelheit machte sie schwach. Erst wenn die Sonne aufging und sie eine Aufgabe hatte, war sie wieder stark. Mal sehen, ob Armin Prinz nach einer Nacht in der Zelle kooperativer war.

42. Kapitel
Anne

»Das ist der Wägelein!«, rief der Konzernleiter aus. »Das gibt's doch nicht.« Er setzte die Brille ab und rieb sich die müden Augen. Nach der Nacht in der Zelle sah er miserabel aus. Seine Haut war irgendwie wächsern und er wirkte kurzatmig. Wenn das noch länger dauern sollte, müsste Anne einen Arzt holen. Nicht, dass der ihnen hier umkippte.

»Wer ist Wägelein?« Anne blickte auf die unscharfen Bilder aus der Überwachungskamera, die der Sicherheitsbeauftragte von *Hormonvision* gerade eben vorbeigebracht hatte, und die jetzt auf ihrem Bildschirm zu sehen waren. Sie zeigten einen unscheinbaren Mann mit Hemd und Krawatte, der den Flur betrat, sich umsah, einen weißen Umschlag in den Briefkasten warf und eilig zum Aufzug ging.

»Das ist einer meiner Sachbearbeiter.« Er schüttelte den Kopf. »Aber das ist unmöglich. Lothar Wägelein kann kein Erpresser sein und erst recht kein Mörder.«

»Warum?«, fragte Anne.

»Das ist ein Feigling und ein Versager. Der kann nicht mal Ihrem Blick standhalten, wenn Sie mit ihm sprechen. Der hat sicherlich keinen Mann erschlagen und aufgehängt.«

»Hol den gleich mal her«, sagte Anne zu Mario. »Such die Adresse im Computer raus.«

»Der Loser-Lothar ist am Samstag Früh ganz sicher zuhause, der hat doch ohnehin kein Privatleben«, murmelte der Konzernleiter.

Anne starrte ihn an. Wie konnte man nur so abwertend über seine eigenen Mitarbeiter sprechen? Sie war gespannt, was dieser Wägelein für ein Typ war. Und in der Zwischenzeit würde sie dem Konzernchef weiter auf den Zahn fühlen. Seine Geschichte machte nämlich keinen Sinn. Wenn dieser Stutenblut-Skandal bereits durch die Presse und durch Social Media gegangen war, warum sollte er sich dann noch damit erpressen lassen? Vielleicht war der Konzernleiter durch die Nacht in der Zelle ja mürbe geworden und endlich bereit, mit der Wahrheit rauszurücken.

Armin Prinz schüttelte den Kopf. »Ich verstehe das alles immer weniger.« Er wirkte ehrlich verwirrt. »Sie müssen wissen, Lothar Wägelein war vor kurzem in Südamerika, um die Zustände auf den Stutenfarmen zu überprüfen.«

»Und?«

»Sein Bericht ist durchaus positiv ausgefallen. Er hatte nichts zu beanstanden.«

»Dann ist doch alles gut.« Anne lehnte sich in ihrem Stuhl zurück und schlug die Beine übereinander. »Was ich nicht verstehe … Warum kann man Sie mit einem Skandal erpressen, der schon öffentlich gemacht wurde? Das mit dem Stutenblut ist doch jetzt nichts Neues mehr.« Sie beobachtete den Konzernchef genau. »Da muss es noch etwas geben, von dem Sie auf gar keinen Fall wollen, dass es ans Licht kommt.«

Armin Prinz rückte sich auf seinem Stuhl zurecht. »Wissen Sie, wir hatten schon einmal einen ähnlichen Skandal. Dabei ging es um ein Medikament, mit dem wir Millionen Frauen in den Wechseljahren helfen. Es wird aus dem Urin trächtiger Stuten gewonnen. Sie können sich ja vorstellen, wie Frauen darauf reagieren, wenn wegen ihres Medikaments angeblich Tiere gequält werden. Und dann noch Pferde. Und zwar Mama-Pferde.« Er verdrehte die Augen. »Dieses ganze Tamtam hat unserem Konzern enorme Umsatzeinbußen beschert. Die Aufregung darum hatte sich gerade gelegt, und nun haben die Tierschützer gedroht, der Presse schon wieder irgendwelche Videos zuzuspielen. Ich wollte einfach nicht, dass das alles noch einmal so hochkocht.«

Anne kaute auf ihrer Unterlippe herum. Sie glaubte ihm nicht. Der war viel zu abgebrüht, als dass ihn bereits bekannte Infos beunruhigen könnten. Außerdem konnte der Skandal gar nicht mehr weiter hochkochen als jetzt. Da war mehr, das spürte sie. Trotzdem nickte sie vorerst und griff zum Telefon, um Mario anzurufen. »Und, war der Wägelein da?«

»Ja, wir sind auf dem Weg.«

»Und vergiss nicht, diese Chefredakteurin zu befragen und den Durchsuchungsbeschluss für das Büro von Armin Prinz zu beantragen.«

»Wie soll ich das denn alleine alles schaffen?« Mario klang genervt. »Außerdem ist Samstag. Da dauert es viel länger, die Leute zu erreichen.«

»Frag doch jemanden von der Bereitschaftspolizei.«

»Die sind schon alle auf dem Weg zur Demo in Alt-Loitz.«

Ach ja, diese blöde Demo. »Ist gut, ich kümmere mich selbst um den Durchsuchungsbeschluss.«

Kaum hatte Anne aufgelegt, klingelte ihr Handy. Eine Festnetznummer, die sie nicht kannte. »Moll«, meldete sie sich.

Eine Frauenstimme keifte am anderen Ende in den Hörer. »Ihre Tochter vergrault mir hier gerade meine Kunden.«

»Wie bitte?«, fragte Anne. »Wer spricht denn da?«

»Frau Seben vom *Konsum* in Lüdow. Entweder Sie bringen jetzt sofort Charlie und ihre verrückten Freundinnen zur Vernunft, oder ich rufe Sie gleich noch einmal auf der Wache an, und zwar dienstlich!«

Oh je. Die Frau schien wirklich sauer zu sein. Eigentlich war die Besitzerin des kleinen Tante-Emma-Ladens, die immer eine bunte Kittelschürze trug, eine warmherzige, gemütliche Frau. Was hatte sie nur so in Rage gebracht? »Geben Sie mir bitte mal meine Tochter?«

»Jaaa?« Charlies Stimme klang genervt.

»Was ist denn jetzt schon wieder los?«

»Die Alte regt sich total auf, weil wir eine Kundin darauf hingewiesen haben, dass sie gerade dabei ist, Billigfleisch aus Massentierhaltung zu kaufen.«

»Spinnst Du? Was heißt *darauf hingewiesen*?«

Frau Seben, die offensichtlich auf Lautsprecher gestellt hatte, rief dazwischen: »Sie haben meine Kunden angepöbelt. Tierquäler haben sie sie genannt. Und ich bin nicht eure Alte!«

»Chill mal.«

»Charlie!«, rief Anne.

Jetzt hörte sie eine Mädchenstimme aus dem Hintergrund. »Sie sind doch selbst auch Teil dieses Systems, immerhin verkaufen Sie das Zeug.«

»Unverschämte Göre!« Frau Seben hörte sich an, als würde sie gleich handgreiflich werden. So ein Mist. Was sollte sie bloß tun, um die Situation zu deeskalieren? Sie konnte hier jetzt unmöglich weg. »Frau Seben, das tut mir wirklich leid«, sagte Anne. »Ich komme heute noch bei Ihnen vorbei und bezahle den Schaden, der Ihnen entstanden ist.«

»Ha!«, machte die Frau. »Das können Sie gar nicht bezahlen, Frau Moll. Ich kämpfe hier mit meinem kleinen Geschäft ohnehin ums Überleben. Und wenn mir Ihre Tochter auch noch die letzten Kunden vertreibt, kann ich zumachen.«

»Ich kümmere mich darum, versprochen. Geben Sie mir bitte wieder Charlie.« Der kleine Laden war in der Tat das einzig verbliebene Traditionsgeschäft in Lüdow. Ansonsten gab es nur noch Ramsch aus China und einen Billig-Supermarkt, in dem sogar Obst und Gemüse in Plastik verschweißt waren. Frau Sebens *Konsum* war das einzige Geschäft mit Herz, in dem sich die Nachbarn trafen und den neuesten Klatsch und Tratsch austauschten. Anne mochte sich gar nicht vorstellen, was dort nun über sie und ihre Tochter geredet wurde.

»Jaaa?«

»Charlie, ihr entschuldigt euch jetzt bei Frau Seben und verlasst auf der Stelle den Laden!«, schrie Anne in den Hörer. »Sofort!«

»Ich entschuldige mich nicht bei so jemandem«, hörte sie das andere Mädchen im Hintergrund.

»Und euch schmeiße ich raus, wenn das so weitergeht«, schrie Anne weiter. Diese blöden Kühe! Jetzt brannte ihr endgültig die Sicherung durch. »Ihr wollt Charlies Freundinnen sein? Das Einzige, was ihr im Moment tut, ist ihr das Leben schwer zu machen!« Sie hörte mehrstimmiges Gemaule.

»Hör auf, Mama«, rief Charlie in den Hörer. »Du bist echt peinlich.«

»Ich?« Anne schnappte nach Luft. »*Ihr* seid peinlich. *Ihr* pöbelt Leute an und vertreibt Frau Sebens Kundschaft.«

»Selbst schuld, wenn die Billigfleisch kaufen. Dann müssen sie damit rechnen, dass das nicht allen gefällt.«

Anne war jetzt aufgestanden und lief im Verhörraum hin und her. »Müssen sie nicht! Jeder darf in einer Demokratie nämlich kaufen, was er will.«

»Das war ja klar, dass du dich mal wieder auf die Seite der gedankenlosen Konsumenten stellst und diese Tierquälerei auch noch verteidigst. Ich verstehe das einfach nicht. Da liegt Billigfleisch neben Biofleisch, und die Leute kaufen dieses widerliche Zeug.«

»Es können sich nicht alle Leute Biofleisch leisten.«

»Dann sollen sie eben Vegetarier werden.«

»Verdammt noch mal! Hör auf, so einen Schwachsinn zu reden. Ihr verlasst jetzt auf der Stelle das Geschäft. Ende der Diskussion. Wir sprechen uns noch.« Sie atmete tief durch, schloss die Augen und versuchte, sich zu beruhigen. »Frau Seben, es tut mir leid«, sagte sie dann. »Ich komme heute noch bei Ihnen vorbei. Versprochen.«

»Komm jetzt, Charlie«, hörte sie die Mädchen im Hintergrund drängeln. »Lass sie. Wir müssen eh los zur Demo.«

Anne legte auf und presste Daumen und Zeigefinger gegen ihre Nasenwurzel. Fast wünschte sie sich, dass die Polizei diese Gören allesamt verhaften und ihnen einen gehörigen Schrecken einjagen würde. Dann würden sie die Nacht wenigstens in einer Zelle verbringen und nicht bei ihr zuhause.

»Hört sich schwer nach Pubertät an«, grinste Armin Prinz.

Anne schrak zusammen. Oh Gott, wie peinlich. Sie hatte vor lauter Wut ganz vergessen, dass ihr Tatverdächtiger das Gespräch mithörte. »Kann man so sagen«, murmelte sie und war froh, dass sich Geräusche auf dem Gang näherten und Armin Prinz von ihrem unprofessionellen Verhalten ablenkten.

Die Tür ging auf und Mario schob Lothar Wägelein vor sich her in den Verhörraum. Als der Sachbearbeiter sah, dass sich sein Chef bereits im Zimmer befand, wechselte er die Farbe. Er wurde so weiß wie die Wand hinter ihm und seine Schultern sanken noch mehr ein.

Anne machte Mario ein Zeichen. »Wir kommen gleich wieder«, sagte sie. Dann verließen die beiden das kahle Zimmer und begaben sich in den Nebenraum, von wo aus man durch Türspione beobachten und über Mikrofone mithören konnte, was vor sich ging. Das Kommissariat Lüdow befand sich zwar nur in einer kleinen Polizeiinspektion, doch zu Stasi-Zeiten waren alle möglichen Verhörräume sehr gut ausgestattet worden.

»Wägelein, Wägelein«, sagte der Konzernchef und stützte sich mit beiden Unterarmen auf wie ein Raubtier, das seine Beute belauerte. »Was machen Sie denn für Sachen?«

Der spillerige Mann versuchte, sich so weit wie möglich von seinem Chef entfernt aufzuhalten, was in dem kleinen Zimmer schwierig war, zumal der Konzernleiter in der Mitte am Verhörtisch thronte. Immer wieder sah Lothar zur Tür.

»Sie wollten mich also erpressen?«, fragte Armin Prinz und fixierte Lothar mit zusammengekniffenen Augen. »Wir haben Sie gerade auf den Bändern der Überwachungskamera gesehen. Es ist sinnlos, zu leugnen. Also, wer steckt dahinter? Und wo ist mein Geld?«

»Das Geld habe ich nicht. Das hat jemand anders geholt.«

»Wer?«

»Das weiß ich nicht.«

Anne grinste. »Der Prinz ist echt gut darin, andere zu verhören. Wenn er so weitermacht, haben wir unser Geständnis ratzfatz.« Sie beobachtete, wie Lothar Wägelein immer fahriger wurde und am liebsten im Mauerwerk verschwunden wäre.

»Haben Sie den Schweinebauern umgebracht?«, fragte Armin Prinz weiter. »Glauben Sie bloß nicht, dass ich mir einen Mord anhängen lasse, den Sie begangen haben. Das ist eine Nummer zu groß für Sie.«

»Mord?« Lothar Wägelein riss die Augen auf. »Ich habe doch niemanden umgebracht.«

»Aber erpresst haben Sie mich. Legen Sie sich nicht mit mir an, ich warne Sie.«

»Nein, Chef, das ist alles ganz anders als Sie denken. Ich habe nur die Briefe eingeworfen. Ich wusste ja nicht einmal, was drinnen stand«, beteuerte Wägelein.

»Wer's glaubt ...« Armin Prinz winkte ab.

»Doch.« Lothar Wägelein nickte wie ein aufgezogenes Duracell-Häschen, das in der Ecke eines Zimmers festhing und nicht mehr aus seiner prekären Lage heraus kam. »Das stimmt. Ich habe die Briefe im Auftrag der *Animal Rebels* eingeworfen. Ich wollte ihnen helfen, weil mir die Pferde so leid getan haben. Aber die Dokumente habe ich nicht.«

Anne und Mario sahen sich an. »Welche Dokumente?«, flüsterte Anne und Mario zuckte die Schultern.

Auch Armin Prinz horchte auf. »Woher wissen Sie von den Dokumenten? Haben *Sie* etwa meine geheimen Unterlagen aus dem Safe geklaut?«

»Nein!« Der Sachbearbeiter hatte wohl gemerkt, dass er einen entscheidenden Fehler begangen hatte, denn er verstummte und presste die Lippen zusammen.

»Der sagt nichts mehr.« Anne sah Mario an. »Komm, wir gehen wieder rein. Ich will wissen, von welchen Papieren die reden.«

43. Kapitel
Anne

Anne und Mario bauten sich mit verschränkten Armen nebeneinander auf. Armin Prinz ließ sich auf seinen Stuhl zurücksinken und Lothar Wägelein sah die Polizisten erleichtert an.

»So, meine Herren«, sagte Anne. »Sie haben wohl unterschätzt, dass auch die kleine Polizeiinspektion Lüdow über Mikrofone verfügt.«

Armin Prinz erstarrte auf seinem Stuhl.

»Sie können sich jetzt überlegen, ob Sie kooperieren und uns verraten, um welche Dokumente es hier geht, wer hinter der Erpressung steckt und vor allem, wer den Bauern ermordet hat. Oder ob Sie beide weiter unter Mordverdacht stehen wollen. Sie haben die Wahl.«

»Ich will meinen Anwalt anrufen«, sagte der Konzernleiter.

»Und ich weiß gar nichts«, ergänzte Lothar. »Ich habe nur die Briefe eingeworfen, ohne zu wissen, worum es darin geht.«

»Aber über die Dokumente wissen Sie doch etwas?«, fragte Anne. Der Sachbearbeiter öffnete den Mund, um etwas sagen, klappte ihn dann aber wieder zu. Anne wartete noch kurz, ob er doch reden würde. Fehlanzeige. Lothar Wägelein schwieg.

»Was sind das für Dokumente?«, versuchte sie es bei Armin Prinz. »Reden Sie endlich. Sie kommen aus der Sache sonst nicht mehr raus.«

Der Konzernleiter blickte nur weiter stur zur Tür, als ginge ihn das hier alles gar nichts an. »Ich will meinen Anwalt anrufen. Sofort.«

Anne seufzte. Das war wirklich mühsam. Klar war nur, dass dieser Sachbearbeiter Angst vor seinem Chef hatte. »Ich verhöre die beiden jetzt besser getrennt«, sagte sie zu Mario. »Ich fange mit Herrn Wägelein an. Herr Prinz kann in der Zwischenzeit seinen Anwalt anrufen.«

Anne stellte eine Tasse Kaffee vor Lothar Wägelein auf den Verhörtisch. Er wirkte entspannter, seit er den Konzernleiter nicht mehr im Nacken sitzen hatte, und lächelte die Kommissarin dünn an.

»So. Jetzt erzählen Sie mir mal die ganze Geschichte von Anfang an«, sagte Anne, so als würde sie mit einem verängstigten Kind sprechen. »Sie sind also nach Südamerika geflogen, um dort persönlich die Bedingungen auf den Stutenfarmen zu überprüfen?«

Wägelein nickte. »Erst dachte ich, da sei alles in Ordnung. Aber dann haben mich Tierschützer auf eine versteckte Farm geführt und ich habe gesehen, wie die Pferde dort gequält werden.« Er verzog bei der Erinnerung an die grausamen Bilder das Gesicht. »Das Schlimmste dabei ist, dass die Stuten trächtig sind und die Fohlen nach dem vierten Monat im Mutterleib abgetötet werden. Ich habe sogar ein Pferd daran sterben sehen. Sie können sich das nicht vorstellen …« Seine Stimme erstarb und er knetete seine Hände. »Und all das, damit ein Medikament für Schweine in Massentierhaltung hergestellt werden kann, das dafür sorgt, dass die Sauen nach dem Ferkeln sofort wieder trächtig werden. Man gönnt ihnen nicht einmal eine kurze Ruhepause.« Er schüttelte den Kopf.

»Wenn ich das richtig verstehe, haben also die Stuten ein ähnliches Schicksal wie die Schweine?«, fragte Anne. »Sie müssen immer und immer trächtig sein, und mit den Hormonen der trächtigen Stuten werden die Sauen schneller wieder trächtig gemacht?«

»Genau«, bestätigte Lothar.

»Was für ein krankes System.« Anne schüttelte den Kopf.

»Ehrlich gesagt wollte ich das alles nie so genau wissen. Ich habe eben meinen Job gemacht. Aber als ich mit eigenen Augen gesehen habe, was dort mit den Pferden passiert, und als Sven Technow mich um Hilfe gebeten hat, war ich bereit, die Briefe einzuwerfen. Ich wollte verhindern, dass der Konzern diese Tierquälerei weiter unterstützt.«

»Sven Technow? Von den *Animal Rebels*?«

Lothar Wägelein nickte. »Ich habe ihn in Südamerika kennengelernt.«

»Sie waren dabei, als das Video gedreht wurde?«

Lothar schaute auf die Tischplatte.

»Und was stand in den Briefen?«

»Ich weiß es wirklich nicht.« Lothar schaute auf die Tischplatte und sagte leise: »Ich wollte es auch gar nicht wissen. Sonst hätte ich es vielleicht nicht gemacht.«

Wie konnte man nur so feige sein, dachte Anne. Laut sagte sie: »Welche Dokumente wurden gestohlen? Und warum?«

»Das weiß ich auch nicht so genau«, sagte Lothar.

»Aber vielleicht ungenau?« Annes Stimme klang genervter, als sie beabsichtigt hatte.

»Ich habe einmal mitbekommen, wie Mandy und Sven telefoniert haben. Dabei hat Mandy etwas davon gesagt, dass sie geheime Papiere aus dem Tresor vom Prinzen genommen hat.«

»Mandy und Sven kannten sich?«

Lothar zuckte die Schultern. »Offensichtlich.«

»Woher?«

»Keine Ahnung.«

Anne seufzte. Der wusste ja wirklich gar nichts. Er war nicht nur feige, ihm ging auch jegliche Neugier ab.

»Es hilft nichts«, sagte sie zu Mario. »Du musst Mandy Sukow noch einmal herkommen lassen. Wir müssen herausfinden, was das für Papiere sind.«

Dann wandte sie sich wieder Lothar zu. »Wo waren Sie am Dienstag zwischen zehn und elf Uhr?«

»Ich?« Lothar sah sie überrascht an. »In der Arbeit natürlich. Warum?«

»Weil zu dieser Zeit Bauer Klaas umgebracht wurde.«

»Und Sie glauben, dass ich ...?« Er schüttelte heftig den Kopf. »Damit habe ich nichts zu tun, ehrlich.«

Anne nahm ihm sofort ab, dass er niemals den Mut und auch nicht die Nerven gehabt hätte, um einen vorsätzlichen Mord zu begehen. Trotzdem musste Mario sein Alibi überprüfen.

Sie schloss kurz die Augen. Alle Spuren verliefen in einer Sackgasse. Die Beteiligten schienen zwar allesamt ein bisschen mit dem Fall zu tun zu haben, waren letztlich aber nur oberflächlich involviert. Armin Prinz wartete noch immer auf seinen Anwalt, ohne den er nichts mehr sagen wollte, und Lothar Wägelein machte sich vor Angst gleich in die Hosen.

Nicht mal Mandy Sukow war auffindbar, es war zum Verrücktwerden. »Sie ist nicht zuhause«, sagte Mario, als er wieder zurück ins Kommissariat kam. »Und ihr Handy ist aus. Nicht erreichbar.«

»Mist«, antwortete Anne. Sie war aufgestanden und lief hin und her. »Wir müssen unbedingt wissen, welche Dokumente sie gefunden hat und was sie mit den Tierschützern zu tun hat. Das könnte der Schlüssel zu dem Mord sein. Überprüf doch bitte noch mal ihr Alibi und auch das von Yvonne Klaas und von Lothar Wägelein. Wir haben irgendetwas übersehen. Ich versuche in der Zwischenzeit, einen Durchsuchungsbeschluss für die Büroräume von *Hormonvision* zu bekommen. Außerdem müssen wir Mandy zur Fahndung ausschreiben. Anschließend fahre ich zu Sven Technow. Vielleicht kann der uns erklären, was es mit Mandy und den Dokumenten auf sich hat. Er spielt ja offensichtlich auch eine wichtige Rolle bei der Erpressung, wenn er dem Wägelein die Briefe gegeben hat.« Sie überlegte kurz. »Nein, ich fahre sofort hin. Der geht heute Nachmittag bestimmt auf die Demo nach Alt-Loitz. Hoffentlich erwische ich ihn noch. Du machst den Rest.« Damit schnappte sie sich ihre Jeansjacke von der Stuhllehne und eilte aus dem Verhörraum.

Mario hob die Arme und sah ihr hilflos hinterher.

Die Tür zu dem Bauernhof, in dem Sven Technow wohnte, stand offen. Daneben prangte genau so ein rosafarbenes Holzkreuz, wie es Charlie bei ihnen zuhause angebracht hatte. Ein Grüppchen junger Leute stand vor dem Haus und blickte ihr entgegen. Zum Glück sah sie überhaupt nicht aus wie eine Polizistin, mit ihrer engen Jeans, den Cowboystiefeln und dem bunten Tuch um den Hals. Und ihr Auto war schließlich auch nicht unbedingt das, was man sich unter einem Dienstwagen vorstellte.

»Ich suche Sven.« Sie ließ ihren Blick über die Leute schweifen.

Ein junger Mann, der Schraubenmuttern in den Ohrläppchen trug, zeigte mit seiner Bierflasche auf die Eingangstür. »Der ist da drin.«

Anne betrat den düsteren Flur. Zigarettenqualm schlug ihr entgegen. Sie schnupperte, denn ihr stieg auch der süßliche Geruch von Haschisch in die Nase, doch sie ignorierte ihn. Schließlich war sie nicht vom Drogendezernat. Junge Leute mit allen möglichen Piercings und bunten Haaren lehnten an der Wand. Wahrscheinlich trafen sich hier gerade die Aktivisten der *Animal Rebels,* um gemeinsam zur Demo zu fahren. Anne ging möglichst lässig durch den Flur bis in die Wohnküche und erstarrte. Auf einem schmuddeligen Sofa erblickte sie Sven. Und auf seinem Schoß saß Charlie, die wild mit ihm knutschte.

Anne hatte das Gefühl, ihre Knie würden gleich nachgeben und ihr wurde eiskalt. Was zur Hölle tat ihre Tochter da? Sie starrte Charlie mit offenem Mund an, bis ihre Freundin, die neben ihr saß, das Mädchen mit dem Ellbogen anstieß und murmelte: »Hey, deine Alte ist hier.«

Charlie fuhr herum. Ihr Kinn war rot von Svens Bartstoppeln und ihre Lippen waren leicht geschwollen. Sie versuchte ein schiefes Lächeln. »Hi Mum.«

Sven wischte sich mit dem Unterarm über den Mund. »Was wollen Sie denn hier?« Dann grinste er. »Ihre Tochter vor mir beschützen?«

Es war jetzt ganz still in der Wohnküche und die jungen Leute, die hier herumhingen, beobachteten sie neugierig. Anne atmete tief durch. Ruhig bleiben. Professionell bleiben. Es war nur ein Kuss. Sie würde sich jetzt ganz sicher nicht die Blöße geben, hier vor diesen Krawallmachern eine Szene hinzulegen. Mit Charlie würde sie morgen Tacheles reden, wenn dieser ganze Spuk vorbei war, die Demo gelaufen, die Punkerinnen abgereist und hoffentlich auch der Fall gelöst.

Sie räusperte sich und sah Charlie nicht mehr an. »Ich bin dienstlich hier«, sagte sie. »Ich muss mit Ihnen unter vier Augen sprechen, Herr Technow.«

Gemurmel erhob sich. »Was ist denn das für eine?«, hörte Anne irgendwen flüstern.

Auch Sven schien keine Lust auf eine Szene vor seinen Freunden zu haben. Er schob Charlie von seinem Schoß, stand auf, hob beide Arme und grinste: »Ich bin unbewaffnet. Wollen Sie mich verhaften?«

»Ist die ein Bulle?«, flüsterte jemand. Und eine andere Stimme murmelte: »Was, Charlie ist ein Bullenkind?«

»Hey, dafür kann sie doch nichts«, ergriff ihre Freundin mit den grünen Haaren Partei. Charlie war blass geworden und starrte Anne zornig an.

Jetzt nur nicht aus dem Konzept bringen lassen. »Wo können wir uns ungestört unterhalten?«, fragte sie Sven Technow.

»In meinem Schlafzimmer. Wenn Sie sich trauen.« Er blickte Beifall heischend in die Runde und erntete prompt Gelächter. Charlies Miene verdunkelte sich. Sie fand das wohl alles andere als witzig. »Kommen Sie mit.« Er ging in den Flur, aus dessen Mitte eine Holztreppe ins Obergeschoss führte.

Anne folgte ihm, drängte sich an ein paar Leuten vorbei und sah plötzlich aus dem Augenwinkel, dass sich eine Frau, die eine Kapuze über ihren Kopf gestülpt hatte, von ihr wegdrehte, als wollte sie ihr Gesicht verstecken. Es war nur eine winzige Geste, doch Annes Instinkt sprang sofort an. Sie hielt inne und sah die Frau an. Als sie spürte, dass die Kommissarin sie bemerkt hatte, rannte sie los.

44. Kapitel
Anne

Anne versuchte, der Frau hinterherzukommen, aber die jungen Leute im Flur rückten enger zusammen. Was waren denn das für Idioten? Sie bahnte sich mit ihren Ellbogen den Weg, kam aber kaum vorwärts. »Lasst mich durch! Wer ist die Frau?«, schrie sie.

Die Tierschützer antworteten nicht, sahen weg, als würde sie das alles nichts angehen und versuchten weiter, ihr mit ihren Körpern den Weg zu versperren. Dabei fassten sie Anne nicht mit den Händen an, denn das wäre Widerstand gegen die Staatsgewalt gewesen. In einem Flur herumzustehen, war dagegen nicht strafbar. Die kannten sich aus.

Als Anne endlich aus der Haustür stolperte, war die junge Frau verschwunden. »Scheiße!« Sie zog ihr Handy aus der Rücktasche ihrer Jeans und wählte Marios Nummer. »Ich bin bei Sven Technow. Hier ist gerade eine Frau vor mir abgehauen. Da ist was faul. Komm sofort her.« Sie steckte ihr Handy wieder weg, ohne Marios Antwort abzuwarten, und wandte sich zu den jungen Leuten um, die nun alle vor die Haustür getreten waren. »Wer war das?«, schrie sie, doch genauso gut hätte sie eine Mauer befragen können. Die Tierschützer schwiegen und sahen sie belustigt an. »Ich lasse euch hier nicht weg, bevor ihr mir nicht sagt, wer das ist«, versuchte sie es noch einmal. »Es geht um Mord. Ich kann euch auch alle verhaften lassen!«

Die jungen Leute grinsten und einer begann sogar laut zu lachen. »Plan B«, rief er. Die Gruppe stob auseinander und jeder rannte in eine andere Richtung.

Anne wusste nicht, wen sie zuerst hätte aufhalten sollen. »Stop!«, schrie sie, doch da stand sie schon alleine vor dem Haus. Verdammt. Die hatten Erfahrung mit Verhaftungen, und vor allem damit, wie sie ihnen entgehen konnten.

Sven trat aus der Tür. »Was ist jetzt?«, fragte er. »Wollen Sie mich befragen oder nicht? Ich habe nämlich heute noch was anderes vor.« So ein arroganter Sack, dachte Anne. Dem würde sie seine Demo gründlich verhageln.

In diesem Moment kam Mario um die Ecke gefahren und hielt mit quietschenden Reifen vor dem Bauernhof. Er sprang aus dem Wagen und rannte auf sie zu, die Hand am Pistolenhalfter. Die Autotür ließ er offen stehen.

»Was ist denn das für einer.« Sven grinste.

Mario öffnete den Mund und wollte etwas sagen, doch bevor er das erste Wort herausbrachte, rief Anne: »Verhaften!«, und zeigte dabei mit dem Zeigefinger auf Sven. »Wegen Mordverdacht.«

»Mordverdacht?« Sven schaute verwirrt hin und her. Jetzt verging ihm sein blödes Grinsen endlich.

»Pack den gleich mal in mein Auto, den bringe ich persönlich aufs Kommissariat. Und du suchst nach einer jungen Frau mit dunkelblauem Kapuzenpulli, sie ist vorhin abgehauen.«

»Aber ...«

»Sofort!«

Mario schüttelte den Kopf, legte Sven Technow aber Handschellen an.

»Was ist mit der Cordoba und dem Untersuchungsbefehl? Und mit den Alibis von Mandy und der Bäuerin?«

Mario lief rot an und holte tief Luft. »Wann soll ich das denn alles schaffen? Ich bin nicht Supermario!«

Anne musste grinsen, doch sie verbiss es sich schnell wieder. Sie hatte ihren Azubi vielleicht wirklich ein bisschen überstrapaziert.

»Eigentlich wollte ich auch auf die Demo. Privat. Immerhin ist Wochenende.«

Schon wieder diese verdammte Demo. Warum musste ausgerechnet heute die gesamte Bereitschaftspolizei dort im Einsatz sein? »Finde möglichst schnell diese Frau, danach hast du frei«, sagte sie. »Ich kümmere mich später um den Rest.«

Als er Sven zum Auto führte, sah Anne, dass Charlie und ihre Freundinnen hinter ihm im Flur gestanden hatten. Ihre Tochter sah sie mit einer Mischung aus Unverständnis und Wut an. Ihre Lippen formten einen Satz, dessen einzelne Silben Anne trafen wie vier Ohrfeigen: »Ich - has - se - dich.«

Natürlich war Charlie sauer auf sie. Immerhin hatte sie ihre Tochter gerade als Bullenkind geoutet und ihre erste große Liebe verhaftet. Trotzdem traf sie der Schmerz über diesen Satz tief in ihrer Seele. »Ich hab dir doch gesagt, du sollst dich von ihm fernhalten«, zischte sie.

Mario trat von hinten an sie heran. »Jetzt klär mich bitte mal auf. Was genau ist hier los?« Verwirrt sah er zwischen Anne und Charlie hin und her.

Anne verdrehte die Augen. »Also noch mal, für kleine Kommissaranwärter. Du musst eine junge Frau mit dunkelblauem Kapuzenpulli finden. Sie hat versucht, sich vor mir zu verbergen. Und als ich sie gesehen habe, ist sie weggelaufen. Die hat auf jeden Fall Dreck am Stecken. Hast du das jetzt verstanden?« Mario machte auf dem Absatz kehrt und zog beleidigt ab. »Ich verhöre den Technow«, rief sie ihm hinterher. Dann sah sie Charlie an. »Und wir sprechen uns später.« Sie ließ ihre Tochter stehen und ging zum Auto.

Sven saß auf der Rückbank des Saab. Mit angelegten Handschellen war von seiner überheblichen Art nichts mehr zu spüren. Anne knallte die Fahrertür hinter sich zu, schnallte sich an und gab Gas. Ihr altersschwaches Auto ratterte viel zu schnell über das Kopfsteinpflaster. Fast hätte sie durch den Lärm Svens Stimme nicht gehört. »Ich habe nichts mit dem Mord zu tun«, sagte er. »Ehrlich. Ich habe doch ein Alibi.«

Anne blickte in den Rückspiegel und sah sein zerknirschtes Gesicht. »Wir haben aber die Aussage von Lothar Wägelein, dass du hinter der Erpressung steckst, und dass Mandy Sukow irgendwelche geheimen Dokumente aus dem Safe von Armin Prinz gestohlen hat. Ich würde dir dringend raten, endlich mit uns zu kooperieren. Erpressung, Diebstahl, vielleicht können wir dir ja auch Anstiftung zum Mord oder Mithilfe nachweisen, Alibi hin oder her. Wie alt bist du eigentlich?« Die Kommissarin war ganz automatisch zum Du übergewechselt. Wer meine Tochter knutscht, den kann ich auch duzen, dachte sie.

»Achtzehn.«

»Also volljährig. Du weißt schon, dass ich dich wegen sexuellen Missbrauchs einer Minderjährigen anzeigen kann?«

»Aber ...«

»Charlie ist erst fünfzehn!«

»Das wusste ich nicht«, stammelte Sven. »Ich dachte ... Und sie wollte ja ...«

»Du weißt bestimmt, dass sich ein Geständnis strafmildernd auswirkt.« Anne fühlte sich wieder sicher. Endlich bekam sie Oberwasser.

»Scheiße, das ist alles aus dem Ruder gelaufen.« Sven sah aus dem Fenster. »Und jetzt hat uns Lothar auch noch verraten. Ich hätte wissen müssen, dass der nicht dichthält, wenn es ernst wird. So ein Feigling.«

Anne trat das Gaspedal durch. Bevor er anfing zu erzählen, wollte sie unbedingt das Mikrofon einschalten. Wenn er ihr etwas Wichtiges berichten und es hinterher widerrufen würde, wäre seine Aussage wertlos. Sie waren fast da.

Anne parkte vor der Polizeiinspektion, hielt Sven die Autotür auf, so dass er sich, ohne die gefesselten Hände zu benutzen, vom Rücksitz winden konnte.

»So.« Anne fixierte ihn mit dem allerstrengsten Mutter- und Kommissarinnenblick, den sie hinbekam, als sie sich im Verhörraum gegenüber saßen. »Entweder du erzählst jetzt die ganze Geschichte oder du bist wegen Beihilfe zum Mord dran.

Und ich persönlich werde dich wegen sexuellen Missbrauchs anzeigen.«

Sven wurde blass und räusperte sich.

»Die ganze Geschichte. Ohne Lücken.« Anne drückte die Taste des Mikrofons. »Samstag, der 30. Mai, 14.17 Uhr, Verhör von Sven Technow durch Kriminalhauptkommissarin Anne Moll.« Sie nickte ihm zu. »Herr Technow, was wissen Sie über die geheimen Dokumente, die in Ihrem Auftrag aus dem Safe von Armin Prinz entwendet wurden?«

Sven holte noch einmal tief Luft und murmelte: »Armin Prinz führt gerade einen Feldversuch mit einem genmanipulierten Impfstoff durch.«

»Etwas lauter bitte.«

Der junge Mann erhob die Stimme. »Armin Prinz führt gerade einen Feldversuch mit einem genmanipulierten Impfstoff durch«, wiederholte er. »Das hat Mandy Sukow herausgefunden. Sie gehört zu unserer Organisation *Animal Rebels.* Wir haben es geschafft, sie als Assistentin von Herrn Prinz in die Firma einzuschleusen. Eigentlich wollten wir nur an interne Informationen über den Stutenblut-Skandal kommen. Doch dann hat Mandy Papiere über diese geheime Versuchsreihe auf einem großen Gestüt gefunden. Dort werden mehrere hundert Fohlen heimlich mit einem Impfstoff gegen eitrige Lungenentzündung behandelt.«

»Heimlich?«

»Ja. Das Medikament wurde genetisch verändert und müsste ein Genehmigungsverfahren durchlaufen, ehe es freigesetzt werden darf. *Hormonvision* hat aber keine Zulassung für den Versuch bekommen. Deshalb hat Armin Prinz beschlossen, den Feldversuch illegal durchzuführen.«

In Annes Kopf drehte sich alles. Mandy Sukow war eine eingeschleuste Tierschützerin? Diese dumme Trutschen? Genmanipulierter Impfstoff? Ein illegaler Tierversuch an mehreren hundert Fohlen? Das wurde ja immer absurder.

»Mit den Dokumenten wollten wir Armin Prinz erpressen und mit dem Geld des Konzerns dann gequälten Tieren helfen. So als ausgleichende Gerechtigkeit, Sie wissen schon. Deshalb haben wir Kopien der Unterlagen angefertigt.«

Alles klar. Also ein Robin Hood der Tiere. »Und wo sind die Originale?«, fragte Anne.

»Die haben wir natürlich in den Safe zurückgelegt, damit der alte Widerling nichts merkt. Wir sind ja nicht bescheuert.«

»Sie sind also noch im Safe?«

»Klar.«

Anne zog die Augenbrauen zusammen. »Armin Prinz hat aber vorhin behauptet, dass sie gestohlen wurden.«

»Keine Ahnung. Wir haben nur die Kopien.«

Sie musste endlich das Büro von Armin Prinz durchsuchen lassen, um herauszufinden, ob die Unterlagen noch im Safe waren oder nicht. »Und wie ging es dann weiter?«

»Mandy hat sich in den Schweinebauern verliebt. Können Sie sich das vorstellen?« Sven verzog angeekelt den Mund. »Wie kann man sich nur in jemanden verlieben, der so mit Tieren umgeht? Na ja, immerhin hat sie versucht, ihn davon zu überzeugen, seinen Mastbetrieb in einen Biobetrieb umzumodeln. Damit haben aber die Probleme erst richtig angefangen. Mandy wollte nämlich das ganze Geld aus der Erpressung für dieses Projekt haben. Wir *Animal Rebels* wollten es aber lieber für etwas anderes verwenden.«

»Und warum? Bio steht für artgerechte Tierhaltung, das wäre doch eigentlich ein gutes Projekt für euer Anliegen gewesen, oder?«

»Stimmt, der deutsche Biostandard ist der höchste weltweit«, sagte Sven. »Schweine in Biohaltung haben viermal so viel Platz wie in Massentierhaltung. Sie haben Auslauf im Freien und die Muttersäue müssen nicht in Käfigen leben.«

»Und was war dann das Problem?«, fragte sie.

»Dass Bauer Klaas keine Genehmigung für die großen Freiflächen bekommen hätte.«

»Ist das schwierig?«

»Allerdings.« Sven nickte. »Wir haben dann vorgeschlagen, dass der Betrieb mit dem Geld des Konzerns in einen Aktivstall umgewandelt wird.«

»Und was ist das nun wieder?«

»Das ist ein Stall mit verschieden eingestreuten Bereichen, mit Ein- und Ausgängen, Bademöglichkeiten, Spielzeugen, Bällebad, Wühlbereich und einer Frischluftterrasse. Ein super Konzept.«

»Hört sich ja an wie ein Wellnesshotel«, grinste Anne.

Auch Sven lächelte schief. »So in etwa. Es ist leichter umzusetzen, weil man nicht so viel Freifläche benötigt und auch kein Biofutter füttern muss. Trotzdem geht es den Schweinen dort tausend Mal besser als in Massentierhaltung.«

»Aber?«

»Ein Umbau dieser Größenordnung ist sehr teuer. Das hatte Udo nicht im Kreuz. Zumal es dann auch noch mehrere Jahre dauert, bis man nach so einer Umstellung gewinnbringend wirtschaften kann. Deshalb wollte Mandy mit dem Geld nur Fensterflächen in den bestehenden Stall einbauen und ein paar Spielzeuge aufhängen. Aber das war uns zu wenig.«

»Und dann?«

»Wir haben uns deswegen mit Mandy zerstritten und wollten ihr Projekt nicht unterstützen. Sie war so verbohrt. Aber die Informationen über den Impfstoff und unseren Anteil wollten wir natürlich trotzdem haben. Also haben wir uns darauf geeinigt, zusammenzuarbeiten und das Geld zu teilen. Aber nun mussten wir die Summe erhöhen, weil ja mehrere Parteien beteiligt waren, die alle ihren Teil abhaben wollten. Deshalb haben wir noch mehr Briefe geschrieben.«

»Wie viele waren es denn insgesamt? Und von welchen Summen reden wir hier?«, fragte Anne.

»Eigentlich wollten wir nur einen Erpresserbrief schreiben, in dem wir zwanzigtausend Euro gefordert haben. Aber dann brauchten wir eben mehr Geld, deshalb haben wir noch einen zweiten Brief geschrieben, in dem wir fünfzigtausend verlangt haben. Die Übergabe ist aber geplatzt, weil der Prinz sich auf die Lauer gelegt hat. Mandy hat uns gewarnt. Also haben wir das Geld nicht geholt und stattdessen am nächsten Tag noch einmal hunderttausend Euro gefordert. Als Strafe sozusagen. Am selben Tag haben Sie Mandy und mich verhört. So haben wir erfahren, dass Udo tot war. Wir haben die ganze Aktion sofort abgebrochen. Mit dem Mord haben wir nichts zu tun.«

»Und was spielt Lothar für eine Rolle?«

»Lothar?« Sven sah die Kommissarin überrascht an. »Ach der. Der hat nur die Briefe eingeworfen, weil er Zugang zur Firma hat. Für mehr hatte er keinen Mumm. Der Verräter.« Er presste die Lippen zusammen.

»Wir haben aber Videoaufnahmen von ihm, wie er am Mittwochabend einen vierten Erpresserbrief eingeworfen hat. Nach dem Mord. Und nachdem ich euch verhört hatte.«

Sven schüttelte den Kopf. »Keine Ahnung. Davon weiß ich nichts. Sobald wir erfahren haben, dass der Bauer tot ist, haben wir alle Dokumente vernichtet und sind sofort aus der Sache ausgestiegen.«

Sven wirkte glaubwürdig. Offensichtlich hatte Lothar auf eigene Faust gehandelt. Selbst wenn das überhaupt nicht zu ihm passte. Es war zum Wahnsinnigwerden. Dann musste sie wohl auch Lothar ein zweites Mal verhören. Außerdem war die wichtigste Frage weiterhin ungeklärt. »Kannst du dir vorstellen, wer den Bauern umgebracht hat?«

»Nein. Das ist völlig aus dem Ruder gelaufen. Ich habe echt keine Ahnung. Wir wollten nur Geld für die Tiere haben. Der Mord hat uns alle total geschockt.«

Anne glaubte ihm. Irgendwie fand sie doch einen sympathischen Zug an dem jungen Mann. Er hatte sich unmöglich verhalten, aber zumindest hatte er erkannt, dass es besser war, auszupacken. Sein Anliegen schien ihm wirklich wichtig zu sein und er setzte sich mit Leib und Seele für die Tiere ein. Anne schätzte es, wenn Menschen für etwas einstanden. »Wie stand Yvonne Klaas denn eigentlich zu dem Bioprojekt?«, fragte sie. »Und zu Mandy?«

Sven zuckte die Schultern. »Es gab wohl einen riesigen Streit zwischen dem Bauern und seiner Frau. Er wollte sich von ihr scheiden lassen und mit Mandy neu anfangen. Sie ist nämlich schwanger.«

»Mandy? Schwanger?« Anne hustete.

Sven nickte.

Also doch. Ihr Gefühl hatte sie nicht getäuscht. Die Bäuerin wusste schon länger von der Affäre. Anne griff zum Telefon und rief Mario an. »Hast du eigentlich die Alibis von der Bäuerin und von Mandy noch mal überprüft?«, fragte sie.

»Und wann hätte ich das bitteschön tun sollen?«, schrie Mario in den Hörer. »Darum wolltest *du* dich kümmern. Ich suche nämlich immer noch nach einer ominösen Frau mit Kapuzenpulli.« Uiuiui, der war wirklich geladen.

»Schon gut«, beruhigte Anne ihn. Dann fügte sich in ihrem Kopf das fehlende Puzzlestück ein, das sie so lange hin und her gerückt hatte. Sie hielt sich das Handy weiterhin ans Ohr, blickte aber Sven an, als sie fragte: »Ist die Frau mit dem blauen Kapuzenpulli Mandy Sukow?«

Sven nickte und schaute auf die Tischplatte. »Eigentlich wollten wir heute vor der Demo zumindest noch die zwanzigtausend Euro aus der ersten Übergabe untereinander aufteilen. Auf dem Hof von Yvonne Klaas.« Er sah auf sein Handy. »Genau genommen jetzt.«

»Schnell Mario, fahr zum Hof von Bauer Klaas«, rief Anne in den Hörer. »Ich komme auch gleich.« Bevor Mario nachfragen konnte warum, hatte sie schon wieder aufgelegt.

Suchend sah sie sich um. Wohin mit Sven? Die einzigen beiden Zellen, die es in der Polizeiinspektion Lüdow gab, waren mit Wägelein und Prinz besetzt. Die Bereitschaftler waren alle auf der Demo und der wachhabende Kollege musste verfügbar bleiben. »Du fährst mit«, sagte sie zu dem jungen Mann, zog ihn hinter sich durch den Gang und bugsierte ihn wieder auf den Rücksitz ihres Saab. Sie würde persönlich auf ihn aufpassen.

45. Kapitel
Anne

Am erschrockenen Quieken der Schweine erkannte Anne, wo sich die Frau befinden musste, die jetzt durch den Stall schrie: »Gib mir sofort mein Geld!«

Aus einer anderen Ecke tönte es zurück: »Du hast mir meinen Mann weggenommen, du Schlampe! Glaubst du ernsthaft, dass ich dich dafür auch noch bezahle?« Anne kannte die Stimme. Das war die Bäuerin.

»Es war ausgemacht, dass wir das Geld teilen. Immerhin habe ich dir geholfen, als der Prinz dich bedroht hat. Also gib mir jetzt meinen Anteil.«

»Vergiss es!«

Ein dunkelblauer Schatten huschte durch zwei Schweinekoben auf die hintere Ecke zu, aus der die zweite Stimme kam. Das musste Mandy sein. »Dein Mann wollte dich nicht mehr. Er wollte mich. Der Anteil steht mir zu. Und meinem Kind.«

»Nein«, heulte die Bäuerin auf. »Hättest du dich nicht an ihn rangemacht, wäre das alles nicht passiert.« Jetzt brach es aus ihr heraus. »Hast du etwa gedacht, ich überlasse dir einfach so meinen Mann, meinen Hof, mein Leben? Die alte Zuchtsau wird durch ein jüngeres Exemplar ersetzt, oder was? Zuchtsau gegen Zaubermaus? Nicht mit mir. Nur über meine Leiche. Oder über seine!«

Anne drückte sich in gebückter Haltung an der Wand hinter den Stehkäfigen durch. Jetzt sah sie Mandy besser. Die Kapuze war ihr vom Kopf gerutscht und gab das blonde Haar frei, das heute allerdings nicht toupiert war, sondern in unordentlichen Strähnen in ihr Gesicht hing. Sie war ungeschminkt. Die junge Frau wirkte ohne ihre Maskerade völlig anders, der debile Gesichtsausdruck war verschwunden. Und Anne wurde schlagartig klar, warum Mandy so übertrieben hergerichtet gewesen war. Offensichtlich hatte sie überhaupt keine Übung darin, sich zu schminken. Der blaue Lidschatten, der rosa Schmollmund – das war alles Teil ihrer Tarnung gewesen.

»Was soll das heißen?«, schrie Mandy schrill. »Hast *du* ihn etwa umgebracht?«

Stille.

»Du Mörderin«, zischte Mandy. »Du hast den Vater meines Kindes getötet. Du hast mein Leben zerstört.« Sie zog ein Messer aus der Hosentasche und klappte es auf.

»Und du meines!« Jetzt konnte Anne auch die Bäuerin sehen. Ein Träger des Blaumanns war über ihre Schulter gerutscht und ihr Gesicht war gerötet. »Komm nur«, rief sie. »Komm nur her. Ob ein Mord oder zwei, was spielt das jetzt noch für eine Rolle?« Sie schwang ein Holzscheit in ihrer Hand.

Anne machte sich bereit, um aus ihrem Versteck herauszuspringen. Das schien hier auf einen Kampf zwischen zwei Frauen hinauszulaufen, die völlig irre waren und sich gegenseitig umbringen wollten. Sie musste irgendetwas tun, bevor Mandy die Bäuerin erreichte. Mit eifersüchtigen Frauen war nicht zu spaßen. Eifersucht war der Sprengsatz unter den Gefühlen und das häufigste Motiv für Gewalt und Mord. Bei vier von fünf Morden weltweit galt sie als die treibende Kraft hinter den Verbrechen, auch wenn es dafür keine offiziellen Statistiken gab. Doch wenn sie sich diese beiden Frauen hier ansah, denen offensichtlich alle Sicherungen durchgebrannt waren, glaubte sie diese These sofort.

Verdammt, wo blieb Mario bloß? Sie hatte in der Eile mal wieder ihre Dienstwaffe vergessen.

»Halt!«, schrie Anne und richtete sich hinter den Käfigen zu ihrer vollen Größe auf. »Schluss jetzt!«

Das war ein Fehler. Denn die Schweinebäuerin nutzte das Überraschungsmoment, in dem Mandy sich zu Anne umdrehte, um aus ihrer Ecke hervorzuspringen und ihrer Widersacherin den Holzscheit über den Kopf zu ziehen. Mandy brach zusammen, die Bäuerin trat auf ihr Handgelenk und wand ihr das Messer aus der Hand.

»Hören Sie auf, Frau Klaas«, rief Anne. »Machen Sie Ihre Lage doch nicht noch schlimmer, als sie ohnehin schon ist.« Normalerweise würde sie jetzt noch sagen: *Denken Sie doch an das Kind*, aber das sparte sie sich in diesem Fall wohl lieber. Sie ging ein paar Schritte auf die Bäuerin zu.

»Da kann man nichts mehr schlimmer machen«, sagte die Frau leise und sackte etwas in sich zusammen. »Ich habe nichts mehr zu verlieren.« Nach einem kurzen Moment des Zögerns, in dem Anne schon dachte, sie würde sich beruhigen, richtete sie sich plötzlich wieder auf. »Außer meiner Freiheit.« Ihre Stimme war fest und ihr Blick klar.

Sie packte Mandy, die taumelnd auf die Beine kam, am Kragen und drückte ihr von hinten das Messer an den Hals. »Werfen Sie mir Ihren Autoschlüssel rüber«, rief sie Anne zu.

Anne griff in die Hosentasche und warf der Bäuerin den Schlüssel zu. Die Frau war völlig außer Rand und Band und das Risiko, dass sie Mandy noch schlimmer verletzen würde, war zu hoch. Wo zur Hölle war Mario?

Rückwärts bewegten sich die beiden Frauen auf die Stalltür zu. Wollte die Bäuerin etwa mit Mandy als Geisel fliehen? Und das womöglich in ihrem alten Saab, in dem Sven saß? Ihr wurde heiß. Sie ging Schritt für Schritt hinter den Frauen her. Mandy starrte sie mit panischen Augen an und Anne versuchte, möglichst beruhigend zurückzuschauen, aber vermutlich gelang ihr das nicht.

»Stehen bleiben!«, schrie die Bäuerin. Anne gehorchte. Sie sah, wie die Tür am anderen Ende des Stalles aufging und Mario in dem Sonnenfleck erschien, wie ein Heiliger auf einem religiösen Bild. Endlich.

»Werfen Sie das Messer weg«, schrie Anne, einerseits um Mario darauf aufmerksam zu machen, dass die Bäuerin bewaffnet war. Und andererseits, um die Frau abzulenken, so dass sie sich nicht zu der Tür in ihrem Rücken umdrehte.

Mario erfasste die Situation sofort, verschwand wieder nach draußen und ließ die Tür leise zugleiten. Anne atmete auf. Doch plötzlich hielt die Bäuerin inne. »Herkommen!«

Anne näherte sich den Frauen langsam. Als sie die beiden fast erreicht hatte, schnellte der linke Arm der Bäuerin nach oben. Anne sah, dass sie noch immer den Holzscheit in der Hand hielt, den sie nun zum zweiten Mal mit einem dumpfen Schlag auf Mandys Schädel knallen ließ. Die Frau brach erneut zusammen.

»Oh Gott, das Kind«, rief Anne und sprang zu der jungen Frau. Sie kniete sich neben Mandy, ohne auf die Bäuerin zu achten. Als sie die Messerspitze zwischen ihren Schulterblättern spürte, war ihr klar, dass das der zweite große Fehler gewesen war, den sie heute begangen hatte.

»Eine Polizistin ist die bessere Geisel.« Yvonne Klaas rammte Anne ihr Knie in den Rücken. Anne schnappt nach Luft. Verdammt, tat das weh. Als sie sich wieder aufgerappelt hatte, zischte ihr die Bäuerin in den Nacken: »Versuch bloß nicht, abzuhauen. Ich habe schon eine Menge Säue geschlachtet. Ich weiß genau, wo ich den tödlichen Stich setzen muss. Und jetzt raus hier.«

Anne spürte das Adrenalin durch ihren Körper kribbeln. »Lassen Sie mich wenigstens noch einen Krankenwagen für Mandy rufen.«

Yvonne Klaas verstärkte den Druck des Messers in ihrem Rücken. »Raus, hab ich gesagt.«

Anne ging langsam auf die Stalltür zu, öffnete sie vorsichtig und schaute auf den Hof. Von ihrem Kollegen war weit und breit nichts zu sehen. Nur der Saab stand dort einsam und alleine. Ohne Sven.

Verdammt, wo war er bloß? Sie hatte doch extra das Häkchen der Kindersicherung runtergedrückt, damit er nicht abhauen konnte. Und warum griff Mario nicht endlich ein? Anne würde am liebsten schreien. Sie hatte schon lange nicht mehr solche Angst gehabt. Aber sie musste ruhig bleiben.

»Du fährst.« Die Bäuerin zeigte auf die Fahrertür. Anne stieg ein und schnallte sich mit schwitzigen Händen an. Yvonne Klaas ging um das Auto herum und setzte sich mit erhobenem Messer auf den Beifahrersitz. »Los!«

46. Kapitel
Anne

Annes Bein zitterte so sehr, dass sie die Kupplung springen ließ. Sie fuhr holperig an, schaltete in den zweiten Gang und trat aufs Gaspedal. Langsam rollte der Saab Richtung Hoftor und über Annes Oberlippe bildeten sich Schweißperlen. Was sollte sie nur tun?

»Richtung Autobahn.« Die Bäuerin wirkte ganz ruhig.

Anne lenkte nach links. In dem Moment, in dem die Kotflügel durch das Tor ragten, wurde der Wagen von einem lauten Krachen erschüttert, der Sicherheitsgurt schnitt Anne schmerzhaft in die Brust und nahm ihr die Luft zum Atmen. Gleichzeitig knallte der Kopf der Bäuerin, die nicht angeschnallt war, auf das Armaturenbrett. Anne schrak zusammen, als eine Gestalt zwischen den Vordersitzen hindurch griff, die benommene Bäuerin an ihrem Blaumann nach hinten zog und Anne anschrie: »Nimm das Messer!«

Das war Mario. Halleluja.

Anne löste ihren Gurt und tauchte mit dem Oberkörper in den Fußraum vor dem Beifahrersitz. Da war es. Sie nahm die Waffe und sah sich um. Von draußen öffnete Sven die Fahrertür. Anne sprang aus dem Auto und atmete tief durch. Sie zitterte immer noch am ganzen Körper. Vielleicht war sie einfach zu alt für den Job.

Mario legte der Bäuerin Handschellen an. »Alles okay?«, fragte er sie.

Sie blinzelte verwirrt, nickte aber.

Mario grinste stolz. »Ich habe Sven aus dem Auto geholt und mich hinten im Wagen versteckt. Er hat mit meinem Dienstwagen den Saab angefahren, damit ich das Überraschungsmoment nutzen und die Bäuerin überwältigen kann. Gut oder? Bist du okay?«

Anne nickte matt. »Was macht ihr denn für Sachen.« Sie schüttelte den Kopf. »Danke euch. Auch wenn ich schon wieder schimpfen muss. Warum bist du ohne Verstärkung gekommen?«

»Die sind alle auf der Demo.«

»Und du hättest Sven nie in eine solche Gefahr bringen dürfen. Außerdem hätte er mit deinem Auto fliehen können.«

»Wärst du lieber als Geisel auf der Autobahn gelandet?«

Anne schüttelte den Kopf. »Natürlich nicht.«

»Passt schon«, winkte Sven ab und grinste. »Ich wollte schon immer mal Crash Test Dummy spielen.«

Mario schloss die Autotür hinter der Bäuerin und sah sich suchend um. »Wo ist eigentlich Mandy?«

»Oh shit! Ruf sofort einen Rettungswagen, die Klaas hat sie niedergeschlagen.« Anne rannte in den Stall.

Mandy lag auf dem Steinboden, war aber bei Bewusstsein. Anne kniete sich neben sie auf den Boden und legte ihr die Hand auf die Schulter. »Bleiben Sie ruhig liegen, der Krankenwagen kommt gleich.« Mandy hielt sich den Bauch. Jetzt, wo

Anne wusste, dass sie schwanger war, bemerkte sie die kleine Rundung unter ihrem Schlabber-Shirt. Hoffentlich war mit dem Kind alles in Ordnung.

»Was ist mit dem Baby?«, flüsterte Mandy.

»Dem geht's bestimmt gut.« Anne versuchte zu lächeln. »Sie haben schließlich eine auf den Kopf bekommen, nicht auf den Bauch.« Am liebsten hätte sie geheult, doch sie musste es schaffen, die Kontrolle zu behalten, bis die Rettungskräfte einträfen, sonst wäre sie Mandy keine Hilfe.

Als die Stalltür aufging und drei junge Männer in weißorangenen Uniformen auf sie zu eilten, spürte sie, wie ihr schwummrig wurde. Als einer der Sanis seinen Notfallkoffer öffnete und das Stethoskop herausnahm, musste sie sich setzen. Sie atmete ein paar Mal tief ein und aus. Endlich übernahmen andere.

Anne spürte Marios Hand auf der Schulter. Er half ihr, aufzustehen und sah sie besorgt an. »Du bist leichenblass. Willst du dich nicht auch kurz untersuchen lassen?«

Anne schüttelte den Kopf. Sie wollte nur eines: Endlich den Fall abschließen, die Mörderin dingfest machen und dann nach Hause gehen.

»Gute Arbeit, Kollege«, sagte sie zu Mario. Und mit einem Schmunzeln fügte sie hinzu: »Bist eben doch ein Supermario. Jetzt kannst du von mir aus auf die Demo abhauen.« Sie zwinkerte ihm zu.

Er lächelte. »Spinnst Du? Ich lasse dich doch nicht hängen. Wir sehen uns auf dem Kommissariat.«

Zum Glück sprang der Saab an, nur der rechte Kotflügel war eingedellt. Die Bäuerin saß mit Handschellen auf dem Beifahrersitz, eingesunken wie ein halbleerer Sack Mehl. Hinten saß Sven. Auf der Fahrt sank Annes Adrenalinspiegel langsam ab, wie eine warme Welle, die irgendwo im Fußraum verebbte. Stattdessen stieg von dort eine kribbelige Unruhe ihre Beine hoch und machte sich schließlich in ihrem Bauch breit. Die Sorge um ihre Tochter.

»Hast du eine Idee, wo Charlie jetzt ist?«, fragte sie Sven.

»Auf der Demo. Wir haben einen Bus organisiert. Sie ist bestimmt mit den anderen mitgefahren.«

»Muss ich mir Sorgen machen?«

»Nein.« Sven schüttelte den Kopf. »Das ist eine friedliche Großdemo aus der Bevölkerung heraus, da wird sicher nichts passieren. Von uns aus passiert sowieso nie was. Ihr seid diejenigen, die Stress machen. Ihr filmt uns, verhaftet uns und unterstellt uns, wir wären gewaltbereite Spinner. Das stimmt nicht. Wir kämpfen nur für die Rechte der Tiere.«

»Trotzdem dürft ihr Tiere nicht einfach befreien und heimlich Filmaufnahmen in den Ställen machen. Das ist gegen das Gesetz«, sagte sie.

»Würden wir das nicht tun, wüssten die Menschen nichts von ihrem Leid. Es gibt da außerdem noch ein schönes Gesetz, nämlich das Tierschutzgesetz.«

»Ach ja?«, mischte sich die Bäuerin ein. »Darin steht übrigens auch, dass man kranke Tiere behandeln muss. Auch mit Antibiotika, wenn es sein muss.«

Sven schwieg. Nach einer kurzen Pause sagte er zu Anne: »Jedenfalls ist Deutschland der größte Schweinefleisch-Produzent der EU. Hier werden jedes Jahr sechzig Millionen Schweine geschlachtet. Da können Sie sich ja vorstellen, unter welchen Bedingungen das abläuft.«

Die Bäuerin wuchtete sich auf dem Beifahrersitz herum, als würde sie ihre letzten Kräfte mobilisieren, und starrte Sven an. »Und warum ist das so, du Schlaumeier?«, keifte sie. »Weil Bio eine Nische ist.« Sie blähte die Nasenflügel. »Alle reden von Tierwohl, aber kaum jemand ist bereit, mehr Geld dafür auszugeben. Es ist viel einfacher, wenn die Bauern schuld sind.« Sie holte tief Luft. »Aber eines solltet ihr nie vergessen: Es sind immer noch wir Bauern, die euch satt machen.« Dann drehte sie sich wieder nach vorne und schwieg.

Sven verschränkte die Arme vor der Brust und wollte schon etwas erwidern, doch Anne suchte seinen Blick im Rückspiegel und bedeutete ihm mit einem fast unmerklichen Kopfschütteln, zu schweigen. Sie hatte jetzt wirklich keine Nerven für weitere Diskussionen. Viel mehr interessierte sie, was Yvonne Klaas dazu getrieben hatte, ihren Mann umzubringen und wie sich die Tat abgespielt hatte. Die erste Frage, die sie dazu gleich an die bleiche Frau richten würde, war entscheidend dafür, ob sie reden oder schweigen würde. Vor allem durfte sie die Bäuerin jetzt nicht zu sehr unter Druck setzen. Sie schaltete die Aufnahmefunktion an ihrem Handy ein.

»Darf ich Sie was fragen?«, begann sie vorsichtig. »Sie hatten doch ein Alibi für die Tatzeit. Wie kann das sein?«

Yvonne Klaas schüttelte den Kopf. »Mein Stand war zwar den ganzen Vormittag geöffnet, aber ich musste noch mal nach Hause, weil ich etwas vergessen hatte. Die Frau vom Obstladen hat in der Zeit meinen Stand mitbedient.«

Aha, das war also der Punkt gewesen, den sie übersehen hatten. »Und dann?«

»Dann habe ich sie erwischt. Meinen Mann mit der Pharma-Mandy.« Hasserfüllt starrte sie aus dem Seitenfenster. »Erst habe ich sie beobachtet. Ich konnte es einfach nicht glauben, aber sie haben gekichert und herumgeknutscht wie zwei frischverliebte Teenager. Wissen Sie, wie weh das tut, wenn man sein ganzes Leben für jemanden aufgegeben hat, und plötzlich durch eine Jüngere ersetzt wird?«

»Ja, allerdings«, murmelte Anne. »Sehr gut sogar.«

»Vor ein paar Jahren hätte ich sogar die Chance gehabt, nach Berlin zu gehen, dort Tierproduktion zu studieren und noch mal neu anzufangen. Ich habe Abitur. Das hätten Sie nicht gedacht, stimmt's? Dass eine Schweinebäuerin Abitur hat?« Sie lachte bitter auf und Anne musste sich eingestehen, dass sie das tatsächlich nicht erwartet hätte. »Trotzdem habe ich jahrelang zu ihm gehalten, obwohl ich hier wirklich ein Scheißleben geführt habe. Immer am Limit. Sich nie etwas leisten können. Jeden Morgen um fünf Uhr aufstehen und malochen. Wir sind nie in den Urlaub gefahren. Nie! Ich hätte damals weggehen sollen. Alle meine Freundinnen sind in die Stadt gezogen, nur ich bin geblieben. Bei ihm.« Die Bäuerin schien fassungslos über ihre eigene Dummheit zu sein. »Als

Udos Eltern noch auf dem Hof mitgeholfen haben, waren wir vier Arbeitskräfte. Doch als sie zu alt wurden, blieb die ganze Arbeit an uns beiden hängen. Jemanden anzustellen, konnten wir uns nicht leisten, weil die Kosten ständig gestiegen sind, die Fleischpreise aber nicht. Wir haben immer weniger Gewinn gemacht, bis er die Idee hatte, mehr Schweine anzuschaffen. Verstehen Sie? *Er* war das. *Er* wollte unseren Mastbetrieb vergrößern. Und dann macht er plötzlich mit so einer Schlampe auf bio?« Die Bäuerin starrte Anne an und in ihren Augen sammelten sich Tränen. »Und was wäre aus mir geworden?«

»Haben Sie die beiden zur Rede gestellt?«, fragte Anne.

Die Bäuerin nickte, wischte sich mit dem Unterarm über die Augen und schniefte. »Sie ist abgehauen, sobald sie mich gesehen hat, die feige Sau. Aber ihn habe ich zur Rede gestellt. Dann hat er es mir gesagt. Einen Neuanfang wollte er. Mit der da. Scheiden lassen wollte er sich von mir. Weil er mich nicht mehr liebt. Weil sie schwanger ist.« Ihre Stimme brach.

»Und da haben Sie ihn ohnmächtig geschlagen?«

Yvonne Klaas blickte auf ihre Hände, die sie im Schoß gefaltet hatte, und Tränen tropften auf ihre Oberschenkel. »Mit mir wollte er nie Kinder haben, verstehen Sie?«, flüsterte sie. »Er hat mich nie wirklich geliebt. Für ihn war ich nur eine Arbeitskraft, die bereit war, ihr eigenes Leben für ihn und seine Schweine aufzugeben. Welche Frau hätte das sonst schon getan? Und jetzt bin ich verbraucht und abgearbeitet. Schauen Sie mich doch an.« Die Bäuerin hielt Anne ihre schwieligen Hände hin. »Mich will doch keiner mehr. Nicht mal mein eigener Mann.«

Anne spürte einen Kloß im Hals. Beinahe hätte sie versucht, die Mörderin zu trösten und ihr zu sagen, dass sie doch bestimmt ihre Eltern oder eine gute Freundin hätte, bei der sie unterkommen könnte, bis sie einen neuen Job gefunden hätte. Aber natürlich wusste sie, dass die Frau für lange Zeit ins Gefängnis gehen würde.

»War er gleich tot, als Sie ihm den Holzscheit auf den Kopf geschlagen haben?«, fragte die Kommissarin.

Die Bäuerin schüttelte den Kopf und begann zu schluchzen. In ihren Mundwinkeln hatten sich weiße Speichelbläschen gebildet. »Er hat noch geatmet. Aber ich wollte ihn wegmachen. Ich wollte nicht, dass er der anderen all das gibt, wofür ich gearbeitet habe. Wofür ich mein Leben geopfert habe. Und noch mehr. Eine Familie, ein Kind. Deshalb habe ich ihn unter den Balken geschleift, ein Seil um seinen Hals geknotet, es über den Balken geworfen und ihn hochgezogen. Er war so schwer.« Ihre Stimme brach.

Anne schluckte. »Haben Sie den Zettel in seiner Tasche versteckt, um die Spur auf die Tierschützer zu lenken?«

Die Bäuerin nickte und sah aus dem Fenster. Sie schwieg. Ihre Geschichte war zu Ende.

47. Kapitel
Anne

Es war verdammt voll in der Polizeiinspektion Lüdow. Der Anwalt von Armin Prinz wartete schon auf sie. »Lassen Sie sofort meinen Mandanten frei«, schnarrte er, als Anne durch die Tür schlurfte.

»Ja ja.« Sie winkte müde ab. »Hol die beiden mal hoch«, bat sie den diensthabenden Polizisten, ohne sich weiter um den Anwalt zu kümmern. Dafür hatte sie heute keinen Nerv mehr. »Und bring Frau Klaas in das hintere Zimmer. Die braucht jetzt dringend eine Psychologin. Alle anderen bitte in den Verhörraum.«

Schließlich saß auf der einen Seite des Tisches Armin Prinz mit seinem Anwalt, und auf der anderen Seite nahmen Lothar Wägelein und Sven Technow Platz. Mario und Anne saßen an den Kopfenden. Anne blickte von einem zum anderen. »Sie dürfen gleich nach Hause gehen, meine Herren. Yvonne Klaas hat den Mord an ihrem Mann gestanden. Das hatte nichts mit der Erpressung zu tun.«

Es war still in dem kahlen Zimmer. Keiner wagte, etwas zu sagen, sie schauten Anne nur mit großen Augen an. Sven warf Lothar einen verächtlichen Blick zu. Der Sachbearbeiter blickte beschämt auf die Tischplatte.

»Wir unterhalten uns jetzt noch über die Erpressung.«

Der Erste, der sich wieder fasste, war Armin Prinz. »Wo ist denn jetzt eigentlich mein Geld?«, fragte er. »Das bekomme ich doch zurück, oder?«

Wieder herrschte Stille im Verhörraum.

»Weiß jemand, wo das Geld ist?«, fragte Anne in die Runde, doch alle Anwesenden schüttelten die Köpfe.

Anne wandte sich an Armin Prinz: »Wir wissen jetzt, dass Ihre geheimen Papiere eine illegale Versuchsreihe mit einem genmanipulierten Impfstoff belegen. Wo sind diese Dokumente?« Die Gesichtsfarbe des Konzernleiters wechselte ins gräuliche und er rang nach Atem. »Sie haben angegeben, dass sie gestohlen wurden. Herr Technow sagt hingegen, dass Mandy nur Kopien angefertigt und die Originale wieder zurückgelegt hat.«

Armin Prinz schwankte leicht auf seinem Stuhl. Hoffentlich kippte er jetzt nicht um. »Mandy?«, fragte er. »Also doch. Meine eigene Assistentin hat mich betrogen, belogen und bestohlen. Das dumme Mondkalb hat mich hinters Licht geführt.« Er rang nach Fassung. »Wo sind die Papiere jetzt?«

Lothar und Sven zuckten schweigend mit den Schultern.

Der Konzernleiter sah seinen Anwalt an, doch der sagte nur: »Damit in dieser Sache ermittelt wird, müssten Sie erst Anzeige wegen Diebstahls und Erpressung erstatten«, erklärte er. »Aber überlegen Sie sich gut, ob Sie wirklich wollen, dass die Polizei ihre Nase in das Projekt steckt.«

Armin Prinz schwieg. Sein rechtes Augenlid zuckte.

Anne stützte die Ellbogen auf und nahm ihren Kopf zwischen die Hände. Die Dokumente waren ja nun auch zweitrangig. Ihr Job war es, den Mord aufzuklären. Um die Erpressung würde sich eine andere Abteilung kümmern, sofern der Konzernleiter das überhaupt anzeigen würde. Anne bezweifelte es. Auch die Gabe von Medikamenten ohne Zulassung fiel in ein anderes Ressort. Offen gesagt würde sie sich darüber freuen, wenn der Prinz noch ein wenig zittern müsste und wenn er sein Geld nie wiedersehen würde.

»Sie können jetzt gehen, müssen sich aber zur Verfügung halten«, bot sie Armin Prinz und Sven an. Die Stuhlbeine quietschten über den Boden, als sich die Männer erhoben. Auch Lothar wollte aufstehen, doch Anne sagte: »Ihnen würde ich gerne noch eine Frage stellen.«

Er setzte sich wieder.

Als die anderen den Raum verlassen hatten, sah Anne ihn an. »Der letzte Brief, den sie nach dem Tod des Bauern eingeworfen haben, diese Drohung, die war also ein Alleingang von Ihnen?«

Lothar nickte.

»Was wollten Sie denn damit bloß erreichen, Herr Wägelein? Sie haben ja nicht mal Geld gefordert.«

Lothar richtete den Oberkörper auf und blickte ihr fest in die Augen. »Ich hätte keinen einzigen seiner dreckigen Euros haben wollen. Ich bin nicht der Mutigste und es wäre mir lieber gewesen, wenn die *Animal Rebels* das erledigt hätten. Aber als die Tierschützer nach dem Mord ihre Aktion abgebrochen haben, konnte ich ihn doch nicht einfach so davonkommen lassen. Ich wollte ihn in Panik versetzen, damit er endlich mit dieser Tierquälerei aufhört. Wenn Sie gehört hätten, wie egal ihm das Schicksal all dieser Pferde ist, die für seine Medikamente leiden, dann würden Sie mich verstehen.« Er schaute auf die Tischplatte. »Und es tut mir nicht leid. Vor allem deshalb nicht, weil er nun doch wieder ungeschoren davonkommen wird. Wie immer wird es einen Skandal geben, er wird seine besten Anwälte beauftragen und letztlich eine Geldstrafe für den Feldversuch zahlen. Dann wird sich alles wieder beruhigen und er wird weitermachen wie bisher.«

Anne nickte. Das war wirklich bitter. Aber das Leben war leider nicht immer gerecht. »Sie können jetzt gehen«, sagte sie. Als Lothar schon in der Tür stand, fiel ihr auf, dass seine Schultern nicht mehr so krumm nach vorne hingen wie sonst. Sie rief ihm hinterher: »Wissen Sie wirklich nicht, wer die zwanzigtausend Euro hat?«

Er schüttelte den Kopf, aber Anne sah, wie ein Lächeln seine Lippen umspielte. Sie war sich sicher, dass er es wusste. Insgeheim hoffte sie, dass Mandy doch irgendwie an das Geld gekommen war. Das Mädchen tat ihr leid. Erst hatte sie sich für die *Animal Rebels* in den Konzern eingeschleust, hatte sich mit ihnen zerstritten, weil sie sich verliebt hatte, dann war der Mann, mit dem sie sich eine Zukunft aufbauen wollte, ermordet worden. Nun war sie schwanger, mit Anfang zwanzig, und ganz alleine. Mandy konnte die zwanzigtausend Euro sicher am besten brauchen. Armin Prinz würde die Sache bestimmt auf sich beruhen lassen. Er konnte keine Aufmerksamkeit mehr brauchen und für ihn waren zwanzigtausend Euro ohnehin nur ein wenig Dreck unter seinen manikürten Fingernägeln. Sie schüttelte den Kopf. Hoffentlich bekam der bald ordentlich Karma ab.

Anne griff zum Telefon und wählte die Nummer des Krankenhauses, um sich nach Mandy zu erkundigen. Erleichtert legte sie auf. Sie hatte nur eine Gehirnerschütterung und dem Baby ging es gut. Eine tiefe Erschöpfung überkam sie. Immer, wenn sie einen Fall abgeschlossen hatte, sank sie in ein dunkles, warmes Loch und wollte nur noch schlafen. Aber sie musste jetzt noch zum Tante-Emma-Laden fahren und sich für ihre Tochter entschuldigen.

Sie seufzte. Wo sollte das alles nur hinführen? Manchmal fühlte sie sich Charlie nicht mehr gewachsen. Und immer musste sie alles alleine schaffen. Der einzige Mensch, dem sie sich vielleicht anvertrauen konnte, der Einfluss auf Charlie nehmen könnte, war Paul. Ja, das war eine gute Idee. Sie würde Paul bitten, mit Charlie zu reden. Auf ihn würde sie viel eher hören als auf ihre Mutter. Der Gedanke an Paul jagte ihr sofort neue Energie durch den Körper. Frau Seben musste noch etwas auf ihre Entschuldigung warten.

»Ich muss weg«, sagte sie zu Mario. »Kannst Du bitte alles Nötige mit der Staatsanwaltschaft und dem Haftrichter in die Wege leiten? Dann kannst du auf die Demo abhauen.«

Mario nickte. Anne musste zugeben, dass er ihr immer mehr Arbeit abnahm und ein richtig guter Kollege wurde. Auch wenn er es mit seinen Auftritten manchmal übertrieb. Sie lächelte. Supermario eben.

»Ach, noch etwas«, sagte sie. »Wenn du Charlie in Alt-Loitz siehst, hab doch bitte ein Auge auf sie.«

»Ja klar.«

Anne atmete tief durch, stieg in ihr Auto und ließ den Motor an. Sie fühlte sich besser. Hatte sie nicht noch eine alte Kuschelrock-Kassette im Handschuhfach herumliegen? Sie schüttelte den Kopf über sich selbst. Sprang etwa gerade der Kitsch-Modus bei ihr an? Sie drückte doch lieber die Nena-Kassette in den Rekorder.

Sattgrüne Wiesen flogen am Auto vorbei. Da war ein Wegweiser zur Ostsee. Was hatte Paul bei der Befragung doch gleich gesagt, nachdem er sich alles von der Seele geredet hatte? Er würde sich fühlen, als hätte er eine anstrengende Kraulstrecke hinter sich und danach hätte ihn ein Strudel gepackt und begonnen, ihn zu drehen? Genau so fühlte sie sich jetzt gerade. Ach, scheiß doch auf die Sorgen, dachte sie und bog ab. »Liebe wird aus Mut gemacht, denk nicht lange nach, wir fahren auf Feuerrädern Richtung Zukunft durch die Nacht«, sang sie und öffnete das Fenster.

Der Wind zerzauste ihre Haare, als sie durch den weißen Sand lief. Sie hatte ein irres Kribbeln im Bauch. War das der Sinn, der hinter ihrer Trennung steckte? Sie glaubte fest daran, dass aus jedem schlimmen Ereignis irgendwann etwas Positives hervorging, auch wenn man sich in der schweren Zeit beim besten Willen nicht vorstellen konnte, was das sein sollte. Sie glaubte an das Schicksal, und daran, dass alles im Leben irgendeinen Sinn ergab. Irgendwann.

Wie Paul Becker wohl schmeckte? Sie schüttelte den Kopf über sich selbst und lachte. Das letzte Mal hatte sie sich vor zwanzig Jahren so gefühlt. Sie war total verknallt. Als ihr das klar wurde, musste sie von einem Ohr bis zum anderen grinsen. Sie konnte gar nicht mehr damit aufhören. Und gleich würde sie ihn wiedersehen. Bei dem Gedanken daran wurde das Kribbeln noch stärker.

Sie sog die salzige Luft tief ein und blickte über das silbergraue Meer, bevor sie wieder in ihre Cowboy-Stiefel schlüpfte und zurück zum Auto ging.

48. Kapitel
Anita Cordoba

Anita Cordoba drehte sich mit ihrem Sessel langsam um die eigene Achse. Wenn sie jetzt untergehen würde, dann würde sie das wenigstens mit erhobenem Kopf tun. Zusammen mit diesem elenden Konzern und seinem selbstgefälligen Chef.

Als sie die E-Mail gelesen hatte, die Armin Prinz an den großen Verteiler geschickt hatte, war ihr klar gewesen, dass ihre Tage beim Rostocker Teil gezählt waren. Sei's drum. Bei diesem windigen Regionalblatt wäre sie ohnehin nicht alt geworden. Am Montag würde sie eine fristlose Kündigung auf dem Tisch haben, das war ihr klar. Aber vorher würde sie noch ihren neuen Artikel veröffentlichen. Und dann würde sie sich mit genau dieser Story bei einem vernünftigen Nachrichtenmagazin bewerben. Bei einer Zeitung, für die der Ehrenkodex des Deutschen Presserates nicht nur blanke Theorie war. Punkt 1: *Die Achtung vor der Wahrheit und die wahrhaftige Unterrichtung der Öffentlichkeit sind oberste Gebote der Presse.* Leider diente dieser Grundsatz nur der Wahrung der Berufsethik. Er hatte keinerlei rechtliche Bindung. Und das spürte sie im Alltag nur allzu oft.

Zu Beginn ihrer Karriere war Anita Cordoba überrascht und enttäuscht gewesen, wie stark die Presse beeinflusst wurde. Einflussnahmen von Seiten der Geldgeber und Anzeigenkunden waren gerade in kleinen Redaktionen völlig normal. Sie schüttelte den Kopf. Sie musste es eben eines Tages in ein großes Magazin schaffen, um endlich ehrlichen Journalismus betreiben zu können. Vielleicht war dieser Skandal ihr Sprungbrett. Und möglicherweise saß sie jetzt gerade am längeren Hebel. Sie grinste.

Wenn der Bericht am Montag auf dem Titel erschien, würde es massiven Ärger geben. Die Führungsriege vom *Ostseeblatt* würde genauso aggressiv auf sie losgehen wie das Gestüt, auf dem der Feldversuch stattfand, und die Firma *Hormonvision* mit all ihren Anwälten. Letztlich würden sie ihr nichts anhaben können, weil sie genug Beweise hatte, welche die Richtigkeit ihrer Recherchen bewiesen. Aber keine andere kleine Zeitung würde sie mehr nehmen.

Anita Cordoba seufzte. Wer die Welt verändern wollte, musste eben stark sein und an sich selbst glauben. Vor allem durfte man nicht aufgeben, auch wenn man nur ein kleines Rädchen im Getriebe war. Oder eine kleine Journalistin beim Rostocker Teil.

Neben der Wahrheit hatte sie noch ein Prinzip: Genauso wenig, wie sie sich von irgendwelchen Geldgebern in ihre Arbeit hineinreden lassen wollte, würde sie jemals einen Informanten preisgeben. Da konnte dieser Lothar Wägelein ganz beruhigt sein. Er hatte sich vor Angst fast in die Hosen gemacht, als er ihr die Originalunterlagen aus dem Safe von Armin Prinz gebracht hatte. Seine Hände hatten gezittert, als er ihr das Bündel Papiere über den Tisch geschoben hatte. Aber er hatte es getan.

Anita Cordoba nickte zufrieden. Noch so einer, der stärker war, als er selbst glaubte.

Während sie die Unterlagen studiert hatte, war ihr Mund immer trockener geworden. Das war ein richtig dickes Ding, das hier vor ihrer eigenen Haustür gedreht wurde. Es ging um einen genmanipulierten Impfstoff.

Den Dokumenten lag auch die Begründung des Bundesamtes für Verbraucherschutz bei, warum die Zulassung des Medikamentes nicht erteilt worden war. Sie stützte sich auf die Einschätzung eines namhaften Gentechnik-Experten, der befürchtete, dass nicht nur Hunderte von Fohlen in akuter Gefahr wären, sondern auch die Natur und die Wildtiere rund um das Gestüt. Und das war noch nicht alles. Nicht auszudenken, was passieren würde, wenn Menschen an einem genetisch veränderten Bakterium erkranken würden. Die Folgen wären nicht vorhersehbar. Und wenn so ein Bakterium erst einmal in die freie Natur gelangte, konnte man es auch nicht mehr zurückrufen.

Diese Story würde so richtig knallen.

Anita Cordoba hatte Blut geleckt. Doch die Informationen waren noch zu einseitig. Sie wollte den Inhaber des Gestüts befragen, der gemeinsame Sache mit Armin Prinz gemacht hatte. Das war am Wochenende eine Herausforderung, doch schließlich bekam sie ihn an die Strippe. Ihre Besessenheit, der Wahrheit auf den Grund zu gehen und für Gerechtigkeit zu sorgen, war stärker, als die Angst vor seiner Reaktion. Trotzdem kniff sie die Augen zusammen, zog die Schultern ein und rechnete mit dem Schlimmsten, als sie sich am Telefon vorstellte und sagte: »Ich habe Informationen darüber, dass Sie auf Ihrem Gestüt mehrere hundert Fohlen mit einem genmanipulierten Impfstoff behandelt haben.«

»Ja und?«, bellte der Mann ins Telefon. »Mit einer solchen Impfung kann man den Einsatz von Antibiotika und die Bildung von Resistenzen vermeiden. Ist doch gut.«

»Der Impfstoff ist aber nicht zugelassen.«

»Natürlich ist er das.«

Anita Cordoba war überrascht. Er schien wirklich davon überzeugt zu sein. »Haben Sie denn Beweise dafür? Ich habe hier nämlich jede Menge Unterlagen auf meinem Schreibtisch liegen, die das Gegenteil belegen. Zum Beispiel die Begründung des Bundesamtes, warum die Zulassung nicht bewilligt wurde.«

Am anderen Ende der Leitung blieb es kurz still. Dann sagte der Mann: »Armin Prinz hat mir die Zulassung aber gezeigt.«

»Tja. Dann war sie wohl gefälscht.« Unglaublich, wie weit dieser Mann ging. Langsam wurde Anita Cordoba die Tragweite dieser Information bewusst. Sie hatte ihn am Schlafittchen. Tieren mit Zustimmung ihres Besitzers Medikamente zu verabreichen, auch wenn sie nicht zugelassen waren, war das eine. Aber eine Zulassung zu fälschen, die das Bundesministerium abgelehnt hatte, war eine ganz andere Hausnummer. Das würde strafrechtliche Konsequenzen haben.

»Sie haben doch sicher eine ordentliche Summe Geld dafür bekommen, dass Sie Ihre Fohlen für diesen Versuch zur Verfügung stellen, oder?«, fragte sie weiter.

»Was wollen Sie denn damit andeuten?«

»Gar nichts ...«

»Ich werde mit meinem Anwalt sprechen.«

»Sie können mir noch eine Stunde lang eine schriftliche Stellungnahme für den Artikel zukommen lassen.«

Dann legte er auf und Anita Cordoba begann, ihren letzten Artikel für das *Ostseeblatt* zu schreiben.

Um halb zehn Uhr abends klickte sie auf den Button *Artikel freischalten*. Er war nicht mehr aufzuhalten. Um Mitternacht ging die Montagsausgabe in Druck und sie als Chefredakteurin war die Letzte, die ihr Okay dafür geben musste.

War das ihr Ende? Oder ein Neuanfang? Sie wusste es nicht. Sie drückte den Aus-Knopf an ihrem Computer und der Bildschirm wurde dunkel.

49. Kapitel
Der Prinz

War das etwa der Schmerz, der einen Herzinfarkt ankündigte? Er war schneidender als das Stechen, das Armin Prinz normalerweise fühlte, und er raubte ihm den Atem. Er griff sich mit der rechten Hand an die Brust, rang nach Luft und stützte sich mit der linken auf der Tischplatte ab. Vor ihm lag die Montagsausgabe. Vom Titel aus starrten ihn die Augen eines toten Fohlens an.

Neuer Skandal um Hormonvision
Rostocker Konzern setzt genmanipulierten Impfstoff frei

Wie aus Dokumenten hervorgeht, die unserer Redaktion vorliegen, hat das Rostocker Pharma-Unternehmen Hormonvision *einen illegalen Feldversuch mit einem genmanipulierten Impfstoff durchgeführt. Dafür wurden bei dem Bakterienstamm Rhodococcus equi, der eine eitrige Lungenentzündung bei Fohlen auslöst, mehrere Gene entfernt, sodass der Impfstoff keine Erkrankung mehr verursachen könne, so der Antrag auf Zulassung. Aufgrund der Gefahren, die von einem solchen Impfstoff ausgehen, erhielt das Unternehmen jedoch keine Zulassung für das Medikament. Nun liegt der Verdacht nahe, dass trotzdem mehrere hundert Fohlen auf einem Gestüt in Mecklenburg-Vorpommern heimlich damit geimpft wurden.*

Der Gestütsleiter nahm dazu Stellung: »Die Markteinführung eines solchen Impfstoffes würde dazu beitragen, den Einsatz von Antibiotika auf infizierten Gestüten zu vermindern und so auch der Entstehung von Resistenzen vorzubeugen. Deshalb stehen wir grundsätzlich hinter diesem Versuch. Dass der Impfstoff nicht zugelassen war, wussten wir allerdings nicht, sonst hätten wir unsere Fohlen nicht dafür zur Verfügung gestellt. Armin Prinz, Geschäftsführer des Unternehmens Hormonvision, *hat uns offensichtlich eine gefälschte Zulassung vorgelegt.« Den Vorwurf, dass er außerdem eine hohe Geldsumme für die Durchführung des Versuchs erhalten hatte, dementierte der Gestütsleiter nicht.*

Wie aus der Begründung des Bundesamtes für Verbraucherschutz und Lebensmittelsicherheit hervorgeht, welches die Zulassung ablehnte, äußerte sich ein Gentechnik-Experte besorgt: »Dieser Freisetzungsversuch mit lebenden, gentechnisch veränderten Bakterien gefährdet die Pferde im Gestüt und in der näheren Umgebung, die Menschen vor Ort und auch die Wildtiere in der Region. Mit Hilfe eines Impfstoffs sollen hier die nicht artgerechten, industriellen Haltungsbedingungen von zu vielen, auf zu engem Raum eingesperrten Pferden optimiert werden. Es ist jedoch bekannt, dass solche Erkrankungen nur durch die Verbesserung der hygienischen Bedingungen und die Verringerung der Pferdeanzahl pro Stall verhindert werden können.«

Auch viele Menschen, die normalerweise in der Nähe des Gestüts spazieren gehen oder Rad fahren, könnten durch diesen Freisetzungsversuch bedroht sein. Immunschwache Menschen wie Säuglinge, ältere oder kranke Leute können schon an einer gewöhnlichen eitrigen Lungenentzündung erkranken. Die Folgen einer Erkrankung durch gentechnisch veränderte Bakterien sind nicht vorhersehbar. Es besteht die Gefahr, dass neue Krankheitserreger entstehen, deren Wirkspektrum anders oder größer ist als der ursprüngliche Erreger. Einmal in die Umwelt entlassen, sind sie nicht mehr rückholbar. Da die genmanipulierten Bakterien mit der Luft, dem Pferdekot, dem Grundwasser, Nagern und Vögeln oder dem Bodenabtrag verbreitet werden, sind auch wild lebende Tiere gefährdet. Eine Kontamination ist vorprogrammiert und es kann nicht ausgeschlossen werden, dass sich ein völlig neues, unbekanntes Bakterium bildet. Oder sich bereits gebildet hat.

Das ist nun schon der dritte Skandal, in den das Rostocker Pharma-Unternehmen verwickelt ist. Wie das Ostseeblatt in einer früheren Ausgabe berichtete, stellt Hormonvision *auch Medikamente aus dem Blut sowie dem Urin trächtiger Stuten her, die unter tierquälerischen Bedingungen gehalten werden.*

Wie viele Skandale müssen noch aufgedeckt werden, bis dem Unternehmen endlich das Handwerk gelegt wird? Der Geschäftsführer des Konzerns stand nicht für ein Interview zur Verfügung, da er sich zum Zeitpunkt der Recherchen in Untersuchungshaft befand. AC

Armin Prinz rang nach Atem. Nun war es also so weit. Der Zusammenbruch seines Konzerns stand kurz bevor, die Zerstörung seines Lebensinhaltes und vermutlich auch das Ende seiner Ehe.

Seine Charity-Frau würde wohl kaum mit jemandem verheiratet sein wollen, der nicht nur Pferde quälte, sondern auch noch die Bevölkerung mit genmanipulierten Impfstoffen bedrohte. Diese miese Journalistin hatte nichts ausgelassen. Nicht einmal die gefälschte Zulassung. Hatte er sie etwa so unterschätzt? Genauso, wie er sich komplett in Mandy und Wägelein getäuscht hatte. Vielleicht war er wirklich zu alt für solche Geschäfte. Gab es noch eine Möglichkeit, seine Welt wieder in Ordnung zu bringen?

Der erste Skandal hatte bereits für eine Ehekrise gesorgt, aus der er sich nur dadurch retten konnte, dass er seiner Frau klar gemacht hatte, wie wichtig seine Medikamente für Millionen von Frauen in den Wechseljahren waren. Sie schluckte die Pillen schließlich selbst. Das hatte er noch hinbekommen. Aber seit dem Stutenblut-Skandal war sie froh, wenn er sich nicht mehr auf ihren sozialen Veranstaltungen blicken ließ. Ihr Verständnis für seine Projekte war ausgereizt.

Die Sache mit dem Impfstoff zu erklären, würde verdammt schwierig werden. Eigentlich unmöglich. Wenn sie überhaupt je wieder mit ihm sprechen würde.

Er hatte einen Fehler gemacht.

Viele. Er hatte viel zu viele Fehler gemacht.

Und was würde erst seine Enkelin von ihm halten? Tränen traten ihm in die Augen. Er sah die Kleine ohnehin so selten. Jetzt würde der Kontakt vollends abbrechen. Er war allein.

Allein und wertlos.

Es stach wieder in seiner Brust und ihm wurde schwummerig. Ein Schweißfilm überzog sein Gesicht. Er musste versuchen, das Ruder herumzureißen. Ja, er würde in Rente gehen, das alles hinter sich lassen. Er hatte bei Gott genug Geld angehäuft. Und wenn er den Konzern verkaufen würde, kämen noch ein paar Millionen dazu. Keine Projekte mehr, keine Skandale mehr. Stattdessen würde er morgens mit seiner Frau frühstücken und nachmittags mit seiner Enkelin spielen. Vielleicht würde er sich ein Hobby suchen, Modellflugzeuge bauen oder Briefmarken sammeln. Etwas ganz Harmloses, das niemanden störte. Ein friedliches Leben. Ja, das war schön.

Das war der letzte Gedanke, der Armin Prinz durch den Kopf ging, bevor er zusammenbrach und hart auf dem Boden aufschlug.

Es war vorbei.

50. Kapitel

Anne

Paul kam aus dem Stall, als Anne mit ihrem Saab auf den Hof fuhr. »Was machst du denn hier?« Er wischte sich die Hände an seiner Jeans ab. Irgendwie sah er anders aus. Der Dreitagebart war weg, die Haare sahen total spießig aus und er roch nach Rasierwasser. Und was sollte das überhaupt heißen: *Was machst du denn hier?* War sie etwa nicht willkommen? Ihre ganze Freude schrumpfte in sich zusammen wie ein Luftballon, den jemand mit der Nadel angepiekst hat.

»Wollte nur mal sehen, ob Charlie bei dir ist. Ich suche sie.« Das war zwar geschwindelt, aber irgendeinen Vorwand musste sie jetzt finden, damit sie nicht völlig bescheuert dastand.

»Nein.« Er schüttelte den Kopf. »Sie hat mich gebeten, das Wochenende über Black Night zu versorgen, weil sie Besuch aus München hat. Was ist denn los?« Besorgt sah er Anne an. »Du siehst ziemlich fertig aus.«

Sein fürsorglicher Blick löste etwas in ihr. »Ehrlich gesagt weiß ich nicht mehr weiter«, flüsterte Anne. Das hatte sie gar nicht sagen wollen, es war einfach so aus ihr herausgekommen. Ihre Mauer bekam Risse. Aus ihrem Inneren stiegen warme, aber auch schmerzhafte Gefühle auf und wollten sich einen Weg nach draußen bahnen. Ihr Kinn zitterte und sie presste die Lippen zusammen. Es war so anstrengend, seinen Schmerz in

Schach zu halten. Atmen. Lächeln. Reiß dich am Riemen, sagte sie sich.

Paul nahm sie in die Arme. Es ging so schnell, dass sie nicht zurückweichen konnte, und als sie seine Wärme spürte, zerbrach ihre Mauer in tausend Stücke. Sie konnte sich nicht mehr beherrschen und heulte los, die Tränen schwappten einfach aus ihren Augen und wahrscheinlich sog sich gerade sein T-Shirt damit voll. Sie drückte ihre Nase gegen den Stoff. Unter dem Rasierwasser roch er wie eine Katze, die im Heu in der Sonne gelegen hatte. Ein Geruch, in dem sie für immer versinken wollte.

Als der erste Druck aus Anne gewichen war, fühlte sie sich ruhig, warm und müde. Paul lockerte seine Umarmung und sie trat einen Schritt zurück, wischte sich mit dem Ärmel übers Gesicht. Dann legte sie ihre Hand auf sein nasses T-Shirt. Da drinnen pochte sein Herz und es fühlte sich auf einmal ganz natürlich an, ihn anzufassen. »Tschuldigung«, flüsterte sie.

Er schüttelte den Kopf und nahm ihre Hand. »Komm.« Er zog sie auf die Hausbank. »Jetzt erzähl mal.«

Anne erzählte ihm all ihre Sorgen und Selbstvorwürfe, die sie in sich hineingefressen hatte, seit ihre Mutter gestorben war und sie ihren Mann verlassen hatte, um mit Charlie nach Mecklenburg zu ziehen. »Ich hatte gehofft, ein eigenes Pferd würde sie glücklich machen und irgendwie erden«, endete sie. »Aber so schlimm wie in den letzten Tagen war es noch nie mit ihr.«

Paul lächelte. »Wusstest du, dass in der Pubertät bestimmte Synapsen einfach nicht funktionieren?«, fragte er. »Das Gehirn wird komplett umgebaut und hat manchmal richtige Ausfälle. Du darfst Charlies Verhalten nicht persönlich nehmen.«

»Das sagst du so leicht«, murmelte Anne. Aber sie fühlte sich schon viel besser. Es tat gut, neben ihm zu sitzen, jemandem ihre Sorgen zu erzählen. »Ich weiß das. Zumindest theoretisch. Es ist nur manchmal so schwer. Vor allem, weil ich mich um alles alleine kümmern muss. Aber du hast recht. Der wichtigste Merksatz für Eltern lautet: Es ist alles nur eine Phase.«

»Genau«, sagte Paul. »Und vom Alleinsein verstehe ich übrigens auch was.«

Sie hatten die letzten Jahre beide abgekapselt vom Rest der Welt gelebt, jeder auf seine Art. Paul als verlassener Mann, der seine Tage damit verbracht hatte, illegal in einem Hinterhof Pferde zu klonen. Und der mit kaum jemand anderem Kontakt hatte als mit seiner herrischen Auftraggeberin. Und Anne, die sich aus einer leeren Ehe befreit hatte, aber trotzdem keinen wirklichen Neuanfang hinbekam. Während ihr Charlie immer mehr entglitt, hing sie in ihren alten Schuldgefühlen fest und flüchtete sich in die Arbeit. Mit der gleichen verzweifelten Besessenheit hatten sie sich in ihre jeweilige Aufgabe gestürzt, um ihrer Realität zu entfliehen. In diesem Punkt waren sie sich ziemlich ähnlich.

»Ich rede mit Charlie«, sagte Paul. »Das bekommen wir schon hin. Versprochen.« Dann legte er ihr den Arm um die Schulter und drückte sie an sich. Sie blickten eine Zeit lang über die Weide hinunter zum Fluss. Und jetzt?, dachte Anne. Sie genoss die Nähe, fühlte sich aber total unbeholfen. Was, wenn er sie jetzt küssen würde? Bei dem Gedanken daran wurde ihr vor Aufregung schlecht.

»Wollen wir spazieren gehen?« Paul stand auf. Offensichtlich wusste er auch nicht weiter.

Anne nickte. Nebeneinander gingen sie den Hügel hinab. Dass man nie aus dem Alter herauskommt, in dem es so schwierig ist, den ersten Schritt zu tun, dachte sie. Sie hatte sogar eher das Gefühl, dass es immer schwieriger wurde, je älter man war. Immerhin hatten sie beide ihr Päckchen zu tragen, das aus schlechten Erfahrungen und tiefen Verletzungen bestand. Doch jetzt, wo das Leben endlich etwas Gutes für sie bereithielt, wollte sie ihre Chance nicht verpassen.

Die Welt gehört den Mutigen. Anne schloss kurz die Augen und atmete tief durch. Dann griff sie nach Pauls Hand, zog ihn zu sich herum und küsste ihn.

***

Auf dem Weg nach Hause sang Anne laut ihre Nena-Songs mit, rief plötzlich laut »Wahnsinn!«, und lachte. Wie fantastisch das Leben doch sein konnte.

Erdbeerkuchen. Das war jetzt genau das Richtige. Sie war auf dem Weg zu Frau Seben, um sich für das Benehmen von Charlie und ihren Freundinnen zu entschuldigen. Sie hielt bei der Bäckerei. Erdbeerkuchen wirkte immer.

Frau Seben grummelte zwar noch etwas, aber als Anne versprach, ein ernstes Wörtchen mit ihrer Tochter zu reden und in

Zukunft öfter bei ihr im *Konsum* einzukaufen, war der nachbarliche Frieden wieder hergestellt. Das war also erledigt.

Zuhause legte Anne sich völlig erschöpft ins Bett. Sie wälzte sich hin und her, bis sie schließlich durch die geschlossene Zimmertür hörte, dass Charlie und ihre drei Freundinnen heil von der Demo in Alt-Loitz zurückkamen. Endlich fielen ihr die Augen zu. Sie seufzte noch einmal tief und schlief dann mit demselben Lächeln auf den Lippen ein, mit dem sie auch am nächsten Morgen wieder aufwachte.

Die Welt war irgendwie heller geworden. »Irgendwie, irgendwo, irgendwann«, summte sie. Anne hatte zwölf Stunden lang durchgeschlafen, einen tiefen und traumlosen Schlaf. Jetzt kam ihr das Vogelgezwitscher fröhlicher vor als sonst.

Sie setzte sich mit einer Tasse Kaffee in den Garten und lächelte still vor sich hin. Sie fühlte sich leicht. Der Ballast der letzten Woche war in ihrem Bettlaken hängen geblieben. Charlie begleitete ihre Freundinnen gerade zum Bahnhof nach Rostock, der Spuk war vorbei.

Anne schlürfte an ihrem Kaffee, hielt ihr Gesicht in die Sonne und schloss die Augen. Was für eine herrliche Ruhe. Keiner wollte etwas von ihr. Sie würde jetzt einfach den ganzen Tag hier sitzen bleiben.

Und das beste war: Sie hatte Paul geküsst.

Sie hatten richtig lange geknutscht, sie wollten gar nicht mehr damit aufhören. Anne hatte gekichert und gesagt: »Wie früher, als wir noch Teenies waren, oder?«

Er hatte gegrinst. »Warte mal.«

Paul war ins Haus gegangen und kurz darauf mit einem zusammengefalteten Zettel wieder herausgekommen. »Aber erst zuhause lesen.«

Natürlich war Anne rechts ran gefahren, sobald sie außer Sichtweite war, und hatte den Zettel aufgefaltet.

Willst du mit mir gehen?
  - Ja
  - Nein
  - Vielleicht

Anne lachte. Wie süß war das denn. Heute war der schönste Tag gewesen, seit sie nach Mecklenburg gezogen war. Sie war nicht mehr allein.

- ENDE -

Die Wahrheit hinter der Geschichte

Die Geschichte von Stutenblut ist ausgedacht. Doch die Stutenfarmen gibt es wirklich. In Artikeln für verschiedene Pferdezeitschriften habe ich meine Recherchen zusammengefasst, bin aber oft auf taube Ohren gestoßen, weil große Pharma-Firmen, die in den Zeitschriften für ihre Medikamente und Wurmkuren warben, mit der Stornierung ihrer Anzeigen drohten. Das hat mich dazu gebracht, meine Recherchen in Form eines fiktiven Romans zu veröffentlichen.

Die Stutenfarmen in Südamerika
Mein Dank gilt der Tierschutzorganisation *Animal Welfare Foundation*, die mit ihren mutigen Recherchen in Südamerika dafür gesorgt hat, dass die schrecklichen Bedingungen, unter denen Tausenden von Stuten dort Blut abgenommen wird, endlich an die Öffentlichkeit gelangt sind. Aufgrund ihrer heimlichen Filmaufnahmen im April 2015 schrieb zum Beispiel die Süddeutsche Zeitung: »*Der Lebenssaft trächtiger Stuten enthält einen wertvollen Stoff: das Hormon PMSG. Damit lässt sich die Ferkelproduktion beschleunigen. Ein lukratives Geschäft, aber die Tiere leiden extrem. Es zeigte sich, dass den Stuten zu oft und zu viel Blut abgenommen wird. Häufig werden sie dabei schwer misshandelt und ihr Tod wird in Kauf genommen. Weil Fohlen in diesem Prozess als unerwünschtes Nebenprodukt gelten, werden sie systematisch abgetrieben.*«

Aufgrund zahlreicher Medienberichte sind die Regierungen von Uruguay und Argentinien unter Druck geraten und wollen die undurchsichtige Branche nun regelmäßig kontrollieren. Während der Schweizer Bauernverband seine Schweinehalter zum Verzicht von PMSG-Produkten aufgefordert hat und Tierärzte sogar ein Einfuhr-Stopp in die EU gefordert haben, lehnte der Deutsche Bauernverband dies ab. Die Präparate seien als Tierarzneimittel zugelassen, Landwirte müssten deshalb von einer ordnungsgemäßen Herstellung ausgehen, hieß es. Die vier Pharmakonzerne, die PMSG-Produkte in Deutschland vertreiben, äußerten sich nicht zu den Vorfällen.

Island in der Kritik

Mittlerweile wurde auch die Existenz von Stutenfarmen in Österreich und Island bekannt, inzwischen gehört Island sogar zu den größten Exporteuren des Sexualhormons PMSG.

Wie Ermittlungen der *Animal Welfare Foundation* ergaben, steht man in Europa den tierquälerischen Praktiken, derentwegen Blutfarmen in Argentinien und Uruguay so massiv in die Kritik geraten waren, kaum nach.

Ein im Januar 2022 ausgestrahlter Beitrag des ARD-Magazins *Plusminus* zeigte Bilder von Stuten, die in Fixierboxen mit einem Gurt über dem Rücken festgeschnallt werden. Ihr Kopf wird mit einem Seil hochgezogen und an einer Seite der Box befestigt, während ihnen zur Blutabnahme eine beinahe fingerdicke Kanüle in die Halsvene eingeführt wird. Je Sitzung werden fünf Liter Blut gewonnen, bis zum 120. Trächtigkeitstag kommen pro Stute etwa 40 Liter des begehrten Rohstoffes zusammen. Der Umgang mit den Pferden während dieser Prozedur ist brutal. Videoaufnahmen zeigen, wie Tiere mit Eisenstangen und Holzbrettern geschlagen und gestoßen werden, stürzen und augenscheinlich massivem Stress ausgesetzt sind. Diesen qualvollen Ablauf durchleben Blutstuten im Sommer wöchentlich.

Im März 2022 wurde die Überwachungsbehörde ESA in einer gemeinsamen Beschwerde von 17 internationalen Tierschutzorganisationen über die PMSG-Gewinnung auf Island informiert. Im April 2022 bat sie die isländische Regierung um eine Stellungnahme. Diese reagierte mit einer neuen Verordnung, welche jedoch nur die bisherige Praxis legalisiert, für die betroffenen Stuten hat sich leider nichts verändert.

Der genmanipulierte Impfstoff

Ich danke auch den Anwohnern eines kleinen Dorfes in Mecklenburg-Vorpommern und diversen Umweltschützern, die sich jahrelang gegen den Feldversuch mit einem genmanipulierten Impfstoff gewehrt haben, welchen ein internationaler Pharmakonzern auf dem dort angesiedelten Gestüt durchgeführt hat. Denn, anders als in meiner Geschichte, hatte das Bundesamt für Verbraucherschutz und Lebensmittelsicherheit sehr wohl die Zulassung zu diesem von 2012 bis 2014 laufenden Feldversuch erteilt. Über 400 Einwendungen gingen im Bundesamt ein und fast 30.000 Menschen versandten Protestmails an die zuständigen Ministerien.

2014 wurde der umstrittene Versuch abgebrochen, da der Impfstoff laut des Konzerns seine Schutzwirkung nicht erreicht hätte und überarbeitet werden müsse.

Ich habe damals viel zu diesem Impfversuch recherchiert, aber keine Pferdezeitschrift gefunden, die bereit war, einen Artikel darüber zu veröffentlichen. Denn sowohl der Pharmakonzern als auch der Inhaber des Gestüts waren gute Anzeigenkunden, die man nicht verärgern wollte.

Die Schlangenfarm in Australien
Giftschlangen verletzen rund fünf Millionen Menschen pro Jahr, etwa 100.000 sterben. Das Fatale dabei: Weltweit gibt es kaum noch wirksames Gegengift (sogenanntes Antivenin). Das grundsätzliche Problem ist, dass die meisten Schlangenbisse in Gegenden vorkommen, die arm sind. Moderne, wirksame Antivenine herzustellen ist aber teuer. Mittel aus der Schweiz und Frankreich gegen Kreuzottern kosten pro Injektion z.B. über 1000 Euro.

In Afrika ist das Problem besonders groß, weil es kein einziges adäquates Mittel mehr gibt. Bis zu 30.000 Menschen sterben hier jedes Jahr an Schlangenbissen. Auch Indien ist mit mindestens 50.000 Toten in großen Nöten. Dort wird zwar Gegengift hergestellt, viele Produkte sind aber von zweifelhafter Qualität.

Um ein Serum gegen Schlangengift herzustellen, müssen zuerst Giftschlangen gemolken werden. Danach infiziert man Pferde oder Kühe mit den Giftkomponenten. Die Tiere sterben daran nicht, bilden aber Antikörper, die bei der Blutentnahme gewonnen und für das Gegengift für Menschen verwendet werden. Um das Serum herzustellen, braucht man viele Schlangen und viele Pferde.

Das Medikament gegen Wechseljahr-Beschwerden
Das Medikament für Frauen mit Wechseljahr-Beschwerden, das aus dem Urin trächtiger Stuten gewonnen wird, verkauft sich weiterhin sehr gut.

Sie nehmen auch Hormone ein? Dann schauen Sie doch mal nach, ob in der Packungsbeilage zufällig steht: *Aus einer natürlichen Quelle stammend* und sprechen Sie mit Ihrer Frauenärztin oder Ihrem Frauenarzt über das Thema. Vielen Dank.

Anne Molls 1. Fall:
BLACK NIGHT
Das Experiment

Die Beziehung zwischen Kommissarin Anne Moll und ihrer fünfzehnjährigen Tochter ist schwierig. Um Charlie wieder näher zu kommen, besucht Anne mit ihr ein Dressurturnier. Dort taucht plötzlich der Doppelgänger eines berühmten Pferdes auf – und verschwindet nach einem verpatzten Start genauso schnell wieder. Kurz darauf wird sein Reiter tot in den Peene-Sümpfen gefunden und Anne beginnt zu ermitteln.

Währenddessen klont ein Wissenschaftler in einem Hinterhof-Labor Pferde. Zu einer seiner Schöpfungen baut er eine ganz besondere Beziehung auf, doch seine Auftraggeberin verfolgt einen skrupellosen Plan. Was haben die beiden Geschichten miteinander zu tun?

Anne hat keine Ahnung von der Reiterwelt. In ihrem ersten Fall ist sie deshalb auf die Hilfe ihrer pferdeverrückten Tochter Charlie angewiesen.

ISBN: 978-373-864-685-6
Taschenbuch 13,99 €, E-Book 3,99 € (Kindle Unlimited gratis)
Weitere Informationen: www.pferdekrimi.de

Danke an ...

... meine Testleserinnen Lisa Castronovo, Karin Kisser-Cyran, Bianca Kober, Ilka Knäbel, Gina de Münck, Christin Dominick und Sandra Stähli, die mir sehr viel hilfreichen Input zur Verbesserung des Manuskriptes gegeben haben.

... Franz Riegel für das tolle Coverfoto und Iris Eberle für die Modernisierung des Covers für die Neuauflage.

Und natürlich Danke an die *Animal Welfare Foundation*, die sich seit Jahren dafür einsetzt, dass die Öffentlichkeit erfährt, was auf den Stutenfarmen passiert. Damit trägt die Tierschutzorganisation wesentlich dazu bei, dass die Bedingungen für die Pferde besser werden.

Die Autorin

Anna Castronovo wurde 1977 in München geboren, wo sie mit ihrem Mann und ihren beiden Töchtern lebt. Sie reitet seit ihrer Kindheit und hat ein eigenes Pferd. Nach ihrem Studium zur Übersetzerin arbeitete sie sechs Jahre lang als Redakteurin, Korrektorin und Ressortleiterin in der Redaktion einer Pferdezeitschrift. 2013 machte sie sich selbständig und schreibt seitdem für verschiedene Magazine in ganz Deutschland.

Bei ihren Recherchen stößt sie immer wieder auf unglaubliche Geschichten – zum Beispiel auf das Klonen von Hochleistungspferden oder auf Stutenfarmen in Südamerika, die Hormone für die deutsche Massentierhaltung liefern. Diese brisanten Themen hat sie zum Thema ihrer Pferdekrimis gemacht. Sie schreibt auch Italienromane und hat mittlerweile sieben Bücher veröffentlicht.

Weitere Informationen und Kontakt:
www.anna-castronovo.de
www.pferdekrimi.de
Facebook: Anna Castronovo Autorin
Instagram: anna.castronovo.autorin

Weitere Titel der Autorin

FLUCH DER SALINE

**Würdest du deinen eigenen
Vater verraten, um frei zu sein?**

Sizilien 1968: Totò ist erst vierzehn Jahre alt und muss schon hart arbeiten. Sein Vater hat eine Saline gekauft, die nur schmutziges Salz erzeugt, und die Familie lebt in Armut. Als ausgerechnet Don Luigi, der mächtigste Mann im Dorf, die Saline kaufen will, wittert Totò seine Chance, dem Elend zu entfliehen. Doch sein Vater hält verbissen am Familienbesitz fest. Eine Seherin behauptet, dass ein Fluch auf dem alten Gemäuer liegt – und der Vater glaubt auch schon zu wissen, wer dahintersteckt. Als er mit seinem Gewehr loszieht, muss Totò sich entscheiden, auf wessen Seite er steht. Dabei stößt er auf ein dunkles Familiengeheimnis.

»Spannung pur. Ich hatte Kopfkino und konnte nicht mehr aufhören zu lesen – tolle Story, beste Unterhaltung und Suchtgefahr.« (Irina Gruber)

ISBN 978-375-193-823-5
Taschenbuch 10,99 €; E-Book 4,99 € (Kindle Unlimited gratis)

KAKTUSFEIGEN

**Die eine glaubt ans Universum,
die andere an Tomatensoße.**

Eigentlich sind die bodenständige Linda und ihre exzentrische Mutter ein gutes Team. Nur wenn es um Lindas sizilianische Wurzeln geht, fliegen die Fetzen. Um endlich Antworten auf ihre Fragen zu bekommen, fliegt Linda mit ihrer kleinen Tochter kurzerhand nach Sizilien. Dort lernt sie nicht nur den schönen Bademeister Silvo kennen, sondern auch ihre sizilianische Großfamilie. Doch Lindas Vater aufzuspüren, erweist sich als schwierig. Und auch um Lindas Zwillingsschwester, die angeblich bei der Geburt gestorben ist, ranken sich gruselige Geheimnisse. Linda ist überzeugt: Ihre Schwester lebt. Doch was ist damals mit ihr passiert? Auf einer sizilianischen Hochzeit geraten die Dinge endlich ins Rollen.

»Anna Castronovo schafft es, Mystery, Spannung und jede Menge Witz in einer fesselnden Geschichte zu vereinen – und das mit einer solchen Leichtigkeit, dass man trotz der ernsten Themen immer wieder schmunzeln muss.« (Sabine Müller)

ISBN 978-375-349-011-3
Taschenbuch 11,99 €; E-Book 4,99 €

DER PUPPENSPIELER VON PALERMO

Die Fortsetzung von Kaktusfeigen: Zwischen Mafia und Leberkäs

Endlich hat Linda ihren Vater gefunden. Sie reist nach Palermo, um ihn kennenzulernen und ihre Eltern nach sechsundzwanzig Jahren zu einer Aussprache zu bewegen. Doch als ihre Mutter – die exzentrische Bayerin Mitzi – auf den sizilianischen Puppenspieler Gaetano trifft, erweist sich das als ziemlich kompliziert. Und dann sind da auch noch Silvo und Mario, die Lindas Gefühle gehörig durcheinanderwirbeln.

Auf der Suche nach ihrer verschwundenen Zwillingsschwester gerät Linda ins Visier eines Mafia-Bosses und bringt damit nicht nur sich selbst, sondern auch ihre Familie in Gefahr – ein riskantes Spiel beginnt. Kann Linda ihre Schwester finden und die Familie vereinen?

»Dieser Roman nimmt die Leser mit auf eine authentische, spannende und witzige Reise von Bayern nach Sizilien. Wenn die Kulturen aufeinanderprallen, wird es turbulent – und aus Versehen habe ich meinen Horizont erweitert. Eine wunderbare Geschichte.« (Alexandra Demaria)

ISBN: 978-375-578-124-0
Taschenbuch: 11,99 €, E-Book: 4,99 €

KLOSTERKIND

Die siebenjährige Filomena ist verzweifelt. Ihre Mutter hat sie in ein Klosterinternat gebracht, in dem strenge Klausur herrscht. Um zu fliehen, macht sie sich auf die Suche nach einem unterirdischen Gang, der aus dem Kloster herausführen soll. Bei ihren heimlichen Streifzügen stößt sie auf die Spuren von Suor Maria Crocifissa della Concezione, die vor dreihundert Jahren im selben Kloster lebte und in den düsteren Gängen dem Teufel begegnete. Die Geschichte der Nonne zieht Filomena immer mehr in ihren Bann, bis sie eines Tages beginnt, von Madre Crocifissa zu träumen ...

Warum wurde Filomena ins Kloster gebracht? Wird sie ihre Mutter je wiedersehen? Und was hat es mit der geheimnisvollen Nonne auf sich?

Die Klostergeschichte und die Legenden um Madre Crocifissa beruhen auf wahren historischen Begebenheiten.

**1. Platz Skoutz Award 2019,
Kategorie History**

*»Klosterkind ist eine faszinierende Geschichte.
Unglaublich stimmungsvoll und mitreißend hat die Autorin
fiktive Elemente mit historischen Begebenheiten verwoben und
daraus eine eindrückliche Story kreiert. Emotional, extrem
spannend und voller Geheimnisse! Dieser Roman geht unter
die Haut. Man fliegt über die Seiten, kann das Buch nicht mehr
weglegen, so hält es einen gefangen. Dass diese Geschichte auf
wahren Begebenheiten beruht, macht sie umso faszinierender.«
(Andreas Otter, Juror Skoutz Award History)*

ISBN 978-375-282-109-3
Taschenbuch: 11,99 €
E-Book: 4,99 €
Weitere Informationen: www.klosterkind.de

DARK WAY

**Die Geschichte eines Suizids.
Erschütternd. Berührend. Echt.**

Der 6. Oktober 2016 beginnt wie ein ganz normaler Tag, bis Pam Metzeler gegen 13 Uhr eine WhatsApp-Nachricht erhält: Wie geht's dir? Sie wundert sich, schreibt zurück: Alles wie immer, warum? Dann erfährt sie, dass im Dorf das Gerücht umgeht, ihr Sohn Timo hätte sich vor den Zug gelegt. Zwei Stunden später wird dieser Verdacht zur schrecklichen Gewissheit. Pams Welt bricht zusammen.

Wie schafft es eine Mutter, damit zurechtzukommen, dass ihr Kind sich das Leben genommen hat? Was geht in ihr vor? Wie kann sie weiterleben? Pam erzählt ihre Geschichte mit schonungsloser Ehrlichkeit und nimmt den Leser mit auf die dunkelste Reise ihres Lebens.

»Diese Geschichte geht ganz tief unter die Haut. Ich habe noch nie ein Suizid-Buch gelesen, das alle Facetten dieses Tabu-Themas so mitreißend und ehrlich darstellt, ohne etwas zu beschönigen.«
(Gela Kudela, Leiterin der AGUS-Selbsthilfegruppe)

ISBN: 978-3-748-12848-9
Taschenbuch: 7,99 €, E-Book: 2,99 € (Kindle Unlimited gratis)